TOMBENT LES ANGES

Prix du Polar romand, prix Sang pour Sang polar, prix Découverte du journal *L'Alsace*, Marlène Charine a fait une entrée fracassante dans le monde du polar en 2020 avec *Tombent les anges*. Née en 1976 à Lausanne, ingénieure en chimie, cette amoureuse des mots de la première heure s'est essayée à de nombreux genres de l'imaginaire au travers de nouvelles avant de trouver son domaine de prédilection dans le thriller.

MARLÈNE CHARINE

Tombent les anges

ROMAN

CALMANN-LÉVY

ISBN : 978-2-253-24186-7 – 1re publication LGF

There is a crack in everything,
that's how the light gets in.

Leonard COHEN – *Anthem*

1

Rencontre(s)

Il n'y avait eu aucun bruit particulier. Ni choc sourd, ni grincement, ni même le moindre cliquetis qui aurait pu expliquer son réveil. C'est plus une impression qui tira Clara de son sommeil. La sensation d'une présence, toute proche. Sa présence, à *lui*.

Elle ouvrit les yeux d'un coup, s'obligeant à respirer de manière normale malgré l'étau d'angoisse qui comprimait son cœur. Sur sa table de nuit, le radio-réveil indiquait trois heures quarante-sept. Une pluie soutenue giflait les carreaux des fenêtres. Sans bouger, Clara se concentra sur la musique habituelle de son petit appartement. Le ronron de la chaudière. Le souffle d'un léger courant d'air, sous la porte de sa chambre, qui redoublait d'intensité aux moments où les nuages délivraient un crachin plus bourru. La jeune femme referma les paupières pour focaliser toute son attention sur son oreille libre. Il n'y avait rien d'autre. Rien du tout…

Si. Une lame du plancher venait de craquer. Celle tout près de la porte, sur laquelle Clara avait renversé du thé, un soir de décembre. Depuis, elle crissait à chaque fois qu'on y appliquait le moindre poids.

La panique la submergea. Il était là. Il était là, et elle n'avait aucun moyen de défense. Elle avait bien songé à se munir d'un couteau, à le cacher sous l'oreiller. Mais elle était si épuisée, la veille, quand elle s'était glissée sous les draps. Le côté ridicule de cette idée l'avait emporté sur l'envie de se relever pour fouiller dans les tiroirs de la cuisine. Après tout, elle venait de lui échapper. Elle était à l'abri. Il ne lui ferait plus jamais le moindre mal.

Et pourtant, il était là. Elle le sentait jusque dans le plus infime pore de sa peau, dans chaque battement affolé de son cœur. Elle refréna une plainte, inspira une bouffée d'air, puis se laissa glisser sur le sol.

Cachée sous son lit comme une enfant effrayée par le croque-mitaine, elle appuya sa main contre sa bouche pour ne pas sangloter. Un froissement de tissu lui indiqua que quelqu'un avait déposé un vêtement sur le fauteuil placé devant sa coiffeuse. Peut-être avait-il ôté sa veste pour se mettre à l'aise. Elle l'imagina retrousser ses manches avec cette méthode quasi médicale et dut mordre son poing pour s'empêcher de crier. Ses yeux s'habituaient graduellement à l'obscurité. Un pan du paravent japonais qui divisait la chambre s'écarta lentement. Le bas de deux jambes apparut dans son champ de vision. Jean sombre et bien coupé, chaussures en cuir élégantes, solidement campées au milieu de la pièce.

— Bonsoir, mon cœur ! Je suis rentré !

Clara enfonça ses dents plus profondément dans la peau fragile de sa main. Elle ne devait pas bouger. Il ne l'avait peut-être pas vue se dissimuler sous le lit. Elle se recroquevilla davantage et essaya de s'en convaincre.

— Eh bien alors ? Tu ne viens pas m'embrasser ?

Sa voix comportait une tonalité guillerette. Il devait être d'humeur joueuse.

— Hmm, coquine, tu veux t'amuser à cache-cache ? Dans ce cas, je vais me mettre là…

Il contourna le lit avec une lenteur étudiée, en prenant soin de claquer des talons à chaque pas.

— Je vais me tourner contre le mur, fermer les yeux et compter. Quand j'arriverai à dix, j'aurai le droit de te chercher.

En se tordant la tête, Clara vit ses pieds se placer contre la paroi.

— Un…

Elle gémit. Il savait parfaitement où elle se trouvait, c'était une certitude à présent.

— Deux…

Elle devait fuir. Reculer la précipiterait dans ses bras. Elle griffa le plancher, se tracta en avant.

— Trois…

Elle rampa sous les lattes du sommier, la respiration saccadée.

— Quatre…

Une fois à genoux, elle eut l'idée stupide de regarder en arrière. Lui aussi s'était retourné et un sourire malicieux éclairait son visage. Ses manches étaient bel et bien retroussées, comme à chaque fois. Cette constatation fit mollir les jambes de la jeune femme, qui manqua de s'écrouler.

— Cinq…

Toujours chancelante, Clara parvint à reprendre pied.

À peine deux mètres cinquante à parcourir avant d'atteindre la porte.

— SixSeptHuitNeufDix ! J'aaaarrive !

Elle bondit en avant avec l'énergie du désespoir. Les ressorts du matelas grincèrent lorsqu'il sauta dessus. Clara sentit sa main effleurer les pointes de ses cheveux au moment où elle franchissait le cadre de la porte. Elle propulsa le battant de toutes ses forces dans son dos.

Dans le corridor, son estomac déjà contracté manqua de se soulever. Il avait faussé les cartes, comme d'habitude. Il trichait toujours, et plutôt deux fois qu'une. Les chaises de la salle à manger s'empilaient devant la porte d'entrée. Elle n'aurait jamais le temps de les débarrasser. Il avait obstrué sa seule issue. Le balcon ne comptait pas : la porte-fenêtre ne fermait pas de l'extérieur et, de toute manière, la perspective de se retrouver bloquée au septième étage, en pleine nuit et sous la pluie, la retenait aussi bien qu'une barrière de meubles.

— Quelle détente, ma belle ! J'adore te voir aussi vigoureuse !

En désespoir de cause, Clara bifurqua vers la salle de bains. Surpris par son changement de trajectoire, il ne put attraper que le bas de son tee-shirt de pyjama. Le coton se déchira, libérant la jeune femme. Elle tourna le verrou au moment où ses mains atteignaient la poignée.

Il aurait pu crier sa frustration, la couvrir d'insultes, ou même tenter de fracasser le dérisoire panneau en contreplaqué. Mais il se mit à rire à gorge déployée. Les paumes pressées contre les oreilles, Clara se laissa glisser contre le mur en carrelage bleu et blanc. Elle ne s'aperçut qu'elle pleurait qu'au moment où il susurra, depuis l'autre côté de la porte :

— Vas-y, mon petit oiseau des îles. Chante. Chante pour moi.

*

Debout au beau milieu du palier, au troisième étage de son HLM de Massy, Cécile hésitait et pestait contre elle-même. Elle était persuadée qu'elle avait fermé cette foutue porte à clé. Non, en fait, elle en était sûre à quatre-vingt-dix-neuf pour cent. Ce dernier pour cent d'incertitude, minable et stupide, lui faisait perdre la tête, comme chaque fois qu'elle quittait son appartement. Si elle ressortait son trousseau de clés de son sac, elle maudirait sa faiblesse d'esprit et ce trouble obsessionnel compulsif qui la contraignait à répéter de plus en plus d'actes automatiques. Mais si elle partait sans vérifier que son nid était bien verrouillé, l'incertitude la tarauderait jusqu'à la fin de son service, comme une démangeaison constante dans son esprit. Elle le savait d'avance.

Soupirant, elle avança jusqu'à toucher la poignée, l'abaissa du bout des doigts. Le battant ne pivota pas sur ses gonds. Mais si le pêne n'était pas entièrement engagé ? Résisterait-il à une pression plus forte ? Elle devrait peut-être redonner un tour de…

— Non. Non, non et non, grogna-t-elle.

Elle se rua dans la cage d'escalier avant de se contredire elle-même.

Le temps s'était gâté en cours de soirée et elle regretta vite de ne pas avoir emporté de parapluie. Ce vilain petit diable de trouble obsessionnel lui proposa gaiement de retourner en chercher un. Elle pourrait s'acquitter d'une dernière double vérification de la porte par la même occasion… D'un coup de poing mental, Cécile cloua le bec de l'affreux malin.

Cinq arrêts de RER et deux changements de métro plus tard, elle atteignait le commissariat, dans le quinzième arrondissement. Trempée. Une chance qu'elle ait l'habitude de se changer dans les vestiaires plutôt que d'enfiler son uniforme à la maison. Enfin, une chance, c'était beaucoup dire. Elle ne se pliait pas à cette coutume pour des raisons pratiques. Ni même à cause d'un relent d'obsession. L'envie de passer inaperçue primait. Vu son voisinage, il valait mieux qu'on la prenne pour une hôtesse de caisse ou une aide-soignante que pour une flic.

L'époque où elle était fière d'exhiber sa carte de police était révolue. Celle où elle trouvait de la satisfaction dans son travail de gardienne de la paix aussi. La jeune diplômée idéaliste avait vite déchanté. Les horaires de dingue, les insultes quotidiennes, le salaire de misère… Ça faisait longtemps qu'elle ne se battait plus pour la veuve et l'orphelin. Dans ces conditions-là, même Batman aurait jeté l'éponge. Surtout s'il avait dû faire équipe avec Lambert.

Le supérieur de Cécile, l'honorable brigadier-chef Monard, croyait au pouvoir de la synergie entre collaborateurs. Il tenait à ce que tous ses subordonnés se connaissent et apprennent les uns des autres. Pour réaliser cette vision très à la mode et sans doute réalisable sur le papier, il avait instauré un système de rotation entre équipes. Dans la pratique, cette mesure n'avait guère amélioré la cohésion au sein du service. Tout le monde se connaissait, mais de loin. Cinq ou six gardes mensuelles n'étaient pas suffisantes pour nouer une véritable entente avec un collègue, le considérer comme un partenaire. Quoique, avec certains, un temps plein en tête à tête n'aurait pas résolu le problème. Lambert faisait partie de ceux-là. Le beauf quinquagénaire dans toute sa splendeur. Bide à bière, mouchoir à carreaux dans la poche de gauche et vote dans l'urne de droite. Cécile détestait cordialement les plages de travail où elle devait se le coltiner.

Une fois en tenue, ses cheveux châtain clair attachés comme d'habitude en queue-de-cheval serrée, elle vérifia sur le planning de répartition des teams que cette nuit était bien une de celles qu'elle exécrait. Puis elle traîna les pieds jusqu'au parking.

— Alors, princesse, enfin prête pour le bal ?

— C'est ça, ouais. Tu me laisses conduire la citrouille, pour une fois ?

Lambert s'appuya contre la carrosserie dans une pose qui se voulait séductrice, mais que Cécile aurait qualifiée d'obscène.

— Seulement si tu m'offres un baiser.

— Garde tes clés. J'embrasse pas les crapauds.

Il s'esclaffa tandis qu'elle claquait la portière du côté passager. Il s'installa avec soin dans le siège du conducteur, vérifia l'angle du rétroviseur avec une minutie exagérée. Cécile serra les mâchoires. Soit il cherchait à lui foutre les nerfs en pelote pour rigoler, soit ses troubles compulsifs ne lui avaient pas échappé. Il fallait qu'elle se montre plus vigilante avec ça, à l'avenir.

— Le programme ? s'obligea-t-elle à demander.

— Patrouille du côté ouest. On ne s'arrête qu'en

cas d'appel de la centrale. Pas envie qu'un connard me repeigne encore une fois l'habitacle.

Cécile grimaça légèrement, mais hocha la tête malgré tout. L'odeur du cadeau surprise offert par le dernier fêtard embarqué était du genre tenace. Elle préférait encore stopper une rixe au couteau que de se retrouver avec les cheveux aspergés de vomi.

— Ça marche. Roule, ma poule.

— Hmm, ouais, poulette. Dis-moi des mots doux, j'en bande presque.

Il éclata d'un rire gras et démarra enfin. Cécile détourna le regard vers la fenêtre. Les six prochaines heures promettaient d'être longues. Très longues.

Pour parfaire le tout, Lambert s'adjugea comme à l'accoutumée le pouvoir sur l'autoradio, avec ses goûts musicaux pour le moins étonnants. Au début, Cécile s'était imaginé qu'il affectionnerait les tubes de Johnny ou de Michel Sardou, mais chaque fois qu'ils patrouillaient ensemble, il réglait la radio sur une station classique. Entre deux interventions, il sifflotait ou battait la mesure en rythme avec les orchestres symphoniques ou les quatuors à cordes.

D'ailleurs, après une première halte pour empêcher deux bandes de gamines en furie de se scalper à coups de cutters, il se mit à fredonner en compagnie d'un violoncelle. Plus loin, il y eut ce touriste chinois complètement paumé et un prélude au piano. Des sans-abri rendus agressifs par l'alcool, leur élocution pâteuse noyée dans du Beethoven. Une autre rixe aux portes d'un bar-tabac sur fond de tambours et cymbales. Un malaise, un automate à billets fracturé. La routine, plusieurs heures durant. Mozart, Schubert, qu'importe qui tenait le micro. Ces mélodies, même parfois martiales, arrachaient des bâillements à Cécile, qui aurait préféré du bon hard-rock.

Leur garde touchait à sa fin lorsqu'un nouvel appel de la centrale couvrit la musique. Une plainte pour tapage nocturne avec suspicion de violence domestique. Lambert ronchonna en bifurquant vers Grenelle.

— Violence domestique. Mon cul, ouais. Encore une de ces bonnes femmes castratrices qui se lamente parce que monsieur remet les pendules à l'heure de temps en temps.

Cécile considéra son collègue en silence.

— Je ne sais pas ce qui est le pire. Que tu penses vraiment ce genre de choses, ou que tu te permettes de me les dire à voix haute.

— Oh, priez donc pour moi, sainte Cécile…

— Commence déjà par tourner à droite. T'as loupé la rue Émeriau.

*

— Ouvre-moi, ma Clara chérie. Allez, ouvre-moi, je ne t'entends presque plus. Et tu sais combien j'aime t'entendre.

— Allez-vous-en, souffla-t-elle entre deux hoquets étranglés.

— Oh, Clara. Tu vas me faire de la peine. C'est ce que tu cherches ? À me blesser ? À me mettre en colère ?

Ses sanglots redoublèrent. Elle posa son front sur ses genoux repliés. Ses mains étaient glacées, tout comme son dos contre le carrelage. Elle n'était pas parvenue à réunir les lambeaux de son tee-shirt autour de son buste.

— Voilà qui est mieux. Et ça continuera comme ça. Parce que je vais bientôt entrer pour te rejoindre, tu le sais, ma Clara ? J'ai hâte. Je sais que toi aussi, tu t'impatientes.

Les doigts crispés dans ses cheveux, la jeune femme commença à se balancer d'avant en arrière.

— Non, non, non. Je vous en supplie. Laissez-moi tranquille.

— Mais je ne peux pas, mon cœur.

Il avait répondu d'une voix si douce. Si engageante. On ne pouvait pas résister à une voix pareille. Du moins pas tant qu'on ignorait ce qui se cachait derrière.

— Pourquoi ? gémit-elle.

— Parce que nous sommes des âmes sœurs, Clara. Nous sommes faits l'un pour l'autre. Pour l'éternité.

Il marqua une pause, peut-être pour lui permettre de crier son désarroi. Puis il reprit, cette fois avec une note de mélancolie :

— Souviens-toi, ma belle. Tout a si merveilleusement commencé entre nous. Nous nous sommes trouvés même au milieu de cette foule. Comme s'il n'y avait que nous deux, et que le reste du monde n'existait pas. Tu étais d'une beauté divine. Dès le moment où mon regard s'est posé sur toi, j'ai su que… Oh, Clara. Toutes les choses que j'ai eu envie de te faire, dès cette première seconde ! J'ai tout de suite su que nous serions liés à jamais.

Clara eut un sursaut en l'entendant s'asseoir contre la porte. Quelques centimètres à peine le séparaient d'elle. Sans la paroi, il aurait pu lui saisir la main, la caresser. Ou la trouer à coups de poinçon.

— Tu te souviens de ce que je t'ai fait tout d'abord ? lança-t-il soudain, à nouveau allègre.

Elle se surprit à répondre :

— Vous m'avez attachée.

Il gloussa comme s'il évoquait une scène particulièrement amusante.

— Oui, et très serré, je l'admets. Je recommencerai par cette étape, si elle t'est aussi bien restée en mémoire. Mais je pensais plutôt à la suivante. Elle avait duré longtemps, mais tu avais hurlé d'un bout à l'autre. C'était délicieux. Tu n'as pas oublié, hein ?

Bien sûr que non. Comment pouvait-on effacer des choses pareilles de sa mémoire ? Contre toute attente, les mains de Clara cessèrent de trembler. Elle releva la tête, essuya ses larmes. En tendant le bras, elle attrapa une serviette et s'en enveloppa. Puis elle tourna la molette du radiateur sur le maximum.

Son geste se figea. Cette fois, elle n'était pas prisonnière d'un chalet de montagne isolé. Cette fois, elle n'était pas entravée, son corps offert à la merci de ce monstre avide de souffrance. Elle se trouvait chez elle, à côté de son radiateur. Le même modèle que celui de ses anciens voisins. Leur gamin de quatre ans adorait y catapulter ses petites voitures. Le bruit que cela produisait énervait tout l'immeuble.

Elle ne se rendrait pas sans se battre. Elle se mit debout, but un peu d'eau au lavabo. Puis elle se rassit sur un nid de serviettes, sa brosse à cheveux dans la main.

— Aidez-moi ! hurla-t-elle en abattant encore et encore la brosse contre le panneau métallique. Au secours !

De l'autre côté de la porte, il riait.

— Arrête donc ça, mon cœur. Tu vas te blesser.

Au moment précis où il prononçait ce dernier mot, la

brosse à cheveux explosa en une dizaine de morceaux. Clara ne tenait plus entre ses doigts qu'un misérable fragment du manche.

— Tu vois ? C'est mieux comme ça. Allez, respire un grand coup et calme-toi.

Sa voix douce initia une nouvelle vague de panique et d'abattement dans l'esprit de Clara. Elle se recroquevilla sur elle-même, les bras autour de ses genoux.

— Souviens-toi avec moi, ma belle. Après cette première journée mémorable, je t'avais apporté le petit déjeuner au lit. Je t'avais donné la becquée. Je peux presque encore sentir l'odeur du pain chaud. Celle du cacao qui avait dégouliné le long de ton menton, jusque dans ton cou. Ton parfum enivrant.

La jeune femme posa ses mains sur ses oreilles, mais cela ne l'empêchait pas de l'entendre.

— Nous avons vécu tant de choses, les jours suivants. Tu m'as appris à valser. Nous avons dégusté les meilleurs crus de ma cave à vin. J'ai étudié chaque détail de ton corps, tout cela avant même que nous ne fassions l'amour pour la première fois.

Clara sentit son estomac se tordre. Faire l'amour ? Il l'avait violée avec tant de brutalité qu'elle avait bien cru y rester. Mais ce monstre l'avait soignée, dorlotée. Jusqu'à ce qu'elle puisse à nouveau s'asseoir ou bouger la mâchoire. Jusqu'à ce qu'il puisse recommencer ses atrocités.

— Ta peau, Clara…, soupira-t-il. Ta peau est un cadeau des dieux. J'ai tellement envie de la toucher. Sors donc de là. Viens vers moi, mon cœur.

Elle se précipita au-dessus de la cuvette des toilettes, persuadée qu'elle allait rendre tripes et boyaux. Mais la nausée s'estompa.

— Allez. Au. Diable. Laissez. Moi. Tranquille.

— Tss, tss, tss… Je vais me fâcher, si ça continue. Et tu sais ce qui se passe quand la colère me submerge…

Le carillon de la porte d'entrée coupa court à ses menaces. Clara releva la tête, craignant d'avoir rêvé.

— Je suis là ! cria-t-elle malgré tout. Au secours, aidez-moi !

— Personne ne t'entendra, mon petit oiseau.

Sa voix était si douce, si proche. Comme s'il avait chuchoté à deux centimètres de son oreille.

— Par pitié, aidez-moi !

— Chhhht, ma Clara. Ne te fais pas de mal. Je n'aime pas te voir triste.

La sonnerie résonna une deuxième fois. Clara hurla de plus belle, cogna de toutes ses forces contre la porte de la salle de bains.

— Je vais entrer, tu sais. Si tu ne te décides pas à sortir, c'est moi qui viendrai te rejoindre. Regarde…

Juste à côté de ses poings, elle vit la poignée s'agiter. Puis le verrou trembla et commença à osciller.

— Non !

Elle le maintint en position fermée.

— Tu comprends ? Tu m'appartiens, mon cœur. Rien ne peut nous séparer. Aucune distance, aucune porte. Pas même les imbéciles qui se tiennent sur le palier.

La roue dentelée du verrou glissait entre ses doigts humides de sueur froide. Elle cria sa frustration de ne pas pouvoir le retenir, sa peur, sa déception à l'idée qu'il puisse avoir raison. On ne l'entendrait pas.

*

La mégère les attendait derrière sa porte entrebâillée. Pull en laine orné de paillettes passé sur sa chemise de nuit, maquillage permanent criard, son indice de masse corporelle devait friser les quarante.

— C'est pas trop tôt. J'ai appelé il y a plus d'une demi-heure.

— Nous faisons au mieux, m'dame, soupira Lambert. Les bruits ont-ils continué ?

— Un peu moins fort qu'au début, mais oui. Enfin, ça va, ça vient.

Les deux policiers échangèrent un regard. Ils avaient pris les escaliers pour monter, examinant chaque étage, mais aucun son suspect ne leur était parvenu.

— Et selon vous, d'où proviennent-ils ?

— De l'appartement d'en dessous, affirma-t-elle. C'est une petite jeune qui habite là.

— Seule ?

— Pour autant que je sache. Mais là, elle a dû prendre une sacrée dérouillée. Par moments, les corps de chauffe de la salle de bains résonnaient comme des gongs. Bizarre que je n'aie entendu aucun cri. Peut-être qu'elle s'est évanouie.

— Vous êtes allée sonner ? demanda Cécile.

— Pour risquer de me retrouver avec un couteau dans le ventre ? Sûrement pas !

Vu l'épaisseur de sa couche de graisse abdominale, ça ne l'aurait sans doute pas blessée, se dit Cécile. Un coup d'œil à son collègue lui indiqua que pour une fois, leurs réflexions étaient parfaitement raccord.

— Vous avez eu raison, m'dame, répondit Lambert d'un ton mielleux. Rentrez donc chez vous. Nous nous chargeons de la suite.

L'affreuse bonne femme retourna dans son antre, laissant sa porte entrouverte pour profiter d'un éventuel spectacle. Cécile dévala les escaliers la première.

— Clara Pesenti, lut-elle à haute voix avant d'appuyer sur la sonnette.

Le carillon retentit, mais n'engendra pas plus de réactions que lorsque Lambert s'annonça en beuglant au travers de la porte.

— Bon, on s'en va, déclara-t-il au bout d'un moment.

— Attends ! dit brusquement Cécile, une main figée en l'air. T'as pas entendu quelque chose ?

— Ben non.

— Là ! Quelqu'un a crié. Une femme.

Le quinquagénaire colla son oreille contre le battant.

— Ma pauvre, les services de nuit, ça ne te réussit pas. Y a personne, là-dedans.

— Je te dis que si.

— Alors ils pioncent. Chose que j'aimerais bien pouvoir faire aussi, soit dit en passant.

Cécile écarta son collègue et appela à nouveau plusieurs fois avant de se concentrer, les sens aux aguets.

— T'entends encore quelque chose ?

— Non. Mais il faudrait quand même vérifier. Je vais appeler un serrurier, pour…

— Mais tu déconnes ou quoi ? Tu crois qu'on va taillader une serrure à cinq heures du matin juste parce que tu te prends pour Jeanne d'Arc ?

— Tu oublies la voisine.

— Ouais, c'est clair qu'on offre un grand crédit aux râleries de la concierge de service. Et on va trouver quoi, si on entre, hein ? Un couple épuisé de s'être envoyé en l'air la moitié de la nuit ? Oh, peut-être qu'ils auront sniffé une ligne de coke pour être plus performants, on pourra appeler les stups, génial !

— Les cris que j'ai…

— Y a des salopes qui jouissent plus bruyamment que d'autres, point à la ligne ! Fais pas chier, Rivère. Il nous reste vingt minutes de garde, pile-poil le temps de revenir au poste. Alors, bouge ton cul jusqu'à la bagnole, et en silence.

Par acquit de conscience, Cécile attendit encore quelques minutes sur le pas de la porte. Elle essaya de l'ouvrir une fois, deux fois, en s'y appuyant de tout son poids. Elle était verrouillée. Le regard noir de Lambert la retint d'effectuer une tentative supplémentaire.

*

Cécile n'était pas rentrée chez elle. Elle savait d'avance qu'il lui serait difficile de se relaxer, et que dormir serait impossible. Son uniforme remisé dans son casier, elle avait longtemps hésité avant de rendre son arme de service à l'armurerie. Maintenant que c'était fait, elle espérait qu'elle lui serait inutile.

Elle attendit une heure raisonnable dans un petit café décrépit à l'angle de la rue Émeriau. Leur jus de chaussette méritait un procès et leurs croissants sortaient tout droit du congélateur, sans passage par la case four. La batterie de son mobile finit par mourir, épuisée par ses sollicitations, entre jeux débiles et contrôles de l'horloge. Elle aurait été bien embêtée si on lui avait demandé pourquoi elle attendait là. Un pressentiment, peut-être. Le besoin de vérifier que tout était rentré dans l'ordre, sur le palier du septième étage. Que les appels qu'elle avait cru entendre s'étaient tus pour de bon, ou mieux : qu'ils n'étaient dus qu'à une distorsion incongrue de son imagination.

À huit heures tapantes, elle quitta le bistrot. Le bas de l'immeuble était encore plongé dans l'ombre. Elle dédaigna l'ascenseur et gravit une fois de plus les sept étages à pied. Si elle se figea au bout de son ascension, ce ne fut pas à cause de la fatigue ou de son essoufflement.

Appuyé contre le mur dans le couloir, un homme feuilletait un dossier. Un autre, en tenue d'ouvrier et muni d'une perceuse, était accroupi devant la porte de Clara Pesenti. Le premier remarqua aussitôt la présence de Cécile, referma son dossier et s'avança d'un pas qui sentait le flic à des kilomètres. Le flic en civil. Corps de commandement, elle l'aurait parié. La jeune femme se secoua mentalement et alla à sa rencontre.

— Mademoiselle ? Vous vouliez vous rendre chez…

— En effet. Je m'appelle Cécile Rivère, je suis gardienne de la paix. Nous avons patrouillé ici cette nuit, mon coéquipier et moi.

— Capitaine Kermarec, enchanté.

Cécile s'était attendue à un autre grade, commandant, au moins. Pas que le gaillard semble vieux – il devait avoir à peine dépassé la quarantaine –, mais son attitude calme démontrait un certain niveau d'expérience. Il lui sourit et lui serra la main, une poigne franche et énergique.

— Quelle était la raison de cette visite ? reprit-il avant qu'elle puisse libérer sa main.

— Tapage nocturne. La plaignante habite l'étage du dessus, elle était persuadée que le vacarme provenait de cet appartement.

Le capitaine eut une mimique qui trahissait un sursaut d'attention.

— On vous a ouvert ?

— Non. Nous nous sommes annoncés, avons sonné à plusieurs reprises, sans résultat.

— Les bruits ont-ils cessé ?

D'un geste nerveux, Cécile se frotta le front. Tout comme Lambert, ce Kermarec la prendrait sans doute pour une pauvre petite chose trop sensible, pas de taille à affronter les gardes de nuit. Impossible toutefois de travestir la vérité, même pour se donner meilleure contenance.

— J'ai cru entendre des cris, mais comme ce n'était pas le cas pour mon coéquipier…

— Vous êtes repartis sans donner suite, compléta-t-il. Voilà pourquoi je n'ai pas été averti. Mais si je comprends bien, cette histoire vous turlupine suffisamment pour que vous reveniez vous assurer que tout va pour le mieux, ceci alors que vous avez terminé votre service.

— On peut le dire comme ça.

— J'admire votre dévouement.

Il la fixait avec intensité, et Cécile aurait été bien incapable de déterminer si son expression était sarcastique ou non. Elle allait répliquer lorsqu'il ajouta avec une petite grimace navrée :

— Je doute toutefois que Mlle Pesenti soit à l'origine des insomnies de ses voisins.

— Pourquoi donc ?

La serrure céda sous les assauts de la perceuse. Quelques morceaux épars tombèrent sur le sol. L'ouvrier les repoussa du pied et rangea ses outils. Kermarec attendit que le gaillard s'engouffre dans l'ascenseur pour répondre à Cécile.

— La locataire de cet appartement a été retrouvée morte tôt ce matin par les gendarmes de Chamonix.

Avant même que Cécile n'ait eu le temps de réagir à cette nouvelle, il poussa sur le battant de la porte et fit un large geste d'invitation.

— Puisque vous êtes là, vous m'aidez pour la perquisition ?

Pour une obscure raison, les semelles de Cécile semblaient adhérer au sol. Les mots « locataire » et « morte » se percutaient dans son esprit. Clara Pesenti était donc décédée en Haute-Savoie, à l'autre bout de la France. Mais alors, qui avait-elle entendu crier cette nuit ? Et que diable fichait un officier du corps de commandement ici ?

— Chamonix ? articula-t-elle. Certainement pas une nouvelle victime des sports d'hiver, sinon vous n'effectueriez pas une perquisition…

— Il ne s'agit en effet pas d'un accident de montagne. Je le classerais plutôt dans la case « meurtre sauvage ».

La réplique du capitaine la laissa muette. À sa suite, elle pénétra dans l'appartement. Un deux pièces bien rénové, aménagé en cocon chaleureux. Des notes de couleur partout, sur les tableaux abstraits ou les coussins du canapé. Dans la salle à manger, la table avait été dressée pour un repas en tête à tête.

Kermarec se munit de gants en latex. Il se dirigea vers la chambre à coucher, tâtonna pour allumer le plafonnier. Le lit était en désordre.

— Bon, cantonnez-vous dans l'entrée, Rivère. Je devrai revenir avec la scientifique.

— Pour déterminer si l'agresseur est passé par là ?

— Entre autres. Vu le décor, on pourrait penser qu'il s'agit d'une romance qui a mal tourné. Quelque part entre l'apéro sous la couette et le dîner.

— Je peux jeter un œil dans la salle de bains ?

— Si ça vous chante.

Il lui tendit une paire de gants, qu'elle enfila avec maladresse. Elle appuya sur la poignée, mais le battant refusa de bouger.

— C'est fermé.

Kermarec haussa un sourcil et vint répéter le même geste. La porte s'ouvrit sans problème.

— Un peu grippée, sans doute.

Il retourna fureter dans le salon et Cécile pénétra dans la salle de bains.

Le radiateur chauffait à plein régime, mais pourtant elle fut accueillie par une vague de froid. Un frisson désagréable parcourut sa nuque. Une sensation insaisissable accompagnait la chute de température. Celle d'une présence à ses côtés, une présence irradiant la peur et le désespoir. Le froid s'intensifia et durant une fraction de seconde, Cécile crut deviner les contours d'une silhouette féminine dans le reflet du miroir. Elle se retourna d'un bond dopé à l'adrénaline, détailla chaque centimètre carré de la pièce. Bien entendu, il n'y avait personne à ses côtés.

Le cœur tambourinant dans sa poitrine, Cécile se hâta de ressortir. Elle inspira un bon coup, frotta ses bras hérissés de chair de poule pour chasser cette étrange sensation. Il n'y avait rien à signaler dans la salle de bains, hormis une brosse à cheveux brisée dont les morceaux épars jonchaient le sol. Rien d'autre.

La porte claqua quand elle la repoussa, comme sous

le coup d'un courant d'air. Elle rejoignit Kermarec qui inspectait un petit secrétaire, déplaçant lettres et bibelots du bout de l'index.

— Je peux regarder ? fit-elle en désignant le dossier qu'il avait coincé sous son coude.

— Allez-y. De toute manière, je vous demanderai de faire un saut dans mon service, que je puisse enregistrer votre déposition.

Cécile ouvrit la chemise cartonnée presque à contrecœur. Elle survola à peine son contenu. Les clichés du cadavre se passaient de commentaires. Elle s'obligea à déglutir plusieurs fois avant d'articuler la question qui lui brûlait les lèvres. Malgré tout, sa voix trembla un peu.

— On sait qui l'a…

— J'attends un coup de fil à ce propos. Vous vous sentez bien, Rivère ?

— Ça va, mentit-elle. Je… Non, n'allez pas par là !

Elle lui barra précipitamment le passage.

— Qu'est-ce qui vous prend, bon Dieu ?

— Il a un couteau !

— Qui ?

— Je… je ne sais pas…

Cécile se détourna, les joues flambantes de honte. Qu'est-ce qui lui prenait ? Une minute plus tôt, elle croyait discerner une jeune femme dans la salle de bains. À présent, elle aurait juré qu'un homme armé se trouvait là. Elle ne l'avait pas vu, elle le *savait*, c'est tout. Tout comme elle était persuadée d'avoir entendu quelqu'un crier dans cet appartement la nuit dernière. Bon sang, elle débloquait sur toute la ligne.

— Depuis quand n'avez-vous pas dormi ?

Kermarec la dévisageait avec un air incrédule qui en disait long sur sa manière de penser. Cécile aurait volontiers rétorqué, si son esprit en berne avait daigné lui souffler une riposte constructive – et logique, surtout. Elle ne comprenait pas ce qui venait de se passer, point barre. Par chance, une sonnerie de téléphone la libéra de toute réponse. Kermarec sortit son mobile de sa poche, prit la communication et grogna quelques courtes répliques entre les phrases de son interlocuteur. À la fin de l'appel, son visage exprimait une profonde lassitude.

— Les gendarmes ont retrouvé le meurtrier présumé. Ou plutôt son corps. Selon le brigadier, la fille a tenté de s'enfuir du chalet où il la séquestrait. Il l'a poursuivie et est tombé dans un ravin. Manque de chance, elle était trop faible pour survivre dans un tel état, à patauger à moitié nue dans un mètre de neige de printemps.

Il s'approcha d'un meuble bas sur lequel trônait un cadre photo. La jeune femme sur le portrait pétillait de vivacité.

— Pauvre gamine. Bon, allez, on ferme boutique. Rentrez chez vous, Rivère.

*

Cécile ne s'assoupit qu'une heure, flottant dans les brumes d'un sommeil chargé de cauchemars. Elle se réveilla en nage et aussitôt sa sueur se glaça sur sa peau. Les souvenirs de cette incroyable matinée revinrent la frapper de plein fouet. Les sensations presque palpables ressenties dans la salle de bains. Ces certitudes aberrantes, issues de nulle part. Son malaise face aux clichés de Clara dans le dossier d'enquête.

En les consultant, elle avait reconnu Clara.

Elle l'avait rencontrée, d'une certaine manière. Juste avant d'ouvrir ce dossier. Elle avait entrevu sa silhouette, reflet fugace dans le miroir de sa salle de bains. La terreur qu'elle avait perçue provenait d'elle. Une peur assez forte pour la glacer jusqu'à la moelle.

Putain, mais qu'est-ce qui lui arrivait ? Les troubles obsessionnels compulsifs, passe encore. Mais ce genre de trucs ? Elle ne savait même pas comment classifier cet événement. Impossible de le justifier par une simple fatigue nerveuse. Elle devenait dingue, vraiment dingue, et sa panique formait un écho parfait avec celle ressentie chez Clara Pesenti.

Ça ne pouvait pas être réel. Il devait y avoir une explication rationnelle. Peut-être s'agissait-il plus d'une forme d'instinct policier que d'une vision digne d'un médium à deux balles. Il fallait qu'elle en ait le cœur net.

Elle repoussa les draps moites et s'habilla en vitesse. Quitta son appartement pour rejoindre la gare du RER. Cinquante minutes de trajet durant lesquelles son cerveau tourna à plein régime. Elle aurait préféré qu'il se mette en pause, tant certaines pensées flirtaient avec l'irrationnel et l'empêchaient de se convaincre que tout cela n'avait été que le fruit d'une nuit pénible. Qu'elle était surmenée, mais pas folle.

Au poste de police, le préposé à l'armurerie fut surpris de la voir de retour. Elle prétexta un exercice de tir sportif. Il haussa les épaules et lui tendit son pistolet. Cécile s'en empara et trouva son poids inhabituel. Comme si l'assemblage de plastique et de métal avait avalé une dose supplémentaire de plomb durant son court repos, pour rendre son port plus ardu. Le manipuler hors du cadre de son service, sans uniforme ni fonction, mettait Cécile mal à l'aise. Malgré tout, l'avoir en sa possession la rassurait. Elle pourrait parer à toute éventualité. Contrer ce danger imminent qu'elle avait détecté plus tôt, et qui l'avait amenée à barrer le chemin du capitaine Kermarec. Pas que ce geste ait plus de sens que le reste, mais elle se raccrochait à ce qu'elle pouvait.

Personne n'était encore retourné à l'appartement de la rue Émeriau. Cécile se glissa sous les scellés posés par Kermarec, parcourut chaque pièce, lentement, avant d'entrer dans la salle de bains. À l'intérieur, la même impression de froid, le même malaise indescriptible l'enveloppa comme une chape oppressante.

Elle chercha une ombre, une preuve tangible de la présence qu'elle devinait. En vain. Par contre, elle sut soudain ce qu'il convenait de faire. Cela lui vint de manière intuitive, idée paisible dans le tumulte de ses pensées. Une part d'elle continuait malgré tout à lui intimer de partir de là. Que c'était ridicule. Qu'il ne se passerait rien, de toute façon.

Quant au reste de son esprit conscient, il crevait de trouille.

Les paupières closes, elle se força à respirer posément, chassa de sa tête la petite voix qui lui serinait qu'elle était bonne pour l'asile.

— Clara, dit-elle d'une voix qu'elle tentait vainement de contrôler. Je vous laisse ceci. Il est chargé et j'ai ôté le cran de sûreté. Vous n'avez plus qu'à tirer.

Juste avant de ressortir, elle hésita, scruta l'espace autour d'elle. Le rideau de douche ondulait parfois au gré de la ventilation, mais autrement, rien ne bougeait.

— Faites ce que vous avez à faire, Clara. Pour vous libérer de lui. Vous méritez d'être en paix.

Un discours mélodramatique au possible. Elle aurait voulu se moquer d'elle-même, mais son estomac était trop noué pour ça. Elle quitta l'appartement, sans se retourner. Elle alla s'asseoir sur les premières marches des escaliers et posa sa tête contre le mur. Une idée cynique germa dans son esprit en déroute. Si malgré tout il se passait quelque chose… Alors ce serait la première fois en cinq ans de métier qu'elle aurait l'impression d'avoir aidé quelqu'un. Une personne sans défense. Dommage qu'elle fût déjà morte.

Le coup de feu retentit à quinze heures dix-sept.

Le souffle court, Cécile se força à retourner dans le deux pièces. La balle avait transpercé la porte-fenêtre menant au balcon. De minuscules projections entouraient le point d'impact. Des gouttelettes de sang. Aucune autre trace ne révélait ce qui venait de se produire.

Cécile ramassa la douille, puis son pistolet, posé avec soin sur un coussin du canapé. La crosse lui glaça les doigts. Elle tourna sur elle-même à la recherche d'un signe, mais n'en décela aucun. Le cœur au bord des lèvres, elle souffla :

— Je laisserai la porte ouverte.

2

Mise au vert

Le soleil était apparu juste après Valence. Une manière ironique du ciel de signifier « tu vois, ma grande, dans le Sud, tout est plus beau, plus chaud, plus brillant ». Il cognait dur désormais, et l'homme assis côté fenêtre s'était résolu à baisser le store. Malgré cette protection, Cécile donnait trente minutes au compartiment du TGV pour se transformer en étuve. Elle aurait préféré voyager en voiture, avec une climatisation réglable à l'envi. Non, elle aurait préféré ne pas devoir voyager du tout. Mais ce n'était pas comme si on lui avait laissé le choix. Ce départ précipité faisait suite à l'acte final du mauvais vaudeville qui lui avait tenu lieu de vie au cours des deux dernières semaines.

Durant la première partie de cette pièce, elle avait laborieusement tenté de relater les événements de la rue Émeriau. À sa hiérarchie, tout d'abord, puis à des chargés d'enquête de l'inspection générale. Elle n'avait rien omis. Ni ce qui semblait incroyable, ni son angoisse de sombrer dans la folie. Les cris qu'elle avait été seule à entendre. La présence ressentie dans la salle de bains. L'intuition que l'agresseur de Clara Pesenti rôdait encore dans les parages. Cette décision, qu'elle ne savait pas expliquer elle-même, de déposer son arme chargée dans une pièce d'apparence vide. Le coup de feu qui avait retenti alors qu'elle se trouvait à l'extérieur. Et, à chaque fois, elle avait terminé son récit dans une atmosphère d'incrédulité totale.

L'intervention du capitaine Kermarec au cours du deuxième acte l'avait catapultée dans un grand huit émotionnel. Appelé à témoigner lors d'un entretien à l'IGPN, il avait commencé par avouer ses doutes concernant sa santé mentale, avant de livrer un véritable plaidoyer en sa faveur. Il avait rappelé aux chargés d'enquête que les traces de sang retrouvées sur la baie vitrée chez Clara Pesenti appartenaient à un homme mort et enfermé dans un caisson frigorifique à des centaines de kilomètres de Paris. Puis, avec un calme à toute épreuve, il avait martelé qu'il faut parfois savoir regarder au-delà des apparences, accepter qu'il se soit produit un événement que la logique ne pouvait expliquer. Selon lui, il existait des mesures plus adaptées qu'un simple blâme aveugle. Il n'avait toutefois pas précisé lesquelles.

Kermarec avait cherché à lui parler en privé, mais elle avait préféré l'esquiver. Cécile voulait oublier tout ça, par n'importe quel moyen. Avec le temps, elle parviendrait à se convaincre que tout cela n'avait été qu'un sursaut bizarre de son imagination. Elle reprendrait une vie normale. Pas toujours idéale, mais avec une routine satisfaisante. Un salaire à la fin de chaque mois, le loisir de râler sur Lambert ou sur les portes pas assez bien fermées. Ça lui conviendrait. De cela aussi, elle avait cherché à se persuader ce matin, en s'annonçant au bureau de son brigadier-chef pour le troisième et dernier acte, l'énoncé de la sentence. Sa mine sévère avait aussitôt réduit sa maigre assurance en lambeaux.

Tête baissée, elle avait écouté les conclusions de l'enquête en silence. Malgré certains éléments inexplicables, malgré le soutien du capitaine Kermarec, l'inspection générale avait retenu des charges à son encontre. Intrusion sur une scène de crime scellée sans l'accord de sa hiérarchie, utilisation de son arme…

— Je suis mise à pied ? avait coupé Cécile.

— Pour un mois, en effet. Mais ne le prenez pas comme une punition. Plutôt comme une manière de faire le point. Vous êtes un bon élément, Rivère. Et cette affaire est close. La dépouille de Clara Pesenti a été rendue à sa famille. Idem pour celle de son assassin, même si personne n'en a voulu. Ce qui compte, c'est que cette histoire appartient au passé.

Son empathie semblait sincère. Il s'était penché un peu sur son bureau et avait ajouté, d'un ton qui se voulait léger :

— Pourquoi ne pas partir en vacances, le temps de digérer tout ça ? Votre sœur tient bien un gîte en Provence, non ?

En effet. Un bel établissement de charme, classé cinq épis par un célèbre site de location sur Internet. Et, par chance, presque vide en cette saison. Cécile ne comprenait toujours pas pour quelle obscure raison elle avait obéi à son supérieur. De A à Z, en bonne élève disciplinée. Elle était rentrée chez elle, avait fourré quelques affaires dans un sac de sport, puis avait repris le métro jusqu'à la gare. Pas une bonne élève, un automate.

Agathe, elle, n'était pas parvenue à dissimuler son étonnement. Depuis l'autre bout du fil, Cécile avait presque pu voir ses yeux s'agrandir de surprise. Ce qui ne l'avait pas empêchée de lui assurer que oui, bien sûr, elle pouvait l'héberger. Certaines chambres étaient en rénovation, mais la petite, près du garage, était libre. La vue n'était pas la meilleure, et blablabla…

Une bouffée d'air chaud accueillit Cécile sur le quai de la gare, à Aix. Heureusement, la température n'avait pas encore dépassé cette limite où les cigales se réveillaient et entamaient leur infernale ritournelle.

La voiture attendait comme promis au beau milieu du parking. Impossible de toute manière de rater la Kangoo vert pomme d'Agathe et ses autocollants publicitaires. Le nom de la *Bastide du Lavandin* s'y étalait en arabesques élégantes et conviviales à la fois. Agathe se tenait debout à côté du coffre, en pantalon en lin et corsage à fleurs. Le foulard qui retenait ses longs cheveux clairs complétait l'image d'écolo-bobo qu'elle s'était créée en quittant la capitale. À l'époque, le changement avait été si brutal, si subit, que Cécile avait craint que sa sœur n'ait été happée par une secte. Mais cette existence moins stressante et plus proche de la nature semblait lui convenir. Elle respirait la santé, les yeux brillants et attentifs.

— J'aimerais te dire que tu as bonne mine…, commença-t-elle après la série de bises réglementaires.

— Mens, pour une fois, coupa Cécile. Je réciterai une douzaine de Notre-Père pour le salut de ton âme.

— D'accord. Tu es resplendissante, petite sœur.

— Je te remercie, et te retourne le compliment. Les masques de concombre bio, ça te réussit.

— Tu crois vraiment que j'ai le temps de me tartiner le visage de légumes ?

Cécile balança son sac sur la banquette arrière avec une grimace. Elle savait pourtant qu'Agathe ne manquait aucune occasion de saisir de telles perches. Sans surprise, elle se lança sur un sermon à propos de ses obligations maternelles, des contraintes qu'impliquait la gestion d'un gîte de sept chambres, de l'attention qu'elle portait à chaque détail de sa vie de famille... Perdue dans ses pensées, Cécile laissa passer la vague. La voiture avait quitté la départementale quand elle s'aperçut qu'Agathe lui posait une question.

— Alors, c'est quoi le souci ? Ton boulot, j'imagine ?

Elle s'enfonça un peu plus dans son siège. L'espoir qu'Agathe attende la fin du dîner pour lui demander cela, voire qu'elle fasse l'impasse sur les questions de cet ordre, l'avait chatouillée toute l'après-midi. Et voilà qu'elle passait à la casserole avant la première olive de l'apéro.

— En quelque sorte. C'est... difficile à expliquer.

Une réponse on ne peut plus sincère. Comment raconter à sa rationnelle de frangine qu'elle se l'était joué *Sixième sens* deux semaines auparavant ? Qu'elle avait permis à un fantôme de se faire justice ? Qu'à part un capitaine de la police judiciaire qu'elle ne reverrait sans doute jamais, tout le monde la prenait pour une cinglée finie ? Et qu'elle n'était pas en vacances, mais suspendue ? Non, il valait mieux taire tout cela.

— Je ne comprends toujours pas pourquoi tu as choisi cette voie, Cile, dit Agathe en actionnant rageusement son clignotant. Ça va finir par te démolir. Le job, tes collègues, ton chef...

— Ne crache pas sur ce brave brigadier-chef Monard. C'est lui qui m'a conseillé de passer quelques jours chez toi.

Sa remarque provoqua un blanc. Agathe bifurqua une nouvelle fois, puis murmura, sans plus quitter la route du regard :

— Je n'ose même pas imaginer ce qui s'est produit pour qu'il te propose ça… et que tu acceptes. Mais si tu te décides à m'en dire plus, je suis là pour toi.

Cécile eut un sourire amer. Agathe n'y pouvait rien, mais en se montrant aussi adorable, prévenante et discrète, elle lui renvoyait ses propres tares en pleine figure. Quelque part, elle aurait préféré la voir s'obstiner à lui tirer les vers du nez. Mais sa sœur n'agissait pas comme ça. Elle n'était pas dénuée de curiosité, mais préférait tâtonner en douceur. Le tout avec une sérénité à des années-lumière du caractère explosif et instable de Cécile. Tout cela l'énervait d'avance. Par chance, l'utilitaire se mit à tanguer sur le chemin caillouteux de l'allée. Elle profiterait très vite d'une diversion. Un répit qui devrait tenir jusqu'à vingt heures tapantes.

— Tatiiie Ciiiile !

Une tornade blonde se précipita vers elle sitôt sa portière ouverte. Cécile tendit les bras à sa nièce de six ans et la hissa sur ses hanches.

— Olivia, c'est vraiment toi ?

— Ben oui !

— Tu es sûre ? Parce que la dernière fois que je t'ai vue, tu étais toute riquiqui…

Elle ponctua sa phrase d'une série de chatouilles et la petite se tordit de plaisir.

— Meuh non, c'est Florent qu'il est tout quiriri…

— Ah, voilà. J'ai dû vous confondre, ton frère et toi.

La gamine s'indigna et s'empressa de préciser qu'elle était celle dotée de cheveux longs, au contraire de son cadet qui avait pour sa part reçu l'option zizi. Une fois l'affaire clarifiée, elle attrapa sa tante par la main et la tracta jusqu'à la partie de la bastide qu'occupait la famille. Cécile obéit, un sourire aux lèvres. Dans l'opération « changement d'air », elle pouvait au moins compter sur une alliée de poids.

Le dîner se déroula sans accrocs. Cécile aida sa sœur à éplucher les légumes – bio et de proximité – pour le gratin, tandis que Jean, le mari d'Agathe, baignait les enfants. Le petit Florent, dix-sept mois, tartina copieusement sa bavette – cousue main – de purée carotte-betterave – cuisinée maison. La discussion virevolta autour des rénovations entreprises avant la saison estivale, des progrès en lecture d'Olivia au CP et des dégâts qu'avaient causés les fortes pluies de mars sur l'oliveraie du voisin. Les enfants furent couchés selon un rituel bien établi et Cécile refusa un deuxième verre de vin rosé. Prétextant une journée bien remplie, elle prit congé de ses hôtes et se réfugia dans la chambre numéro trois. Elle jeta son sac dans le petit hall d'entrée et, le front pressé contre le panneau de la porte, s'autorisa à tourner le verrou cinq fois. Elle s'assit ensuite sur le lit double, contempla les vingt mètres carrés agencés avec soin. Les couleurs de la couette en patchwork s'accordaient à merveille avec celle des rideaux. Le mur côté tête de lit était peint en vert clair, illuminant la pièce. Des serviettes moelleuses invitaient à faire un tour dans la salle de bains. Cécile hésita toutefois. Les intérieurs confortables, les salles de bains vides… tout cela lui rappelait Clara, même si elle rageait de l'admettre.

— Arrête tes conneries, Rivère, se gronda-t-elle tout bas. Si quelqu'un était mort ici, Agathe te l'aurait mentionné. Alors bouge ton cul et va prendre une douche.

Il lui fallut encore une bonne minute avant de se décider à se lever. Et une dernière vérification de la porte d'entrée.

3

Audrey – À la fin

La baignoire était remplie d'eau fumante. Audrey demeurait figée, debout dans l'encadrement de la porte. De toutes les pièces de son appartement, la salle de bains restait sa préférée. Il ne s'agissait pas d'un de ces cagibis aveugles comme en on trouvait partout, avec une douche encastrée à côté d'un lavabo standard, mais d'une véritable alcôve de quinze mètres carrés dotée d'une baignoire sur pieds. Audrey y avait installé un fauteuil, chiné dans une brocante. L'ensemble était splendide. Audrey avait vécu des choses folles dans cette salle de bains. Elle s'y était sentie belle, désirable. Désirée.

Une main effleura son épaule nue. Le contact, doux mais autoritaire, lui permit de se remettre en mouvement. Elle se glissa avec lenteur dans l'eau chaude, frissonnant malgré les volutes de vapeur. Le liquide parfumé vint caresser sa poitrine et elle sentit sa retenue s'effriter. Des larmes roulèrent sur ses joues, dégringolèrent dans son cou pour aller se perdre plus bas, en silence.

— Chut. Tout va bien, mon ange.

Le ton était si doux, si enveloppant. Ses sanglots redoublèrent.

— Je suis désolée. Je suis tellement désolée…

— Tu n'as pas à l'être. Pas du tout.

Elle leva le regard, résistant à la tentation de se blottir contre la main qui écartait des mèches de cheveux humides de son visage.

— Tu m'aimes encore ? demanda-t-elle, pleine d'espoir.

— Bien sûr, mon ange. Je t'aimerai toujours.

Ces mots lui vrillèrent le cœur d'une exquise souffrance. C'était tout ce qu'elle avait besoin d'entendre. Elle saisit la lame de rasoir posée sur le rebord de la baignoire. Malgré ses tremblements incontrôlés, elle parvint à trancher les veines de ses deux poignets immergés. Droit d'abord, puis gauche. Des gestes nets, précis, presque exempts de douleur. Juste une sensation de brûlure, suivie d'un froid intense. À chacun de ses battements de cœur, l'eau se teintait de nouveaux tourbillons vermeils.

— Tu peux rendre la chose plus rapide, si tu le souhaites.

Audrey jeta un coup d'œil à sa cuisse, là où sinuait l'artère fémorale, puis secoua la tête. Elle voulait profiter de chaque seconde, désormais. Elle plaça la lame dans la paume gantée.

— Tu resteras avec moi ?

— Toujours, mon ange.

Apaisée, Audrey enfonça sa nuque dans la serviette posée sur la faïence. Le froid n'eut bientôt plus d'importance. Ses respirations s'égalisèrent, s'espacèrent. Enfin, elle ferma les yeux, et tout disparut.

4

Partenaires

Le mobile vibrait comme un désespéré. Le numéro direct de Monard s'affichait entre deux légères fêlures sur l'écran. Troisième appel en moins d'une demi-heure. Cécile resta figée le temps que les sonneries s'écoulent, puis elle replaça l'appareil dans la poche arrière de son jean. Sur une impulsion, elle le ressortit pour l'éteindre. Sans vérifier si son supérieur lui avait laissé un message. Bien entendu, Agathe n'avait rien perdu de son manège.

— Tout va bien ? fit-elle, l'air de rien.

— Nickel.

Soufflant sur une mèche de cheveux qui s'était échappée de sa queue-de-cheval, elle s'arma de son morceau de papier de verre et reprit son travail de ponçage. Ces activités manuelles auraient dû lui vider la tête. En fait, elles lui limaient les nerfs. Cécile s'était imaginé tenir une semaine entière à Perfectland avant de craquer. Peut-être plus, en se donnant de la peine. Là, après quatre misérables journées, elle se sentait si frustrée, si à cran, qu'elle risquait d'imploser à la moindre contrariété. Il fallait qu'elle décompresse.

— J'aimerais sortir un peu, ce soir. Je pourrais vous emprunter la bagnole ?

— Tu veux aller où ? On pourrait t'y accompagner.

— Je n'ai pas besoin de chaperons, Gat. Juste d'une bonne dose d'impressions citadines.

— Des impressions qui finiront au petit matin, à la fermeture d'une boîte branchée, beurrée comme une biscotte ? Pas question que je te prête la voiture pour ça.

Cécile envoya valser le cadre de la fenêtre qu'elle était en train de poncer.

— Putain, Agathe, tu ne peux pas cesser ton numéro de sœur parfaite ? Me lâcher les basques une petite minute ? Au cas où tu ne l'aurais pas remarqué, je suis une grande fille. Si j'ai envie de me mettre minable, ça ne regarde que moi.

— Moi aussi, si tu me demandes ma voi…

— OK ! Fous-moi la paix avec ta poubelle verte ! J'irai en bus, à pied, bien égal.

— Parfait. Mais je te signale que tu habites sous mon toit.

— Comme si l'oublier était possible ! Je viens de passer la matinée à repeindre un putain de mur, à m'esquinter les mains au tournevis, mais de toute manière, rien de ce que je fais n'est assez bien pour toi !

— J'essaye juste de te rappeler que j'accueille des clients, ce soir. Des gens honnêtes qui payent pour profiter d'un week-end au calme…

— Oh, pas de soucis, ma chère. Ta dépravée de frangine vomira ailleurs que sur tes lauriers-roses, promis.

Les deux jeunes femmes se toisaient, l'une les poings sur les hanches, l'autre les bras farouchement croisés.

Agathe était sur le point de répliquer, mais une petite voix fluette l'interrompit.

— Pourquoi vous vous disputez ?

Cécile ferma les yeux en découvrant Olivia, collée au chambranle de la porte. Elle passa ses mains poussiéreuses sur son front, puis grimaça un sourire.

— Pour rien, ma chérie. Des bêtises. *Mes* bêtises, puisque ta maman a raison, comme d'habitude. Ne t'inquiète pas pour ça.

— Tu viens voir ma cabane, alors ?

— Juste un petit moment. Après, j'irai me promener.

Elle lança un regard à Agathe, qui avait quitté sa posture colérique.

— Jean doit faire un crochet en ville en milieu d'après-midi, lui dit-elle. Il pourra t'emmener. À toi de te débrouiller pour rentrer.

Cécile remercia cet effort d'un signe de tête, puis elle se rendit dans le jardin pour admirer les travaux de la mini-architecte en herbe.

*

Jean déposa Cécile près du centre-ville. Sans but précis, elle se promena au hasard des rues commerçantes, entrant ci et là dans une boutique. Elle s'acheta une robe couleur prune, outrageusement courte, qu'elle enfila dans les toilettes d'un fast-food. Elle arpenta ensuite plusieurs quartiers en attendant une heure décente pour trouver un club convenable. Se pointer dès l'ouverture aurait paru trop désespéré.

Elle sut dès son entrée qu'elle avait fait le bon choix. La musique électro était assourdissante et une horde sauvage s'agitait sur la piste. Elle fendit la foule des danseurs, se noya dans leur rythme, inspirant les odeurs lourdes de sueur et d'envies. Elle s'y perdit un long moment, puis décida d'émerger à nouveau. Elle avait à peine atteint le bar qu'on l'accostait déjà.

— Je te paye un verre ?

Le type était grand et sans aucun doute adepte des salles de fitness. Son tee-shirt moulant au col en V laissait entrevoir des pectoraux glabres, bien définis. Ses dents étincelaient sous les spots de lumière blanche, au milieu de la sempiternelle barbe taillée au poil près à la mode chez les mâles de plus de vingt ans.

— D'abord, on danse.

Toujours vérifier la manière de bouger d'un mec. Inutile d'aller plus loin avec un manche à balai. À moins d'avoir très soif. Celui-ci se débrouillait pas mal du tout. Il ne lui fallut pas plus de trois minutes pour se retrouver collé contre elle, une main sur sa hanche.

— Caïpirinha, ordonna Cécile lorsque ses doigts s'aventurèrent en direction de ses fesses.

Juchée sur un tabouret, elle le laissa passer la commande. Elle réarrangea ses cheveux, les attachant plus serrés. Le type déposa les cocktails sur la minuscule table ronde et démontra à d'éventuels concurrents qu'il avait raflé la mise. Un chien aurait pissé par terre pour établir sa propriété, lui se contenta de placer son pied sur la barre du tabouret, son jean à deux cents balles plaqué contre sa jambe nue.

— Moi, c'est Nathan, et toi ? hurla-t-il pour traverser les décibels de la musique.

— Alice.

— Joli. T'es d'Aix ?

— Non. En vacances.

— Toute seule ?

Cécile n'avait pas manqué la petite étincelle dans ses yeux. Elle battit des cils et répondit avec un sourire malicieux :

— Plus maintenant.

Deux heures passèrent, entre trémoussage intensif et augmentation consciencieuse du taux d'alcool. Cécile ne dépassa toutefois pas un certain niveau. Garder le contrôle, toujours. Elle tournait à la boisson énergétique quand sa prise lui dit en ricanant :

— Tu t'appelles pas vraiment Alice, hein ? Tu réagis qu'une fois sur deux.

— Qu'est-ce que ça peut te foutre ?

Il haussa les épaules. Apparemment, ça lui était bien égal.

— On pourrait pas aller ailleurs ? reprit-elle.

— Genre ?

— Genre chez toi ?

Nouveau reflet lubrique dans le regard. Il lui tendit le bras dans une parodie de gentleman. L'air frais, à l'extérieur, finit de remettre Cécile d'aplomb. Il ne restait qu'un fragment de cette *tension* insupportable qui lui bouffait les entrailles. Elle espérait en être vite débarrassée. Le type – elle avait complètement zappé son prénom – l'emmena jusqu'à un petit immeuble propret, à moins de dix minutes à pied. L'appartement, situé au troisième étage, était spacieux et plutôt bien tenu pour un jeune célibataire. Soudain atteint d'un accès de timidité, il louvoya vers elle, lui offrit à boire tout en effleurant sa nuque.

— Tu peux laisser tomber les préliminaires, suggéra Cécile.

Pour rendre ses propos plus clairs, elle défit d'un geste assuré les trois boutons de son jean. Il ne se fit pas davantage prier. Dans un élan dominateur, il la repoussa contre la paroi, releva l'ourlet de sa robe. L'une de ses mains se faufila dans sa petite culotte. *Ben voilà. Il suffisait de demander*, songea Cécile, occupée à extraire le matériel requis pour la suite des événements d'un boxer devenu bien trop serré. Il assura sa prise, la hissant à hauteur de hanches. L'imbécile s'imaginait mener le jeu. S'il savait à quel point il était loin du compte ! Cécile ne perdait jamais le contrôle. Jamais.

Elle avait bien jugé l'animal sur la piste de danse. Malgré l'heure tardive, la fatigue et les nombreux cocktails ingérés, il s'acquitta d'une performance tout à fait satisfaisante. Lorsqu'elle comprit qu'il était à bout, Cécile s'éclipsa dans la salle de bains. Un flacon de savon exfoliant à l'orchidée sauvage était posé à côté du gel douche deux en un au parfum de mâle en rut. Cécile sourit. Elle se débarbouilla en vitesse puis retourna dans la chambre, où elle récupéra ses vêtements un à un.

— Qu'est-ce que tu fais ?

— Je m'habille et je m'en vais.

— Tu veux pas rester ?

Sans se relever, il tendit un bras et caressa le bas de son dos en lents cercles concentriques. Encore un que les endorphines rendaient romantique.

— Pourquoi, tu comptais t'endormir en me serrant dans tes bras, et au petit matin aller me chercher des croissants pour le petit déj ?

— Ben ouais, pourquoi pas…

Elle le considéra avec un mélange de lassitude et de mépris.

— Tu ferais mieux d'en acheter à ta régulière. Mais merci pour la soirée, c'était sympa.

*

Ce furent les heureux locataires de la chambre cinq – la plus grande, fraîchement repeinte dans des teintes lavande – qui la réveillèrent en devisant gaiement devant leur porte. Cécile tâtonna jusqu'à ce que ses doigts rencontrent son mobile posé au bas du lit. Huit heures trente. Son trajet retour depuis la ville avait duré presque aussi longtemps que sa nuit de sommeil. Si son corps était agréablement courbatu et son esprit plutôt libre, son crâne pulsait au même rythme que la techno de la veille. Il lui fallait deux ou trois aspirines, de préférence dissoutes dans un mug de café noir. Chez elle, elle aurait pu se préparer sa potion magique et retourner se réfugier sous la couette. Ici, un minimum de décence était de rigueur.

Douchée et habillée de frais, elle se faufila à pas de loup dans le couloir. Elle atteignit la salle à manger sans percevoir la moindre présence. Mais à peine avait-elle introduit une capsule dans la machine à espresso qu'Agathe fit son apparition, le front barré d'une vilaine ride sévère et le regard réglé sur radar perçant. Cécile avait bien trop mal au crâne pour se risquer dans une joute verbale. Elle salua sa sœur avec politesse et emporta sa tasse jusqu'à la longue table en bois massif qui servait aussi bien à la famille qu'aux hôtes du gîte.

— Tu as dépassé l'heure du couvre-feu, jeune fille, marmonna Agathe.

Cécile ébaucha un sourire, consciente que sa sœur

tentait de briser la glace. C'était l'un des nombreux mérites d'Agathe : sa palette de sentiments n'incluait pas la rancœur.

— Tu vas m'obliger à réparer le toit en guise de punition exemplaire ?

— Je pensais plutôt à te faire ouvrir et refermer une porte une centaine de fois sans le moindre bruit. Mes clients ont semble-t-il été réveillés à cinq heures du matin par quelque chose qui ressemblait à des claquements sur le palier.

Une petite pique quand même. Cécile força un air contrit sur son visage. Agathe ne pouvait pas savoir. Mieux valait qu'elle s'imagine que son manège répétitif était dû à un abus d'alcool.

— Gronde pas trop fort. Au moins, je n'ai rien cassé, ni même endommagé, promis, juré, craché.

— Mouais. On dira ça.

Agathe se dirigea vers la cuisinière et entreprit de ranger le contenu du lave-vaisselle. Entre chaque aller et retour jusqu'au vaisselier, chargée de bols ou de plats en céramique, elle lui lançait un regard lourd. Dans ce genre de situation, elle finissait toujours par poser des questions dérangeantes. Style « Tu as vu Maman, récemment ? », « Il y a quelqu'un dans ta vie ? » ou « Pourquoi t'es-tu réfugiée chez moi, au fait ? ». Cécile préférait ne pas lui laisser l'occasion de faire son choix parmi la multitude d'interrogations qu'elle voyait luire dans ses yeux. Quoi de mieux pour lui changer les idées que de lui annoncer la décision prise la veille ?

— Dis, grande sœur chérie, tu plies encore toute ta compta à la main, ou tu as investi dans un de ces affreux ordinateurs à la consommation énergétique démente ?

— Nous vivons avec notre temps, gamine. Notre PC marche au biogaz produit par les crottes des deux chèvres du voisin. Imagine, on a même Internet les jours impairs !

— Magnifique. Mais je n'ai besoin que d'un traitement de texte, pour écrire une lettre. Une lettre de démission.

Agathe se figea en plein mouvement, une poignée de petites cuillères dans la main. Pour parfaire le tout, le téléphone se mit à sonner dans la pièce adjacente. Pendant deux ou trois secondes, elle resta indécise, la bouche ouverte, puis se décida pour l'appel. Cécile retourna à son café, hélas déjà tiède. Elle se levait dans l'optique de doubler la dose lorsque Agathe réapparut, le combiné du téléphone plaqué contre son tee-shirt, sur sa poitrine.

— Cile, c'est pour toi. Un capitaine Kermarec.

*

Les locaux du service de police judiciaire où œuvrait Kermarec étaient vastes, mais méritaient un bon rafraîchissement. Ces quelques jours passés en compagnie d'Agathe avaient produit un drôle d'effet sur Cécile. Assise sur une chaise dans une petite salle vitrée au cinquième étage, elle listait les défectuosités sur les murs et au plafond. Le tout en se demandant si une teinte crème donnerait une impression plus rassurante, ou s'il vaudrait mieux pousser jusqu'à un pastel, bleu ou rose saumon. Mais peut-être n'était-ce qu'une diversion de son esprit pour ne pas penser à ce qu'elle faisait à cet endroit, à cet instant précis.

Le trajet retour avait été beaucoup trop rapide. Pas assez de temps pour réfléchir, pour sauter du train entre deux gares et s'enfuir à tout jamais, ou simplement pour atténuer sa migraine. Le ciel, aussi facétieux qu'ironique, lui avait réservé un véritable déluge en guise de cadeau de bienvenue. Difficile de croire qu'elle avait quitté le printemps précoce du Sud moins de quatre heures auparavant. En mode automatique, Cécile s'était rendue au commissariat sans même passer par la case maison. Une femme d'une quarantaine d'années, style mama africaine dépossédée de son boubou, était venue la chercher à l'accueil et l'avait installée dans cette pièce qui pouvait aussi bien être une salle d'interrogatoire qu'un coin réunion. Elle était revenue cinq minutes plus tard avec une canette de Coca. Cécile l'avait décapsulée avec gratitude. Toute caféine est bonne à prendre, même en situation de stress.

Kermarec apparut bien après que Cécile eut terminé sa boisson. En voyant sa tenue décontractée – jean et pull à capuche par-dessus un tee-shirt –, elle se rappela qu'on était samedi après-midi. Il gardait donc ses chemises bien repassées pour la semaine. Les deux variantes mettaient en valeur ses épaules larges et sa haute stature. Un type solide, vrai. Un homme pareil ne s'abaissait pas à faire de fausses promesses. Du moins l'espérait-elle.

— Je vous remercie d'avoir interrompu vos… vacances, Rivère.

— Vous savez vous montrer persuasif, tout en entretenant le mystère.

Ses arguments au téléphone l'avaient laissée sans voix. Il lui avait fait miroiter non seulement un coup d'éponge sur son ardoise à l'IGPN, mais en prime une place de stagiaire en tant qu'officier de police. Une formation sous ses ordres directs. Pour cela, elle devait commencer tout de suite, en l'aidant sur une affaire dont il n'avait révélé aucun détail.

— Une faculté innée, mais dont je n'abuse jamais, rétorqua-t-il avec un sourire qui révéla de petites rides discrètes aux coins de ses yeux.

Il passa une main dans ses cheveux bruns et tira une chaise au coin de la table. Une position plus sympathique : on ne mettait pas l'autre mal à l'aise en n'étant ni en face ni à côté. Une fois installé, il fit glisser un dossier devant Cécile. Celle-ci se tassa, bras croisés, dans une attitude qui signifiait « je ne regarderai rien, je ne l'ouvrirai même pas ». Manque de chance, Kermarec s'en chargea pour elle. Une photo en format C5, fixée au haut de la chemise cartonnée par un trombone, dissimulait le reste des documents. L'agrandissement de la photo d'identité d'une très belle jeune femme aux traits métissés. Un visage d'un ovale délicat bordé d'épais cheveux noirs ondulés, des lèvres pleines, des yeux sombres et étincelants à la fois, un teint de bronze. Même le faible sourire autorisé par les normes en vigueur pour de tels clichés suffisait à la rendre charmante.

— Voici Audrey Lernesse. Jeudi, son frère jumeau nous a contactés, nous expliquant qu'il s'inquiétait de ne pas avoir de ses nouvelles. Hier matin, il s'est impatienté. Comme je ne voulais pas le voir faire le pied de grue devant mon bureau, j'ai cédé à sa demande et me suis rendu avec une équipe au domicile d'Audrey. Le frère avait raison de se faire du mouron. Audrey était décédée depuis plus de quarante-huit heures.

Cécile avait envie de fermer les yeux, de se boucher les oreilles et de fuir aussi vite que possible. Mais le regard de cette jeune inconnue – Audrey – l'avait happée. Son cerveau tournait en boucle. Elle ne voulait rien savoir. Rien apprendre à propos de cette fille, aucun détail, aucune information, même banale. Rien, rien, rien… Elle reconnut à peine sa propre voix lorsqu'elle s'entendit répondre, à la manière d'un automate rouillé :

— Quel est le rapport avec Clara Pesenti ?

— Il n'y en a pas.

Le ton de Kermarec était calme, prudent et attentif. Il fit mine de tourner une page du dossier.

— Pas de « meurtre sauvage » ?

Il suspendit son geste, reposa sa main sur la table.

— Pas selon les apparences. Audrey Lernesse s'est ouvert les veines dans sa baignoire. Mais vous connaissez mon avis à propos des apparences : elles peuvent parfois se révéler trompeuses. Je crois que le mieux serait que vous puissiez juger par vous-même. Je vous emmène ?

5

Indices

Cécile avait l'air à cran. Comme à chacune de leurs rencontres, en fait. Sans doute avait-elle espéré ne jamais devoir recroiser son chemin. Inquiet qu'elle ne décide de lui fausser compagnie en pleine rue ou dans un couloir du métro, Kermarec préféra prendre sa voiture. Les résultats de cette initiative ne furent pas probants : même dans le siège passager de sa Clio poussive, Cécile se tordait les mains et grinçait des dents.

— Comment a-t-il réagi ? demanda-t-elle brusquement.

La question prit Kermarec au dépourvu. Il en oublia de passer la troisième et ne put répondre qu'après un feulement indigné du moteur.

— Qui ça ?

— Le frère.

— Il nous a fait une crise de nerfs. Une vraie. Le toubib a dû le shooter pour l'empêcher de tout saccager.

Il jeta un coup d'œil de côté pour guetter sa réaction, mais elle ne laissait rien transparaître. Trois pâtés de maisons plus tard, elle reprit d'une voix blanche :

— Pourquoi m'avoir fait revenir ?

— Comme je vous l'ai expliqué au téléphone…

— Non, je parle de vos vraies raisons, coupa-t-elle. Il y a assez de flics dans cette ville pour vous donner un coup de main. Alors pourquoi vouloir m'aider ?

— Parce que vous m'intriguez. Et puis, vous avez l'ancienneté requise pour passer le concours de lieutenant, et ça fait un bail qu'on n'a plus formé de stagiaire. Je me suis dit que ça pourrait représenter une bonne opportunité.

Cette fois, elle se tourna vers lui avec une expression où se mêlaient colère et incrédulité.

— Arrêtez de vous foutre de ma gueule, Kermarec.

— Je n'ai jamais rien fait de tel.

C'était en effet les arguments qu'il avait servis à son patron, le commissaire divisionnaire Bartoli. Il n'avait pas ajouté qu'il méritait un avancement et un grade plus élevé depuis bien des années. Bartoli savait tout cela, inutile de lui donner l'impression de subir une quelconque forme de chantage. Il avait réagi avec sagesse et pragmatisme, lui demandant s'il se rendait compte des implications. En partant sur de telles bases, avec une personne pareille, il risquait de se faire chambrer en permanence. Et de le regretter à la longue. « Je pense être assez solide pour supporter les railleries de mes petits camarades », avait-il répondu. « Vous, oui. Mais qu'en sera-t-il de Rivère ? »

Kermarec espérait qu'elle tienne le choc. La veille, devant son patron, il avait bon espoir. Là, dans son tacot grinçant, des doutes commençaient à entamer cette belle confiance.

Il trouva une place de stationnement tout proche d'un

immeuble haussmannien, rue de la Convention. Cécile le suivit sans desserrer les mâchoires. Sitôt dans l'ascenseur, elle se concentra sur le bout de ses chaussures. Elle ne recouvra la faculté de parole que lorsqu'il déverrouilla la porte de l'appartement d'Audrey Lernesse.

— Que faisait cette fille ? Comme job ?

— Elle travaillait comme infirmière dans une maison de retraite.

— Vous plaisantez ? Impossible de se payer un logement dans un quartier pareil avec un salaire d'infirmière.

— Bien vu. Les parents Lernesse sont décédés il y a cinq ans en laissant à leurs héritiers un joli bas de laine. Monsieur naviguait dans les hautes sphères de la finance, madame tenait une galerie d'art très bien cotée.

Il ouvrit le battant en grand. Comme elle ne réagissait pas, il entra en premier.

— Rivère ? Vous venez ?

Elle était figée à dix centimètres du palier, tendue à l'extrême. Kermarec ébaucha un geste dans sa direction. Elle le repoussa, se crispa un peu plus encore, mais franchit malgré tout le pas de la porte.

— Vous savez que je n'ai plus jamais ressenti… euh… revécu ce genre de…

— Pas de soucis. Venez, ça s'est passé dans la salle de bains.

Elle laissa échapper une sorte de hoquet nerveux. Flûte. Les salles d'eau, ça ne devait pas être son fort, depuis Clara Pesenti. *Désolé d'en rajouter une couche, Cécile.* Une partie de lui, moins empathique, regrettait surtout l'aveu qu'elle venait de formuler. Bien sûr qu'il espérait qu'elle soit un peu plus qu'une jeune flic banale.

Sinon il n'aurait pas fait des pieds et des mains pour l'intégrer au service. Il aurait choisi un autre candidat, de préférence avec un peu plus d'assurance. Rivère était intelligente, dégourdie, et elle avait plutôt bien résisté sous le feu nourri de l'IGPN. Mais là, elle donnait l'impression qu'elle allait se désintégrer sur place. La faute à l'inspection générale, justement, et à la hiérarchie de Rivère. Ils avaient préféré s'en servir comme bouc émissaire, tout en escamotant les zones obscures du dossier. Elle ne méritait pas un tel traitement. Kermarec exécrait les jugements hâtifs autant que les gens obtus. Si Rivère affirmait avoir perçu la présence d'un esprit, il était prêt à la croire. Il se targuait d'entretenir une certaine ouverture d'esprit et, de plus, son sens de la justice lui dictait que tout le monde avait droit au bénéfice du doute. Et si vraiment la jeune policière, tout incertaine qu'elle soit pour le moment, possédait une telle faculté… Qui sait, cela pouvait devenir intéressant pour certaines enquêtes.

Plus on approchait du lieu où le corps avait été retrouvé, plus l'odeur se faisait prégnante. Un mélange écœurant d'huiles essentielles, de déjections et de décomposition. La pièce avait été aérée, la baignoire vidée, rincée, le cadavre emmené à l'institut médico-légal sitôt les photos prises, mais malgré tout l'odeur persistait, comme un indice supplémentaire. Cécile se pinça le nez avant de pénétrer bravement dans la pièce, tout en prenant garde à ne pas heurter les marques disséminées au sol. Sa main quitta son visage et redescendit peu à peu le long de son corps, le temps qu'elle examine les lieux. Une épaule appuyée au chambranle, Kermarec la laissa cogiter en paix. Elle n'agissait pas en état de panique, c'était déjà ça. Non, en fait, sa manière de détailler chaque objet, chaque surface, lui plaisait beaucoup. Elle n'était pas dépourvue de méthode et de logique.

— Vous m'avez dit qu'elle s'était tranché elle-même les veines ?

— Oui. Le légiste l'a confirmé. L'angle des incisions corrobore la thèse du suicide, tout comme la pression portée, plus faible du côté droit.

Du bout de l'index, elle désigna la lame de rasoir posée sur le rebord du lavabo. Le gris du métal détonnait sur la chaude couleur du bois exotique laqué qui entourait la vasque en émail.

— Et personne n'a rien déplacé ?

— Nous sommes sur une scène de crime. On n'y joue pas à la petite ménagère.

Le doigt de Cécile suivit un trajet invisible, du lavabo jusqu'à la baignoire.

— Donc, Audrey s'est bien tuée… Mais elle ne se trouvait pas seule. Ou alors, elle était télékinésiste.

— Vingt sur vingt, Rivère. Lancer la lame depuis la baignoire pour qu'elle atterrisse avec précision à cet endroit-là est quasi impossible. Même s'il s'agissait d'un coup de chance, des éclaboussures devraient être observables sur le parcours.

— Du sang, de l'eau.

— Et il n'y a rien. Aucune trace.

Elle croisa les bras, le regard perdu quelque part au-dessus de la baignoire. Là où se trouvait sans doute le visage d'Audrey quand… Percevait-elle quelque chose qui sortait de l'ordinaire ?

— Vous pensez qu'on l'a forcée à…

Sa phrase s'éteignit sur ses lèvres frissonnantes.

Kermarec soupira : il commençait à avoir la sinistre impression de la maltraiter psychologiquement. Se conduire comme un opportuniste ne lui plaisait pas. Pas du tout. En partie pour se racheter, il décida de l'appeler par son prénom et de passer au tutoiement. De quoi créer – il l'espérait – une proximité entre eux, un pont bienvenu dans leurs rapports tendus.

— Je n'en sais rien, Cécile. Il se peut aussi qu'elle ait commis cet acte irréparable en étant seule, et qu'une personne soit passée après.

— Dans ce cas, pourquoi déplacer la lame et ne rien entreprendre d'autre ? Ça n'a pas de sens.

— De mon point de vue, inciter une personne à s'ôter la vie ne me paraît pas non plus sensé. Note que je n'ai pas encore fait le tour de toutes les horreurs de la nature humaine et que, très franchement, j'espère ne jamais tout en comprendre.

Elle serra ses bras un peu plus fort sur son ventre. Son attitude corporelle tranchait avec son expression. Comme un collage où l'on aurait mélangé le visage d'une femme mûre, terriblement soucieuse, et le corps d'une gamine apeurée.

— Et maintenant ? murmura-t-elle d'une voix à peine audible.

Kermarec la prit par l'épaule pour la guider hors de la salle de bains.

— Maintenant, rien. On rentre chez nous, on profite de notre samedi soir. Demain, rien non plus, on se repose. Enfin, moi, je me repose, toi, tu réfléchis. Et si tu décides d'intégrer le service, tu m'y trouveras lundi dès huit heures. D'accord ?

Cécile hocha la tête pour toute réponse et le précéda

dans le corridor. Elle dégringola les escaliers si vite qu'il craignit qu'elle ne file sans demander son reste. Finalement, elle l'attendit dehors. Après un échange maladroit et empreint de gêne mutuelle, il réussit à la convaincre de profiter de sa voiture plutôt que de prendre le métro. Elle s'engouffra dans la Clio avec légèreté, mais claqua la portière de toutes ses forces, la rouvrit puis recommença à deux reprises.

— Elle était fermée dès la première fois, signala Kermarec, une jambe encore en dehors de l'habitacle.

— Je sais.

Elle s'appliquait à regarder droit devant elle. Il s'assit correctement sur son siège, ferma sa propre portière en douceur.

— Tu fais toujours ça ?

— Ça se peut bien.

Parler semblait lui écorcher la gorge. Il hocha la tête et tourna la clé de contact.

— OK. Chacun ses petites manies.

Il démarra avec l'impression d'avoir décroché un indice de plus sur l'attitude de Cécile Rivère. Un comportement des plus inhabituels. Une chance qu'il aimât ce qui sortait de l'ordinaire.

6

Un oisillon surnommé Lucky

Cette fois, ce fut un blond surprotéiné à la coupe de GI qui escorta Cécile de l'accueil jusqu'à l'open space du cinquième étage. Kermarec raccrocha son téléphone pile au moment où elle parvenait au niveau de son bureau – une banale table surmontée de plusieurs piles de dossiers et de fiches qui, bien qu'alignées au cordeau, menaçaient d'engloutir son écran d'ordinateur.

— Hé, le Breton ! brailla le GI. Je t'ai amené ta diseuse de bonne aventure !

— Très drôle, Boris.

Visiblement fier de lui, le farceur sourit de toutes ses dents. Cécile ne se laissa pas démonter pour autant.

— Mauvaise analogie, énonça-t-elle tandis que l'autre s'éloignait.

Il se retourna aussitôt, une expression de franche surprise sur le visage. Celle de Kermarec lui ressemblait en tous points.

— Hein ?

— J'ai dit : mauvaise analogie. Tu vois une boule de cristal dans ma panoplie ? La seule chose que je possède en commun avec une Madame Irma, c'est une grande gueule. La mienne me fait dire des âneries en total décalage avec mon manque chronique de confiance en moi. Donc, vraiment, tu es loin du compte.

Les deux hommes la fixaient, bouche bée. Une trentenaire se mit à applaudir depuis l'autre côté de la pièce, mais sans la regarder le moins du monde. Cécile lui adressa malgré tout un signe de tête pour la forme et tendit la main au GI.

— Cécile Rivère. Ça sonne assez peu exotique ou mystérieux, mais c'est mon nom.

— Boris Kretz, articula-t-il avec une poigne tout en retenue.

— Enchantée.

Elle reporta son attention sur Kermarec qui continuait à la dévisager, avec le sourire à présent.

— Ça, c'est de l'entrée en matière. Tu t'y prends toujours de cette façon ?

— Non, mais il paraît qu'innover est bon pour le cerveau.

— Ton admiratrice, là-bas, s'appelle Sofia. Elle travaille en général en tandem avec Nasser, qui n'est pas du matin, surtout le lundi. Et tu as déjà vu Victoire avant-hier. Voilà pour les membres de notre super service. Et toi ? J'imagine que tu as profité de ton dimanche pour réfléchir ?

En fait, elle avait passé la majeure partie de la journée à soigner une gueule de bois monumentale. Sitôt de retour chez elle samedi, elle avait jeté son dévolu sur un chemisier cintré et une jupe trapèze avant de traverser toute la ville pour trouver un endroit ou décompresser. Le tout en ayant conscience que s'adonner à ce genre de… vice? activité? transgression? deux jours consécutifs n'était pas très sain. Qu'une personne normale n'aurait pas besoin de se prouver quoi que ce soit en se faisant sauter par un inconnu de plus, avant de rentrer pour vider une demi-bouteille de vodka en solitaire. Le réveil avait été rude, même si d'une certaine manière ses idées étaient plus claires, son esprit plus calme. Elle avait tenu le sentiment de dégoût à distance. Il valait mieux.

— Je veux bien essayer. Mais je ne garantis rien. Vous… enfin, tu sais que j'étais sur le point de rendre mon tablier.

— Super, fit-il, ignorant la deuxième partie de sa réponse. On verra pour la paperasse plus tard. Xavier Lernesse, le frère de la victime, patiente dans une salle de réunion. Tu viens assister à la discussion?

Elle acquiesça, se débarrassa de sa veste qu'elle plia sur une chaise. Kermarec l'attendait, un dossier pressé sous le bras. Elle espérait qu'il ne contenait pas de photos choquantes de la scène de crime.

— Il pense toujours que sa sœur s'est suicidée?

— Nous n'avons rien insinué qui lui laisserait croire le contraire.

Il la précéda jusqu'à la salle où elle avait patienté la veille. Le jeune homme qui s'y trouvait se leva avec précipitation sitôt qu'il vit apparaître Kermarec. De taille moyenne, il avait la même peau dorée que sa sœur. *Un joli métissage au parfum indien*, pensa Cécile. Mais ce teint ne dissimulait en rien la profondeur de ses cernes, pas plus qu'il n'éclipsait sa coiffure en désordre ou sa chemise froissée. À croire qu'il n'avait ni dormi ni pris une douche depuis plusieurs jours.

— Désolé de vous avoir fait attendre, monsieur Lernesse, entama Kermarec en lui serrant la main. Je vous présente ma collègue, Cécile Rivère.

Le jeune homme lui bredouilla quelques mots, puis se focalisa sur Kermarec.

— Elle ne s'est pas suicidée, hein ? Si vous m'avez demandé de venir, c'est pour une bonne raison. Audrey n'aurait pas pu faire ça. Dites-moi ce que vous avez trouvé.

En quelques mots calmes, Kermarec parvint à le convaincre de se rasseoir. Malgré tout, il ne cessait de trépigner du genou, ses longues mains tantôt coincées sous ses cuisses, tantôt tordues contre son ventre. Quand il ne se rongeait pas les ongles. Cécile s'installa à côté de son nouveau collègue – et mentor, apparemment –, légèrement en retrait. Après tout, il menait la danse. Savoir comment il avait prévu de gérer cette épineuse discussion titillait sa curiosité.

— Avant tout, je dois m'assurer d'une chose, monsieur Lernesse.

— Xavier. Appelez-moi Xavier, je vous en prie.

— D'accord, Xavier. Vous m'avez dit ne pas posséder les clés de l'appartement de votre sœur, c'est exact ?

— J'en avais un double, en fait. Mais elle m'avait demandé de le lui rendre.

— Pour pouvoir le donner à quelqu'un d'autre ?

— Je l'ignore.

— Nous avons retrouvé deux jeux de clés, un sur le meuble à l'entrée, sur un trousseau que nous imaginons être celui d'Audrey, et un autre dans un tiroir de son bureau. Savez-vous s'il en existait un troisième ?

— Pas à ma connaissance.

Le gaillard se crispait de plus en plus. Il faisait presque pitié à Cécile. Elle tenta de lui glisser un bref sourire compatissant lorsqu'il regarda dans sa direction.

— Ce que j'essaye d'établir, reprit Kermarec, c'est la probabilité qu'une personne ait pu pénétrer dans l'appartement d'Audrey après son décès.

Il tressauta sur sa chaise, les yeux écarquillés.

— Et avant ? Pourquoi ne vous intéresseriez-vous pas à ce qui s'est produit *avant* ?

— Certains éléments démontrent avec une absolue certitude que…

— Non ! beugla-t-il avec tant de brusquerie que Cécile sursauta. Non, vous ne me ferez pas avaler qu'Audrey s'est suicidée !

Il agrippait de toutes ses forces la longue table qui le séparait des deux policiers. Kermarec leva les mains en signe d'apaisement.

— Xavier, je ne…

— Pourquoi vous ne voulez pas me croire ? Vous ne savez même pas qui était Audrey ! Tout le monde vous le dirait : elle était vive, intelligente, belle, chaleureuse… Un vrai rayon de soleil.

Sa voix s'étrangla un moment. Il se passa le revers de la main sous les yeux, renifla puis poursuivit, le regard braqué sur Cécile :

— Vous voulez que je vous explique qui était ma sœur ? Lorsque nous avions huit ans, nous avons trouvé un oisillon sur le bord du trottoir. Pas moyen de repérer son nid. La pauvre bestiole n'avait même pas de plumes, elle piaillait de faim, de douleur ou que sais-je encore. Elle allait mourir, c'était couru d'avance. Malgré tout, Audrey a décidé de l'appeler Lucky. *Lucky !* Audrey était… Oh, mon Dieu, ça fait *mal* d'en parler au passé ! Audrey était comme ça. Toujours positive. Et vous voulez me faire croire qu'elle… Non !

Il se leva une nouvelle fois, envoyant valdinguer sa chaise. Cécile fit mine de le rejoindre, mais Kermarec l'en empêcha d'un signe discret. Après quelques allers-retours rageurs le long de la petite pièce, il s'immobilisa enfin, les mains crispées dans ses cheveux.

— Je vous en prie, Xavier, rasseyez-vous et écoutez-moi.

Il s'exécuta avec lenteur, le dos courbé, le regard fixé sur le bout de ses chaussures.

— Le rapport préliminaire du médecin légiste indique qu'Audrey a effectué elle-même le geste qui lui a coûté la vie. Mais si je parle avec vous aujourd'hui, c'est parce que certains éléments restent énigmatiques. J'aimerais pouvoir déterminer si quelqu'un aurait pu l'influencer, ou la menacer. Une enquête a été ouverte, Xavier.

Sa tête s'affaissa un peu plus. Pendant une longue minute, on n'entendit plus que ses sanglots. Puis il commença à répéter « merci » en boucle. Au vingtième, Kermarec craqua et se leva pour aller lui tapoter l'épaule. Après quelques échanges sans réelle importance, le jeune homme quitta le service, les yeux encore rougis. À la surprise de Cécile, il n'avait pas cherché à savoir ce qui avait attiré l'attention de la police sur la scène de crime. Il paraissait simplement soulagé qu'on ait bien voulu l'entendre, le croire. Comme n'importe qui, d'ailleurs. En tout cas, il devait être sacrément attaché à sa sœur. Cécile se demanda comment elle aurait réagi, s'il s'était agi d'elle et d'Agathe. Ou si Agathe s'était retrouvée dans cette situation. Mais elle remisa très vite cette pensée morbide dans un recoin sombre de son esprit. Elle n'avait vraiment pas besoin de ce genre de réflexions. La voix de Kermarec la ramena à la réalité.

— Alors, qu'en dis-tu ?

— Qu'il aimait beaucoup sa sœur. Et que s'il ment, c'est un sacré bon comédien.

— Ta fibre empathique va peut-être en vouloir à ma froideur toute policière mais, pour ma part, son attitude me met mal à l'aise. J'ai vu de jeunes mariés, fous amoureux de leur femme, pleurer moins que ça.

— Ils étaient jumeaux. Et leurs parents sont décédés alors qu'ils avaient à peine vingt ans, si j'ai bien compris. Ça a dû les rapprocher.

— Mouais. Reste à savoir si cette relation fusionnelle n'était pas qu'à sens unique.

— Tu vas enquêter sur le frère ?

— Non, Rivère, *nous* allons enquêter sur le frère. Mais pas seulement. J'ai déjà pris rendez-vous avec l'employeur d'Audrey, dans le seizième.

Cécile se renfonça dans son siège et croisa les jambes. Apparemment, elle était embauchée. Est-ce que cet interrogatoire informel avait servi de test ? Et l'avait-elle réussi grâce à sa capacité à obéir aux ordres, à rester de marbre ? Difficile de savoir avec certitude ce que Kermarec souhaitait voir naître de leur collaboration. La seule chose sûre, c'est qu'il était parvenu à la ferrer. Impossible pour elle désormais de tourner le dos à Audrey, d'abandonner l'affaire. Sa lettre de démission attendrait, finalement. Elle secoua la tête, ébaucha un sourire.

— Si on travaille ensemble et qu'on est devenus assez proches pour se tutoyer, on ne pourrait pas s'appeler par nos prénoms ?

— Je n'y vois pas de problème.

— Moi si. J'ignore le tien.

— Lino, répondit-il sans la regarder en face.

Elle haussa un sourcil de surprise. Voilà qui sonnait bien moins breton que son nom de famille. Il finit par se tourner dans sa direction, produisant une moue contrite.

— C'est un diminutif.

— De quoi ?

Il soupira, puis avoua du bout des lèvres :

— Merlin. Et si tu te le demandes, oui, j'en veux encore à mes parents. Choisir ce nom pour son enfant alors qu'on habite à un jet de pierre de la forêt de Brocéliande, ça devrait être puni par la loi.

Cécile posa une main sur sa bouche pour s'empêcher de rire, mais l'envie se montra plus forte.

— C'est mignon. Enchantée, Merlin.

L'usage des deux termes côte à côte fit repartir son hilarité.

— Ne t'avise pas de m'appeler comme ça devant les autres.

Il jouait la vexation plus qu'il ne semblait la ressentir. Cécile admira son attitude. Elle pouvait compatir, aussi, d'une certaine manière. Ses parents avaient choisi son prénom et celui d'Agathe en hommage à deux de leurs glorieuses aïeules. L'Agathe d'antan s'était battue pour que les femmes obtiennent le droit de vote, tandis que la grand-tante Cécile s'était illustrée dans la Résistance. En guise de modèles, la barre était placée haut.

— Promis. Merci pour ta confiance.

Il lui rendit son sourire.

— Je pense que c'est nécessaire, entre coéquipiers. Bienvenue à bord, Cécile.

Cette simple phrase l'émut plus qu'elle ne l'aurait imaginé. Voilà qu'elle faisait de nouveau partie de quelque chose. Pourvu qu'il en ressorte du positif. Elle en avait cruellement besoin.

Il ouvrit enfin le dossier qu'il trimbalait depuis le début de la journée et lui en exposa tous les détails. Cécile l'écouta sans l'interrompre. Elle prit sur elle pour étudier chaque cliché avec soin. Elle avait préféré rencontrer Audrey sur sa jolie photo d'identité. Son visage exsangue, affaissé au-dessus d'une eau sombre, se révélait bien plus difficile à soutenir. Pourquoi accomplir un tel geste ? Surtout si l'on était aussi joyeuse et confiante en la vie ?

À moins qu'elle n'ait pas réellement été telle que la décrivait son frère. Tant de gens portent des masques en permanence. Pourquoi pas elle ?

— Peut-être savait-elle, pour l'oisillon, murmura Cécile alors qu'elle et Kermarec avaient rejoint l'open space.

Il se tourna vers elle, déconcerté.

— Je te demande pardon ?

— Peut-être qu'elle avait compris qu'il allait mourir. Et que c'est pour ça qu'elle l'avait appelé Lucky.

— Elle avait huit ans.

— Et alors ?

Il continua à la fixer, appuyé à son bureau, puis siffla entre ses dents.

— Ben je sens qu'on va bien s'amuser, avec tes théories…

— Ouaip. Je suis une vraie boute-en-train. Et encore, tu ne m'as pas vue en tenue gothique, les soirs de pleine lune…

— Que tu passes dans un cimetière, j'imagine ?

— Exact, M… monsieur l'officier. Bon, on va interroger cet employeur ?

7

Audrey – Avant

Le rouge des roses tranchait avec la couleur claire de la pierre. Audrey en voulait des blanches, mais la fleuriste s'était trompée dans ses commandes. Protester et réclamer une nouvelle gerbe avait été au-dessus de ses forces. Elle avait payé la facture sans rien dire, puis était sortie de la boutique, chargée de son fardeau trop vif, les larmes aux yeux. Des larmes qu'elle s'autorisait enfin à laisser couler.

— On est seuls, désormais, murmura-t-elle.

Xavier détaillait la pierre tombale depuis leur arrivée. Elle avait été installée la veille, après le délai nécessaire à la terre pour se tasser. Une pièce massive, imposante, toute de granit poli. Elle indiquait les noms de leurs parents : *Theresa Lernesse, née Russel*, sur la gauche, *Martin Lernesse*, sur la droite, ainsi que leurs dates de naissance et de décès. Cette dernière était identique de chaque côté de la stèle. La faute à un imbécile de chauffard. Un verre de trop – ou plutôt dix – avait causé deux vies en moins. Voir cette série de chiffres gravée accentuait cette impression de manque, même après plus de quatre mois. Une nouvelle étape obligatoire du deuil, sans doute.

— Non, petite sœur. On ne sera jamais seuls. Tu m'as, moi, et je t'ai, toi.

Elle déglutit avec difficulté. Elle n'osait pas répliquer que ce n'était pas comparable. Que le fait qu'ils aient partagé tant de choses depuis leur naissance, et même auparavant, ne remplacerait jamais une paire de parents. Xavier passa un bras autour de ses épaules, puis la serra contre lui.

— Je serai toujours là pour toi, je te le promets.

Sa main frottait son dos dans un lent va-et-vient qui se voulait réconfortant. Le geste crispa pourtant Audrey. Son frère oubliait parfois qu'il n'était l'aîné que de sept minutes. Elle se déroba, déguisant sa gêne en chagrin supplémentaire. Xavier était tout ce qui demeurait de sa famille. Il souffrait lui aussi, d'une manière plus intériorisée, même si des pics de colère déchiraient par moments son attitude imperturbable. Audrey ne souhaitait surtout pas ajouter à sa peine en se brouillant avec lui.

— J'aimerais rentrer, à présent. Tu veux bien me ramener ?

— Bien sûr. Je peux rester avec toi ce soir.

Elle secoua la tête, afficha un sourire timide et brave.

— C'est gentil, mais ça ira.

Il se pencha un peu sur elle, et elle comprit aussitôt qu'il allait insister.

— Ça ne me dérange pas, tu sais.

— Je sais, oui. Merci, Xavier, mais j'ai besoin d'être toute seule, parfois.

Il hocha la tête, mâchoires contractées. Blessé. Audrey soupira.

— Viens quand même dîner avec moi, d'accord ? J'aurai plus d'appétit si je cuisine pour deux. On pourrait réessayer la recette des samoussas de grand-mère…

Son expression changea du tout au tout. Il glissa son bras sous celui de sa sœur, lui sourit. Ils quittèrent le cimetière ensemble. Lui ne jeta aucun regard en arrière.

8

Mme Kaufmann

Anne Ruet, la directrice de la maison de retraite où travaillait Audrey, prenait soin de tordre le cou aux clichés. Cécile s'attendait à rencontrer une quinquagénaire austère, chignon serré et lèvres pincées, mais c'est une femme d'à peine trente-cinq ans qui vint les accueillir à la porte d'entrée, visiblement pas stressée pour un sou par cette visite pourtant annoncée à si court terme. Sa crinière blonde et son accoutrement n'auraient pas dépareillé dans une reconstitution des années Woodstock. Sitôt les présentations faites, sourire éclatant en prime, elle les emmena dans son sillage le long d'un corridor où des odeurs de fleurs fraîches et de lavande camouflaient celles de javel ou d'antiseptique. Quelques pensionnaires traînaient çà et là, certains absorbés par un feuilleton télé diffusé dans la salle commune, d'autres seulement occupés à fixer le vide devant eux. Cécile se sentait mal à l'aise, comme à chaque fois qu'elle était confrontée aux réalités du déclin de la vie. Déjà qu'elle évitait de se rendre dans des hôpitaux… Elle distribua malgré tout des sourires aux vieillards qui levaient les yeux pour la détailler.

Le bureau de la responsable était coincé entre un local de soin et un réduit à matériel. Le mur du fond disparaissait au profit d'une bibliothèque tapissée de classeurs multicolores et de dossiers disposés dans un joyeux désordre. La directrice les invita à s'asseoir, puis dressa un tableau élogieux d'Audrey : employée modèle, dotée d'une patience à toute épreuve, sa chaleur humaine était appréciée de chacun, résident ou collaborateur. On aurait cru entendre Xavier. Ou alors, Audrey était vraiment la sainte qu'avait décrite son frère. En tout cas, et même si Kermarec interrogeait Mme Ruet sur mille et un détails insignifiants, il devint vite clair pour Cécile qu'ils ne tireraient rien de probant de cette entrevue. Elle demanda l'autorisation de se promener dans l'établissement, de parler aux collègues d'Audrey. La directrice accepta sans hésiter, preuve qu'elle ne craignait aucune découverte malencontreuse. Cécile dut réviser ses préjugés. Elle ne découvrit rien de ce qu'elle tenait pour monnaie courante dans ce genre d'institution, entre manque d'hygiène et main-d'œuvre débordée. Les gens qu'elle croisait répondaient à ses saluts avec bienveillance, à l'image de l'aide-soignante qu'elle rencontra dans le local de pause réservé au personnel, une jeune femme d'origine maghrébine à l'accent très marqué et au sourire contagieux. Elle aussi ne rapporta que du positif à propos d'Audrey. Elle dirigea Cécile vers le réfectoire, arguant qu'elle avait encore de nombreux lits à changer. Elle s'éloigna en chantonnant en arabe, une montagne de draps tassée entre ses bras fins.

La salle à manger se trouvait au premier étage, au bout d'un couloir assez large pour permettre à deux fauteuils roulants de se croiser, et était close par un double battant.

Les portes étaient décorées d'un bricolage grand format aux couleurs vives. Cécile poussa l'un des battants, avança dans la vaste pièce. Les tables à quatre places étaient déjà dressées pour le dîner, serviettes en tissu et gobelets de pilules inclus. Des plants d'orchidées s'alignaient le long des fenêtres. Cécile mit tout d'abord ses frissons sur le compte du lieu, vide et intimidant, avant de remarquer qu'il y faisait vraiment froid. Quelqu'un avait dû aérer avec trop d'application après le déjeuner. Elle traversa la salle jusqu'à l'ouverture qui menait aux cuisines, appela à deux reprises, sans succès. Les infirmières avaient terminé leur pause-café et les employés du réfectoire ne reviendraient sans doute pas avant seize ou dix-sept heures. Cécile rebroussa donc chemin.

Elle aperçut alors une mamie toute menue, assise dans un coin. Elle ne portait qu'une chemise de nuit délavée en flanelle, dont les manches ornées de volants dissimulaient ses poignets. Ses cheveux blancs étaient retenus en un chignon suranné, et elle souriait. Un doux sourire qu'elle accompagna d'un petit signe de la main. Surprise de ne pas l'avoir remarquée dès son entrée, Cécile lui rendit son geste, murmurant un bonjour étranglé. Trop étouffé pour que la vieille femme l'entende. Elle progressa vers elle, répéta son salut d'une voix un peu plus assurée. Et s'arrêta net lorsque la femme posa un doigt sur ses lèvres, comme pour lui intimer le silence. Cécile regarda précipitamment à gauche et à droite. Personne d'autre en vue. Il n'y avait que ce froid glaçant. Depuis combien de temps avait-elle échappé à la surveillance de l'équipe d'encadrement ? Et comment pouvait-elle rester assise là, à l'une des rares tables vides, sans grelotter ? Son index quitta ses lèvres, son sourire s'accentua. Puis elle articula quelque chose. Deux syllabes muettes qui ressemblaient diablement à « Au-drey ».

Cécile voulut reprendre son avancée, mais elle buta contre le pied d'une chaise. Elle manqua de trébucher, se retourna pour redresser la chaise. Quand elle releva les yeux, la petite vieille avait disparu.

Une vague de terreur sans pareille s'abattit sur Cécile. Elle recula précipitamment, heurta un coin de table, s'emmêla sur autre chose et partit à la renverse. En pleine panique, à quatre pattes, elle lutta pour se dépêtrer de cette prison de contreplaqué verni. Et hurla presque lorsqu'elle se retrouva nez à nez avec une jeune femme en blouse rose pastel, penchée pour l'aider à se remettre debout.

— Ça va ? Vous ne vous êtes pas fait mal ?

Trop désorientée, Cécile n'osa tout d'abord pas prendre sa main. Elle se releva avec lenteur, cherchant à récupérer un peu d'assurance. Chose assez difficile lorsqu'on aimerait plutôt se laisser aller à sangloter de manière hystérique.

— Oui, merci. J'ai… euh… je me suis emmêlé les pieds dans une…

Elle conclut ses bredouillements par un geste vague en direction des tables. L'autre était déjà en train de les remettre en place.

— Vous êtes l'un des deux enquêteurs venus à propos d'Audrey, n'est-ce pas ?

Cécile acquiesça. Elle lissa ses cheveux de son front jusqu'à la base de sa queue-de-cheval, puis croisa les mains derrière son dos pour dissimuler ses tremblements.

— Je m'appelle Nadia Lautner, reprit l'autre. Je suis ergothérapeute, je travaillais souvent en collaboration avec Audrey. Une chic fille. Est-ce… est-ce qu'on lui a fait du mal ?

— C'est ce que nous cherchons à déterminer.

— Ça serait terrible, et incompréhensible, surtout. Tout le monde l'appréciait, ici. Même quand ça n'allait pas très fort, elle gardait toujours le sourire.

Le bémol n'échappa pas à Cécile.

— Elle avait des soucis ? Des moments de déprime ?

— Un peu des deux. Je sais qu'elle a vécu une rupture difficile. Elle a parlé plusieurs fois de quitter son travail. L'ambiance et le cadre sont loin d'être mauvais ici, mais ça reste astreignant de côtoyer en permanence l'usure sous toutes ses formes. Après, j'ignore s'il s'agissait juste d'idées en l'air, ou si elle a vraiment cherché un autre job.

— Ça remonte à quand ?

— À sept ou huit mois. C'est à peu près à cette époque qu'elle a dû casser avec son copain. Ensuite, ça s'est calmé. Je me suis même demandé si elle avait retrouvé quelqu'un. Mais ses envies de démissionner sont revenues sur le tapis il y a deux ou trois semaines.

— Vous a-t-elle confié des détails à propos de cette peine de cœur ? Le nom de l'amoureux ?

— Non, désolée. Mais je crois qu'elle était plutôt accrochée. Elle en parlait comme d'un être à part. J'ignore pourquoi ça a foiré.

— Et sa famille ? Elle en parlait beaucoup ?

— Pas tant que ça. Je sais juste qu'elle a un frère jumeau.

— D'accord. Merci pour ces détails, Nadia. Je dois… retrouver mon collègue, à présent.

Elle s'éloigna d'un pas un rien vacillant, accéléra sitôt que ses jambes le lui permirent. Elle n'accorda plus aucune attention aux gens qu'elle croisa le long du corridor. Regarder en face les résidents parqués çà et là aux fenêtres était une épreuve qu'elle ne se sentait pas le courage d'affronter. Enfin, elle retrouva le bureau de la directrice. Elle y entra après avoir frappé deux coups secs, se rassit sur la chaise qu'elle avait occupée au début de l'entretien et glissa ses mains entre ses genoux serrés. Kermarec lui lança un regard de biais et fronça les sourcils.

— Tu as pu voir tout ce que tu voulais, Rivère ?

Elle leva la tête vers lui et s'aperçut qu'elle avait la bouche stupidement ouverte. Elle tenta de s'ébrouer mentalement, mais seule une fraction de ses neurones répondaient présent. Le reste était toujours figé par la panique. Ça avait recommencé. Ça avait recommencé. Elle crevait d'envie de lui avouer ça d'une petite voix de gamine terrifiée. De se planquer sous sa couette avec une bouteille de n'importe quoi qui dépasse trente-cinq degrés d'alcool. Elle referma la bouche avec un claquement involontaire, déglutit puis souffla à toute vitesse :

— Oui c'est très joli ici y a plein de trucs inattendus aussi chouettes que chez Clara Pesenti.

Les yeux de Merlin s'arrondirent, comme au ralenti. Il fixa Cécile pendant ce qu'il lui sembla être une heure ou deux, mais durant lesquelles son cœur ne marqua qu'une petite dizaine de battements déchirants. Bizarre. Le charme se rompit au moment où il se retourna vers Anne Ruet pour lui réclamer un verre d'eau. La directrice, qui affichait un air soucieux, se leva aussitôt et sortit de son bureau. Merlin n'attendit pas que la porte se soit refermée pour se pencher et chuchoter :

— Tu as vu quoi ?

— Je ne sais pas. Mais je… Oh, putain, je ne veux pas de ça, Merlin. Je n'y arriverai pas. Faut que ça s'arrête.

Il posa une main sur les siennes, les força à se délier. Elle ne s'était pas rendu compte qu'elle avait enfoncé ses ongles dans ses paumes jusqu'au sang.

— Hé. Ça va aller. Respire un bon coup, d'accord ? Tu vas gérer.

Sa réponse ressembla à un aboiement de chiot apeuré.

— Tu as… *vu* Audrey ?

— Non, pas elle. Je… J'ai froid. Je…

Sa phrase fut interrompue par le retour de la directrice, chargée d'une bouteille d'eau et deux gobelets en plastique. Kermarec s'en empara et lui tendit un verre sans la consulter. Cécile le vida d'une traite. Au moins, elle n'en renversa pas la moitié sur son pull.

— Je crois avoir posé toutes les questions nécessaires à Mme Ruet. Et toi, Cécile ? Quelque chose te serait-il venu à l'idée ?

Il la fixait avec une telle intensité qu'elle faillit perdre les pédales pour de bon. Elle se plongea dans son regard, remarquant pour la première fois qu'il avait les yeux bleu foncé, comme certains nourrissons. Puis elle prit une profonde inspiration et se retourna vers la directrice.

— En fait oui, dit-elle d'une voix encore chevrotante. Y a-t-il eu des décès parmi les résidents au cours de ces derniers mois ?

— Cela fait hélas partie des réalités quotidiennes d'une maison de retraite, mademoiselle, répondit-elle avec douceur.

— Je pourrais voir leurs dossiers ?

Dans un tourbillon de boucles blondes, la directrice

fit pivoter son siège vers la bibliothèque. Elle attrapa un classeur, le renfonça d'un coup sec à son emplacement, en choisit un autre et lâcha un grognement de satisfaction à la vue de son contenu. Elle parcourut le répertoire du bout de l'index, feuilleta un instant puis annonça :

— Cinq personnes nous ont quittés depuis le début de l'année. Que souhaiteriez-vous savoir exactement ?

— Vous conservez des photos de ces gens ?

Hochant la tête, la directrice se leva et fouilla dans une commode à tiroirs. Elle en tira cinq dossiers étiquetés et les déposa devant Cécile. Elle ouvrit le premier du bout des doigts. Il concernait un homme, Charles Denervaux, tout comme le second, au nom d'Alfonso Rodriguez. Cécile ne se figea qu'à l'ouverture du quatrième document.

— Élise Kaufmann, souffla-t-elle.

Elle effleura la photo agrafée au coin de la première page. La femme affichait quelques années de moins, mais autrement tout était semblable. La même coiffure en chignon, le même sourire plein de douceur. Aucun doute possible : il s'agissait de la petite dame qu'elle avait vue dans le réfectoire. Elle tourna quelques feuillets, à la recherche d'un certificat de décès.

— Que lui est-il arrivé ? demanda-t-elle.

— Mme Kaufmann ? Elle a succombé à un arrêt cardiaque. Après deux incidents de même nature, et à plus de quatre-vingts ans, ce n'était, hélas, pas une surprise. Mais pourquoi…

— Merci pour ces précisions, madame Ruet, coupa Cécile. Je crois que nous avons toutes les informations nécessaires, à présent.

Elle reposa la pile de dossiers avec un poil trop de

brusquerie et se leva sans attendre. Si elle l'avait pu, elle aurait pris ses jambes à son cou jusqu'à l'extérieur. Ses mains s'étaient remises à trembler, elle le remarqua lorsqu'elle serra celle de la directrice. Sortir. Il lui fallait sortir au plus vite. Elle fut reconnaissante à Kermarec de s'occuper des politesses d'usage. Et encore plus quand, dans le couloir, il glissa son bras sous le sien pour l'empêcher de s'effondrer. Il lui ouvrit même sa portière de voiture. Elle se lança sur son siège, boucla sa ceinture et se recroquevilla sur elle-même, la tête blottie au creux de ses bras repliés. Elle eut vaguement conscience que Merlin s'installait à son tour. Puis elle sentit sa main, chaude et réconfortante, se poser en haut de son dos.

— Cécile. Explique-moi.

Il n'y avait aucun signe de doute dans sa voix. Il la croirait, quoi qu'elle dise. Sa confiance aurait dû la rassurer, lui permettre de se reprendre, de s'accrocher. Elle la perturba encore plus. Parce que si lui, si stable, si équilibré, accordait crédit à ses visions, alors… alors ces visions n'étaient pas que des hallucinations. Elles gagnaient en véracité. Et cela terrorisait Cécile, purement et simplement.

— C'est elle que j'ai vue. Mme Kaufmann. Dans le réfectoire. Elle était assise là et il faisait froid, et je… Je n'ai pas tout de suite compris. Et puis elle a disparu.

Sa main restait entre ses omoplates et ce contact lui procurait un bien fou. Surtout, qu'il ne l'ôte pas. Sinon, elle plongerait.

— Pourquoi as-tu demandé à consulter son dossier ? À part pour voir sa photo et mettre un nom sur un visage ?

— Je devais savoir…

Tout son corps se mit à trembler, de manière irrépressible. Formuler cette pensée abjecte en mots était bien plus difficile que prévu. Merlin utilisa sa main libre pour serrer l'un de ses genoux. Elle trouva la force de relever la tête, s'accrocha à son regard bleu marine.

— Merlin, je crois que… Je crois qu'Audrey a assassiné Mme Kaufmann. Et que celle-ci est venue vers moi pour la dénoncer.

9

Remords et poivre de Cayenne

Elle enfouit à nouveau son visage entre ses bras. Merlin aurait pu objecter, exiger des détails, des explications à propos de cette théorie. Il n'en fit rien. Il se contenta de frotter son dos, quelques minutes en silence, puis il démarra le moteur, passa la marche arrière et quitta sa place de stationnement. Discuter ne servait à rien. Il ignorait comment, ou pourquoi, mais il croyait sincèrement que Cécile avait le pouvoir de voir au-delà de ce qui était accordé au commun des mortels. Et que cette *vision* ne s'arrêtait pas à des images. Cécile avait su d'emblée que Clara Pesenti, ou plutôt son esprit réfugié rue Émeriau, avait besoin d'aide, et comment la lui apporter. Alors si elle pensait que la douce Audrey cachait des activités d'ange de la mort, c'est qu'il en était sans doute ainsi. Aussi tordu que cela puisse paraître.

Les premiers remords firent irruption dans le cours de ses pensées sitôt les murs de la maison de retraite disparus de son rétroviseur. S'il n'avait pas été rechercher Cécile, s'il ne lui avait pas forcé la main en lui présentant le dossier d'Audrey, ces phénomènes hors du commun auraient-ils continué à la poursuivre ? Ou aurait-elle pu s'engager sur une autre voie, trouver un métier exempt de sordide et de violence, et vivre une existence paisible et normale à tous points de vue ? Il ne pouvait ignorer sa responsabilité. D'autant plus qu'il avait espéré égoïstement que ce qui venait d'arriver se produise. Il se sentait coupable de mauvais traitements. Infligés à une personne qu'il appréciait, en plus.

Au fil des kilomètres, des feux rouges et des bifurcations, la respiration de Cécile se fit moins sifflante, plus régulière. Elle se redressa, appuya son front contre la vitre de la portière et demeura immobile, les bras croisés. Merlin finit par se dire qu'elle s'était peut-être endormie. Il y aurait eu de quoi. Il n'osait même pas s'imaginer à quel point ses nerfs seraient en vrac si ça lui était arrivé à lui. Mais Cécile remua sitôt qu'il s'engagea dans le parking souterrain du commissariat.

— Je t'offre un café au bistrot du coin avant qu'on remonte au bureau, dit-il en manœuvrant.

— Ça m'est égal. De toute manière, ce n'est pas un café dont j'ai besoin.

Il jeta un coup d'œil à l'horloge du tableau de bord. Quatorze heures cinquante-deux. Un peu tôt pour un verre de whisky.

— Faudra t'en contenter.

Elle le suivit sans broncher jusqu'à la brasserie, s'assit en face de lui et se borna à exécuter un signe de tête négatif lorsqu'il lui proposa de manger quelque chose. Il commanda une part de quiche pour lui et deux cafés au lait. Sitôt les consommations servies, elle entoura sa tasse de ses mains.

— La prochaine fois, je demanderai plutôt une

bouillotte, taquina-t-il gentiment, puisqu'elle ne semblait pas décidée à boire.

— Si tu savais comme j'ai froid. J'ai l'impression que plus rien ne pourra jamais me réchauffer.

Elle accrocha son regard et, contre toute attente, un sourire timide releva le coin de ses lèvres.

— Et puis, je déteste le café autrement que noir.

— Mauvaise pioche.

— Ouaip.

Il aurait volontiers entouré ses mains des siennes. C'est vrai qu'elles avaient l'air glacées. Mais ce geste aurait sans doute semblé trop intime, pour elle, pour la patronne du bistrot et les autres clients, en majorité des membres du commissariat, et même pour lui. Il se contenta donc de hocher la tête avec un sourire encourageant.

— C'est vraiment horrible, tu sais, murmura-t-elle soudain. Horrible et flippant. Je ne veux plus que ça m'arrive. Jamais. J'ai l'impression d'être dans un mauvais film.

— Je te crois volontiers. Essaye de voir ça comme un…

— Ne t'avise surtout pas de me parler de don.

— Ce n'est pas le terme que j'allais utiliser. Une compétence ?

— Mon cul, ouais. Je n'ai jamais eu une peur bleue de mes compétences. Ni qu'elles s'élargissent.

— Ça va peut-être disparaître comme c'est venu.

Elle le fixa un moment d'un œil torve, avant de s'abîmer dans la contemplation de sa tasse de café. Merlin préféra lui accorder un répit. Il cherchait un sujet de discussion plus léger lorsqu'elle brisa le silence.

— Tu crois qu'il y en a eu d'autres ?

Cette question le prit au dépourvu. Il n'avait pas encore réfléchi posément à la chose, et seule cette Mme Kaufmann était apparue à Cécile. Mais d'un autre côté, les visions de la jeune femme n'étaient certainement pas régies par des lois empiriques.

— Difficile à dire. Qu'en penses-tu ?

— J'ai peur que oui.

Il rassembla machinalement quelques miettes qui traînaient sur la table. Des meurtres liés à un meurtre. Quelqu'un avait-il découvert les agissements d'Audrey ? L'avait-on poussée au suicide en guise d'absolution ? Le patron allait apprécier. Merlin sentait déjà crépiter les étincelles de leur discussion à venir.

— On fera quelques recherches. Tu te sens d'y retourner ?

— Il faudra bien. Je me vois mal rester ici jusqu'à la retraite.

Cette fois, elle se leva en même temps que lui et le précéda à l'extérieur.

— Et voici le duo poltergeist ! tonitrua Boris à leur arrivée dans le service.

Kermarec vit les épaules de Cécile se crisper sous sa veste en cuir. Il craignit qu'elle s'effondre ou qu'elle riposte de manière disproportionnée. Même si Kretz méritait parfois un doigt d'honneur, voire un gnon dans le nez, il espérait que sa protégée ne céderait pas à ses piques. Il fut donc soulagé de l'entendre répondre d'une voix assurée :

— Bien, Boris ! Tu fais de nets progrès. Tu passeras à mon bureau à la fin des cours, pour que je te donne une coccinelle à coller sur ton carnet.

Kretz explosa de rire. Il maniait un humour complètement bancal, mais savait aussi s'amuser de lui-même.

— À propos de bureau, regarde ce qu'on a préparé pour toi et ton seigneur et maître…

Son geste théâtral engloba tout l'open space. Des tables avaient été poussées pour que Cécile dispose d'une place bien à elle. Un maigre bouquet de tulipes mauves obstruait la moitié de l'écran d'un ordinateur.

— Il manque encore une chaise de bureau, précisa Sofia en s'approchant d'un pas nonchalant. J'en ai commandé une ce matin, mais ne sois pas trop pressée de la voir livrée. J'ai attendu la mienne six semaines.

— Pas de souci, murmura Cécile, visiblement émue. Merci pour les fleurs.

Sofia eut un geste de dédain, accompagné d'un grognement assez peu féminin. La jolie beure devait percevoir l'arrivée de Cécile dans l'équipe comme une menace pour son rôle de mascotte. Sitôt qu'elle comprendrait que Cécile ne le lui disputerait pas, les deux jeunes femmes s'entendraient sans doute comme larrons en foire. Jusque-là, leurs caractères entiers et directs risquaient de produire quelques étincelles.

— Remercie Victoire. Je ne suis pas gentille au point d'offrir des cadeaux à n'importe qui. Même si c'est sympa de voir la parité hommes-femmes se rééquilibrer. Bosser avec cette bande de machos n'est pas une sinécure, tu verras. Et tu n'as pas encore rencontré le patron.

— Je dois m'attendre à quoi ?

— Bartoli est du genre vieux jeu, débuta Merlin.

— Et complètement misogyne, compléta Sofia. Ne t'étonne donc pas si tu l'entends parler de toi, de Victoire ou de moi au masculin. C'est sa parade pour accepter de travailler avec des femmes : il nous considère comme des mâles, point barre.

Nasser se leva à son tour pour lui serrer la main. Toujours avare de mots, il ne prononça que son prénom puis retourna à son poste. Sofia ne tarda pas à le rejoindre. Cécile voulut démarrer son ordinateur, mais Boris l'en dissuada. La machine était tout juste branchée sur le secteur, aucun compte ou accès n'avait été créé pour elle. Le service informatique devait passer le lendemain, mercredi au plus tard. Merlin débarrassa une partie de son bureau et tira son siège de côté, de manière à ce que Cécile puisse s'approcher et regarder son écran.

— J'ai oublié de te dire, mentionna-t-elle en s'asseyant sur une mauvaise chaise en plastique. Audrey a traversé des phases où elle pensait quitter son boulot. Et elle aurait aussi vécu une rupture douloureuse, vers l'automne dernier.

Kermarec leva un sourcil. Elle grimaça, puis ajouta :

— Ces informations-là, je les tiens de quelqu'un de bien vivant.

— OK. Il faudra qu'on reparle au frère. Ainsi qu'à d'autres proches, des amis, des voisins... Quelqu'un devait bien la connaître.

En début de soirée, Merlin n'était plus si sûr que cela ait été le cas. En quelques heures, Cécile et lui avaient découvert qu'Audrey était présente lors du décès de trois personnes âgées résidant à la maison de retraite, plus deux autres séjournant à l'hôpital de la Pitié-Salpêtrière, où elle effectuait parfois des remplacements. Ces décès, tous apparemment dus à des causes naturelles, n'avaient pas attiré l'attention. Et bien entendu, aucune famille n'avait réclamé d'autopsie.

Il ruminait encore ces considérations en rentrant chez lui. Il avait proposé à Cécile de la raccompagner, mais elle avait décliné. Comme elle semblait un peu plus stable qu'en milieu d'après-midi, il n'avait pas insisté.

Sitôt les lumières de son appartement allumées, il jeta sa veste sur le canapé et se rendit dans la cuisine. La viande achetée samedi était parfaitement rassie. Il se lava les mains, choisit une poêle dans l'armoire. Carottes, oignons. Son couteau valsait entre les légumes, faisait pleuvoir la brunoise dans le beurre chaud. Paprika, sel de Guérande. Il ne manquait que du poivre de Cayenne. Il l'inscrivit sur le billet des courses, à la suite des mentions *moutarde, poivrons, crème fraîche* et *lames de rasoir*.

Comme d'habitude, il prépara deux portions, les servit à parts égales dans des assiettes qu'il posa sur le bar. Il arrangea les tabourets, s'assit sur celui de gauche pour manger, dos à l'écran qui diffusait le journal télévisé.

Une fois terminé, il recouvrit l'autre assiette de film alimentaire et la casa dans le réfrigérateur. Cette habitude de cuisiner pour deux devenait ridicule, surtout après tout ce temps. Il vivait seul. Jouer à faire semblant du contraire ne l'avançait à rien. Et en plus, réchauffer ses restes les lendemains soir le déprimait au plus haut point.

Il considéra longuement le film transparent qui se parait de fines gouttes de condensation. Puis il referma la porte du frigo d'un geste sec.

10

Audrey – Avant

— Je ne veux plus faire ça.

Elle répétait cette phrase mentalement depuis le début du repas. Ou plutôt depuis le moment où elle s'était attablée. Elle ne faisait que déplacer les aliments de gauche à droite dans son assiette. L'idée de cuisiner l'avait découragée, alors elle avait passé une commande au restaurant asiatique du quartier. L'odeur de sauce soja lui soulevait le cœur.

— Tu m'as déjà dit ça la première fois. Et pourtant, tu as recommencé.

Audrey sursauta à cette réponse. Elle n'avait pas conscience d'avoir formulé ces six mots à voix haute.

— Parce que tu me l'as demandé, contra-t-elle faiblement.

Le terme « ordonné » aurait été plus proche de la réalité, mais elle n'aurait jamais osé le prononcer. Se concentrer devenait de plus en plus pénible. Le point de rupture, celui où ses pensées ne manqueraient pas de se déliter, approchait à grands pas. Audrey l'attendait avec autant de crainte que d'impatience.

— Je vais te répéter ce que je t'ai déjà dit tant de fois, mon ange. Tu n'as fait que soulager ces personnes. De la douleur, de la solitude. La vie ne leur aurait plus rien offert.

Audrey aurait aimé en avoir la certitude. Elle repoussa son assiette intacte, ferma les yeux. Elle ne réagit pas en sentant la caresse sur sa nuque.

— Viens.

Machinalement, elle se leva, acceptant la main qui la menait jusqu'à la chambre à coucher. Elle se laissa allonger sur le lit, déshabiller.

— En agissant de la sorte, mon ange, tu deviens la main droite de Dieu. Toute-puissante. Et si belle… Sais-tu seulement combien j'ai envie de toi ?

Des larmes se pressaient aux paupières d'Audrey. Elle ne savait plus vraiment pourquoi. Sa nudité, les effleurements toujours plus précis, plus brûlants, eurent raison de sa cohérence. Le corps palpitant, elle se laissa engloutir par ces sensations intenses. Son esprit se fragmenta en particules qui tourbillonnèrent avant d'exploser dans une gerbe incandescente.

11

Le sens du mélodrame

La brasserie débordait d'affamés en recherche d'un bon déjeuner. Une serveuse essoufflée vint leur glisser leurs assiettes et repartit en direction des cuisines, se frayant un passage entre les tables serrées et les clients debout au bar. Cécile entreprit de couper ses spaghettis en tronçons de moins d'un centimètre de long, puis les noya sous une épaisse couche de parmesan.

— Tu te nourris toujours de façon aussi régressive ? demanda Merlin après quelques bouchées de son filet de truite meunière.

— Sois content, je fais l'effort d'utiliser mes couverts.

— En même temps, ça correspond à ton âge. Tu as quoi, douze ans ?

— Et demi. Ça compte, les demis.

Elle hésita à lui tirer la langue pour ponctuer cette tirade, mais préféra replonger sa cuillère dans ses pâtes hachées finement. Sur un petit rire, il s'attaqua à l'une de ses minuscules pommes de terre. Plus classe et mature, comme choix de menu. Elle fit descendre sa bouchée avec une lampée de Coca, puis lança, l'air de rien :

— Il y a une Mme Kermarec ?

— Oui, ma mère, répliqua-t-il du tac au tac. Une grand-tante, aussi. Son menton pique autant que le mien le matin, ça a peut-être contribué au fait qu'elle soit restée vieille fille.

Il n'avait pas relevé la tête pour répondre, mais ça ne cachait en rien son attitude espiègle. Cécile gloussa. Elle appréciait de plus en plus son sens de la repartie, à des années-lumière des blagues salaces de Lambert.

— Plus sérieusement, il y en a eu une, même si mon ex-femme avait conservé son nom. Nous nous sommes séparés il y a quatre ans. En bons termes. Je suppose que c'est plus facile quand il n'y a pas d'histoires de garde d'enfants et de pension alimentaire à gérer.

Elle hocha la tête. Elle ne l'aurait pas imaginé divorcé. Mais pas marié non plus, en fait. Il était pourtant assez séduisant. Le début de quarantaine bien entretenu. Pas l'ombre d'une bedaine ou de calvitie. Des bras assez musclés, un joli cul. Et ces yeux bleu marine qui ne gâchaient rien.

— Pourquoi t'es-tu engagée dans la police ? interrogea-t-il à brûle-pourpoint.

Flûte. Elle n'aurait pas dû se lancer au jeu des questions personnelles. Et elle n'avait aucune envie de répondre sincèrement à celle-là.

— Le salaire de rêve ? Le prestige de l'uniforme ?

Il aligna ses couverts sur son assiette et la fixa avec un peu plus d'intensité.

— Tu squattes chez ta sœur pour les vacances et je ne t'ai jamais vue en tenue.

— Dommage. Si tu savais à quel point je suis sexy là-dedans…

— Je n'en doute pas une seconde, Rivère, mais essaye quand même de trouver plus convaincant.

Elle pressa sur le bouton de son Smartphone. L'horloge apparut sur fond noir, pile au-dessous d'une des fissures.

— Il est treize heures trente-deux, chef. On y va ?

— Sauvée par le gong, hein ?

— Du tout. J'entends juste l'appel du devoir.

Il enfila sa veste en secouant la tête. Un couple se jeta littéralement sur leur table délaissée. Dehors, un soleil timide cherchait à gagner la partie face à une double épaisseur de grisaille. Cécile resserra son écharpe autour de son cou.

— C'est ici, indiqua-t-elle en désignant un bâtiment.

Kermarec opina du bonnet. Il traversa la rue sans prévenir ou se soucier du passage piéton non loin. Cécile dut allonger le pas pour le rattraper.

Le matin, après une présentation dans les règles au commissaire divisionnaire – qui ne s'était pas avéré si terrible que cela –, Kermarec lui avait confié la tâche de rappeler Xavier et de l'interroger sur les fréquentations d'Audrey. Son timbre pâteux, à l'autre bout du fil, donnait l'impression qu'il s'était pris une énième cuite en enfilade. Il avait fini par mentionner une certaine Jessie. D'après son choix de vocabulaire, il ne la tenait pas en haute estime. Cécile lui avait encore posé deux ou trois questions, tâtant divers terrains. À sa grande surprise, Xavier ignorait que sa sœur exerçait parfois dans un hôpital en plus de la maison de retraite. Un détail intéressant, de la part de ce frère qui se voulait si proche de sa jumelle.

Sitôt son appel terminé, Cécile avait contacté cette soi-disant meilleure amie. La jeune femme avait demandé s'il serait possible qu'ils passent sur son lieu de travail dans le deuxième arrondissement en début d'après-midi, arguant qu'il lui était difficile de se libérer pendant les heures de bureau. Comme si sa fonction de standardiste avait une importance cruciale pour la survie de toute l'entreprise. Elle cherchait sans doute un surplus de mélodrame ou d'attention, et Merlin, d'humeur joueuse, semblait prêt à lui en donner pour son argent. Il passa la porte d'un pas martial, dégaina sa carte et la planta sous le nez d'une réceptionniste ébahie.

— Capitaine Kermarec et lieutenant Rivère, police criminelle. Nous souhaiterions nous entretenir avec Mlle Seiler.

Un membre de la sécurité, qui s'était déplacé en crabe le long du comptoir, fila la chercher. L'hôtesse ne cessait de scruter les deux officiers en coin. Elle devait sans doute réfléchir à qui elle communiquerait la nouvelle en premier. Une descente de flics en civil, la classe ! Elle décrocha son téléphone sitôt le vigile revenu pour les escorter jusqu'à une salle de conférences au troisième étage.

Une jeune femme s'y trouvait déjà, absorbée par la vue minable qu'offrait la baie vitrée. Son chemisier et sa jupe à la coupe sage ne collaient pas avec son physique et sa façon de bouger. Ses cheveux bruns, méchés de blond caramel, étaient retenus en arrière par une rangée de petites pinces discrètes, accentuant son nez bosselé. Merlin lui présenta de rapides condoléances, puis l'invita à s'asseoir. Il extirpa un bloc-notes de la poche intérieure de sa veste. Ne manquaient plus que l'éclairage bleuté propre à certaines séries américaines et la mention du FBI au tableau. Cécile s'installa à côté de son collègue. Leur nouveau témoin l'avait complètement zappée. Elle aurait aussi bien pu être invisible, ou en train de déguster un dessert sur une terrasse.

— Seiler… Jessie, épela Merlin en griffonnant sur son carnet. Le diminutif de Jessica ?

— Non, c'est ce qui figure sur ma carte d'identité. Et vous, c'est comment votre petit nom ?

Cécile s'étrangla presque. Ses propres techniques de drague n'avaient rien de subtil, mais ce genre de rentre-dedans, surtout vu les circonstances…

— Capitaine, répondit Merlin sans se démonter.

La réaction pincée de Jessie valut le détour. Cécile se retint de pouffer. D'un autre côté, elle ne pouvait s'empêcher de compatir. Jouer le rôle de meilleure amie d'une beauté comme Audrey ne devait pas être facile tous les jours. Surtout avec un physique aussi quelconque. Jessie devait sans doute se contenter des restes.

Au fil des questions, la jeune femme retrouva de l'assurance. Elle raconta sans se faire prier les années d'école partagées avec Audrey, leurs trajectoires divergentes d'un point de vue professionnel, leur amitié inaltérée. Touchant. À un moment, elle tira même un Kleenex de sa poche. Elle fit mine de se tamponner les yeux, mais le rangea brusquement. Peut-être avait-elle décidé que c'était un peu *too much*. Ou alors, Cécile se faisait des idées et tout ce cirque dissimulait une véritable peine. Difficile à déterminer en si peu de temps.

— Comment avez-vous appris son décès ? glissa Cécile tandis que Merlin gribouillait des détails sans importance sur son bloc.

Pour la première fois depuis le début de l'entretien, la jeune femme prit conscience de sa présence. Son visage se chargea de tristesse.

— J'ai essayé de l'appeler en fin de semaine, vendredi pour être précise. Comme elle ne répondait pas à mes messages, je suis passée à son appartement hier. J'ai vu les scellés sur la porte et… je… Une voisine m'a renseignée.

— Vous avez pris contact avec le frère d'Audrey ?

— J'ai voulu. Il m'a snobée.

— Vous ne semblez pas être en très bons termes.

Elle grimaça, un peu comme si elle venait d'avaler quelque chose d'acide.

— Avec Xavier ? Je ne l'apprécie pas, c'est vrai. Je ne m'en suis jamais cachée. Il vous a fait le numéro du grand frère attentif et protecteur, j'imagine ?

— Que sous-entendez-vous, au juste ?

— Je ne sous-entends rien, je vous le donne en clair et en lettres capitales : Xavier Lernesse n'a rien d'un frère exemplaire. Son comportement avec Audrey… Il avait quelque chose de malsain. Attention, je ne dis pas qu'il n'aimait pas sa sœur. Mais c'était disproportionné, genre, il la plaçait sur un piédestal. Déjà à l'adolescence, personne n'était assez bien pour elle. Il dénigrait tous ceux à qui elle portait de l'intérêt. Ça a empiré à la mort de leurs parents. Il exigeait de toujours tout savoir de ses moindres faits et gestes. Il la surveillait, passait la moitié de son temps incrusté chez elle.

Cécile échangea un coup d'œil avec Merlin. Le terme « inceste » venait de traverser son esprit. De plus, si Xavier voulait être au courant de tout, comment aurait-il pu ignorer le double emploi de sa sœur ?

— Elle ne défendait pas son droit à la vie privée ?

— Juste après s'être retrouvée orpheline, pas trop. J'imagine qu'elle avait plus besoin de lui. Mais au bout d'un certain temps, elle a commencé à se rebeller. Xavier a cru que je l'encourageais dans cette voie, que je cherchais à les séparer. Audrey voulait simplement… vivre sa vie.

Merlin reprit la main en douceur.

— Ça devait la perturber. Vous la trouviez parfois morose ?

— Elle a traversé pas mal de périodes de déprime. Comme l'été dernier. Son travail lui pesait beaucoup, elle avait des doutes sur sa relation… Je sais qu'elle a consulté un psy. Pas longtemps, mais ça l'a aidée.

— Une relation ?

— Elle y a mis un terme peu après cette thérapie.

Ses yeux s'arrondirent soudain, et elle porta sa main à sa bouche. Son trouble était-il sincère ou joué ? Encore une fois, Cécile fut incapable de trancher.

— Oh non, vous ne pensez pas que Damien aurait un rapport avec ce qui…

— Il est trop tôt pour avancer quoi que ce soit, mademoiselle Seiler. Qui est ce jeune homme ?

— Damien Vladek. Ils ont vécu une histoire assez tumultueuse. Audrey ne me racontait pas tout, mais je n'avais pas besoin de détails pour comprendre ça. C'est un artiste, quelqu'un de plutôt… passionné.

— Comment se sont-ils rencontrés ?

— Lors d'un vernissage à l'ancienne galerie de Mme Lernesse. Le nouveau propriétaire continuait d'inviter Audrey à chaque événement. Nous y étions allées ensemble, ce soir-là. Mon Dieu, si…

Elle ressortit son mouchoir, qu'elle serra dans son poing. Elle avait l'air plus furieuse qu'inquiète ou chagrinée. Merlin lui posa encore quelques questions de moindre importance, puis mit fin à l'entretien. Dans le hall d'entrée, trois employées étaient suspendues aux lèvres de la réceptionniste. Merlin les gratifia d'un signe de tête.

— Tu provoques toujours cet effet chez les célibataires de vingt à quarante ans ? ricana Cécile une fois à l'extérieur.

— Vise plus large. Je charme autant ma voisine du dessus, Marceline, soixante-treize printemps, que sa petite-fille de deux ans.

Il traversa une nouvelle fois la route à l'arrache. Cécile avait prévu le coup et trottina dans son sillage.

— Alors, fit-il après quelques dizaines de mètres sur le trottoir, quel capital sympathie Mlle Seiler a-t-elle su éveiller en toi ?

Cécile prit le temps de réfléchir. Ses sentiments étaient mitigés. Son chagrin semblait sincère, mais teinté d'autre chose. De la jalousie ? Des regrets ? Quant à cette tentative de séduction désespérée…

— Je ne sais pas trop. Le poste de meilleure amie d'Audrey ne devait pas être le plus facile à tenir. J'ai l'impression qu'il manquait un peu de franchise à son discours. De simplicité.

— Je partage le même avis. Elle a dû réfléchir longuement à cette entrevue et à ce qu'elle nous servirait.

— Pourtant, sa réaction concernant ce Damien ne semblait pas préparée.

— Voilà pourquoi nous allons rendre visite à ce monsieur. Après un rapide crochet au bureau, histoire de se renseigner un peu sur lui. J'aimerais également revoir le frère un de ces jours.

— Toi aussi, tu as pensé…

— À une relation abusive ? Bien sûr. Difficile de ne pas s'imaginer des choses, surtout en ayant assisté aux réactions extrêmes du bonhomme. Ce type est fêlé. Reste à savoir à quel point.

Il enfonça ses mains dans ses poches et se faufila entre deux passants. Cécile releva son écharpe sur son nez. Dans son match contre les nuages, le soleil avait perdu une manche. Un petit coup de météo provençale ne serait pas de refus… Cette pensée ramena Cécile à Xavier et au tableau qu'en avait brossé Jessie. Quelles rancœurs avaient poussé celle-ci à détester aussi ouvertement le frère de son amie ? Et que maquillait-elle sur elle et son amitié pour Audrey ? Rien que ses vêtements ressemblaient plus à un déguisement de deuil qu'à une tenue quotidienne. Au cours de leur entretien, elle avait sans doute montré son vrai visage, mais à quel moment ? Quand elle avait parlé avec tristesse du passé, dragué Merlin ou évoqué le petit ami d'Audrey ?

Tout le long du trajet jusqu'au commissariat, Cécile rumina en silence, ses pensées dérivant d'Audrey et Jessie à des sujets plus personnels. La voiture s'avança dans le parking, ses roues crissant sur le revêtement plastifié dans le dernier virage à droite.

— Je ne voulais plus avoir peur, dit Cécile au moment où Merlin coupait le contact.

— Pardon ?

— Tu m'as demandé pourquoi je me suis engagée dans la police. C'est pour ça. Je ne voulais plus avoir peur.

Il resta immobile, un regard franc posé sur elle. Au bout de quelques secondes, la lumière s'éteignit dans l'habitacle. Il tendit la main, alluma le plafonnier. Cécile se dit que pour le coup, elle donnait aussi dans le mélodramatique.

— Giano, mon premier copain, était un petit caïd de banlieue. Trafic de drogue, de pièces détachées, des trucs comme ça.

— Il te cognait ?

— Pas vraiment. J'ai reçu deux ou trois claques, je l'admets, mais il me tenait surtout d'un point de vue psychologique. Je… Je détestais ça. Me sentir aussi faible, constamment sous l'emprise de quelqu'un. À sa merci. Et puis il a été incarcéré. Juste six mois, mais ça a été suffisant. J'ai déménagé. Je savais qu'il n'allait pas m'oublier si facilement, je crevais de trouille qu'il ne cherche à me récupérer… Heureusement, il a fait de nouvelles rencontres en taule. Sitôt sorti, il s'est fait trucider pendant un braquage foireux. Je l'ai appris grâce à mes supérieurs à l'école de police. J'ai failli lâcher la formation, mais non. J'avais trouvé un moyen de redevenir maîtresse de mon existence. En tout cas, c'est ce que je ressentais parfois. Au début. Je n'ai plus cette impression depuis longtemps, surtout depuis Clara Pesenti.

Merlin laissa s'écouler une poignée de secondes en silence. Il n'y avait aucune trace de jugement dans son regard, au grand soulagement de Cécile. Sa voix aussi était neutre, presque douce, lorsqu'il prononça :

— C'est pour ça que tu fermes toujours tes portes au moins deux fois ?

La question prit Cécile au dépourvu. Elle s'était

attendue à ce qu'il lui demande des détails sur son passé, mais pas sur ses troubles compulsifs.

— Peut-être.

Il hocha la tête, puis l'invita d'un signe à sortir de la voiture. Elle s'exécuta, un peu plus légère. Il se fichait de ses manies et ne la traitait pas avec pitié. Se sentir acceptée de cette manière lui donnait presque l'impression d'être une personne normale. Presque. Après les deux expériences surnaturelles qu'elle venait de vivre – et qu'elle avait toujours beaucoup de peine à accepter comme réelles –, Cécile s'imaginait mal parvenir un jour à retrouver un semblant de normalité.

12

Audrey – Avant

Une pluie drue, aux gouttes grosses comme des noix, cognait contre leurs parapluies. Les deux jeunes femmes se réfugièrent dans un coin pour les secouer avant d'entrer. Jessie faillit déraper sur ses talons aiguilles, se rattrapa de justesse et éclata de rire.

— Tu veux passer un casting pour la troupe d'Holiday on Ice ? plaisanta Audrey.

— J'y réfléchirai. Rappelle-moi plutôt ce qu'on vient voir ?

— Je ne me souviens plus. Gilles nous renseignera.

Elle poussa son amie à l'intérieur de la galerie. Franchir ces portes provoquait toujours chez elle ce petit pincement au cœur. Presque rien n'avait changé depuis la disparition de sa mère et la reprise de l'entreprise par son ancien associé. Avec sa haute stature dégingandée et sa sempiternelle écharpe rouge jetée autour du cou, Gilles incarnait le parfait galeriste. Sitôt qu'il aperçut Audrey, il se dirigea vers elle, les bras grands ouverts.

— Bonjour, ma toute belle ! Quel plaisir de te voir !

Il accompagna sa phrase d'une élégante bise sur la joue, puis salua Jessie avec presque autant de ferveur.

— Je ne me souviens plus du programme, avoua Audrey. Tu nous offres un tour du propriétaire ?

— Cette fois, je vous laisse découvrir l'expo par vous-mêmes.

Elle comprit à son sourire espiègle qu'il s'était livré à l'un de ses jeux favoris : mélanger les œuvres de plusieurs artistes.

— Combien ?

— Un plasticien, deux peintres. L'un d'entre eux utilise des techniques surprenantes. Je te le présenterai avec plaisir. Mais j'en ai déjà trop dit, alors file !

Il se retourna en mimant une fermeture Éclair sur ses lèvres. Jessie leva les yeux au ciel et chipa un des nombreux cartons d'invitation étalés sur le comptoir. Après l'avoir parcouru du regard, elle le tendit à Audrey. Sous le logo de la galerie, trois noms étaient indiqués : Stefano Contobene, Damien Vladek et Ludovic Mallet. Aucune photo d'eux ou de leur travail. Audrey le reposa pour ôter son manteau, qu'elle suspendit avec soin dans le coin vestiaire. Son amie l'avait précédée de quelques pas et acceptait déjà une flûte de champagne.

— Tu me signaleras les moments où je suis censée m'extasier ? murmura-t-elle quand Audrey la rattrapa.

Audrey la rassura d'un signe de tête. Malgré toutes ses tentatives d'éducation artistique et des dizaines d'expositions visitées, ici ou au musée, Jess restait complètement imperméable à la magie de l'art. Elle ne l'accompagnait à ces vernissages que parce qu'ils se terminaient par une virée en discothèque. Sa tenue était plus adaptée à cette deuxième partie de soirée. Sa robe cumulait trois « trop » : courte, moulante et décolletée. Audrey n'avait pas osé lui en faire la remarque. Elle était trop heureuse de pouvoir partager ce moment avec quelqu'un. Xavier s'était bien proposé, mais… Ce n'était pas la même chose. Et elle aimait jouer les guides culturels pour son amie d'enfance.

— Quoique je risque de m'extasier sur autre chose que les toiles accrochées aux murs, reprit Jessie toujours sur un ton conspirateur, signe discret du menton à l'appui.

Audrey suivit la direction indiquée. Le centre de son intérêt n'était de toute évidence pas Gilles, mais le jeune homme avec lequel il discutait. Grand et élancé, il portait un jean déchiré et un tee-shirt blanc sous une veste en cuir élimée. Ses cheveux retombaient en boucles dans sa nuque et sur son front, jusqu'à frôler ses longs cils. L'un des artistes exposés, peut-être. Lissant les plis de sa jupe, Audrey se dirigea vers la gauche de la salle. Elle salua quelques connaissances, dont d'anciens amis de ses parents, puis fut accaparée par le sculpteur au patronyme à consonance italienne. Ce dernier dopait son enthousiasme illimité à coups de flûtes de champagne. Audrey prétexta un détour au petit coin pour s'en défaire. Enfin libérée du plasticien, elle reprit sa progression entre les visiteurs au fil des œuvres. Jusqu'à tomber sur une pièce en particulier et se sentir happée.

De loin, la toile n'avait rien de particulier. Un clair-obscur en degrés de gris dont les lignes évoquaient un passage, une porte peut-être. Là, à un mètre du tableau, Audrey avait l'impression qu'en tendant les doigts, elle pourrait pousser le battant, découvrir ce qui se cachait derrière. Sans qu'elle comprenne pourquoi, cette perspective l'angoissait autant qu'elle l'excitait.

— Enfin, te voilà, dit une voix masculine dans son dos.

Elle se retourna sur le jeune homme au blouson de cuir, qui la fixait de ses grands yeux sombres. Elle voulut répliquer qu'il devait faire erreur sur la personne, qu'ils ne se connaissaient pas, mais il ne lui laissa même pas le temps d'ouvrir la bouche. Il s'avança, si proche qu'Audrey se retrouva sous le pouvoir de son regard hypnotique, puis posa un genou à terre devant elle, tête baissée.

— Muse. Tu es là.

Audrey aurait aimé éclater de rire, demander qui avait monté ce canular. Mais elle ne put ignorer la décharge qui traversa sa main au moment où il la saisit pour l'effleurer du bout des lèvres. Un simple phénomène d'électricité statique, bien sûr, pourtant la coïncidence était troublante.

— On ne me l'avait jamais faite, celle-là, dit-elle avec un aplomb qu'elle n'éprouvait pas. Ça fonctionne bien ?

Il se releva en secouant ses boucles brunes, les sourcils froncés. Au même moment, Audrey aperçut Jessie qui la toisait, bras croisés. Elle se sentit vaguement coupable, bien qu'elle n'ait rien cherché du tout. Son attention fut déviée par l'arrivée d'un Gilles rayonnant.

— Ah, je vois que vous avez déjà fait connaissance ! Merveilleux !

— Pas vraiment, murmura Audrey, troublée par le regard de l'inconnu et la frustration muette de Jessie.

— Alors je te présente Damien Vladek. Il a justement

peint cette toile, derrière toi. Damien, voici Audrey et son amie Jessie. Audrey est la fille de Theresa Lernesse, mon ancienne associée. Une grande dame, dotée d'une vision…

Audrey n'écouta pas la suite des louanges posthumes que Gilles décernait à sa mère. Elle se retourna vers le tableau à la porte. L'espace d'un instant, elle en oublia son créateur, le reste du vernissage, sa gêne, Jessie. Les mots s'échappèrent de sa bouche sans qu'elle en ait vraiment conscience.

— Où mène ce passage ?

Elle eut un geste de surprise lorsqu'elle sentit les doigts de Damien s'enchevêtrer aux siens.

— Je t'attendais depuis si longtemps, dit-il tout bas.

Il continuait à la dévorer des yeux, comme s'ils étaient seuls au monde. Audrey s'arracha à grand-peine de cette impression d'être en son pouvoir.

— Je vais rentrer, déclara brusquement Jessie.

Elle fila en direction de la sortie. Hésitante, Audrey jeta un regard aux deux hommes qui l'entouraient avant de s'élancer vers son amie. Elle la rattrapa au niveau du vestiaire.

— Hé ! On n'avait pas dit qu'on irait danser ?

Jessie enfilait déjà son manteau. Elle secoua la tête d'un air déçu.

— Je préfère pas. C'est leur mousseux bon marché, ça m'a collé une de ces migraines… On s'appelle, d'accord ?

Un courant d'air s'engouffra dans la galerie lorsqu'elle sortit.

— Jess, ton parapluie !

Audrey la suivit sur quelques mètres. La pluie avait

cessé. Jessie marchait déjà à grands pas malgré ses talons et bientôt, elle disparut au bout de la rue.

Ce fichu parapluie supplémentaire lui avait filé un bas. Elle s'en rendit compte dans l'ascenseur de son immeuble. Sitôt chez elle, elle les ôta et les fourra dans la poubelle d'un geste rageur. Elle n'avait pas souhaité que la soirée se déroule comme ça. Elle n'était pas dupe de la réaction de Jessie et ne comprenait pas son ampleur. Peut-être était-ce dû à une accumulation de petites déceptions comme celle-là. Mais cette fois, et comme bien souvent d'ailleurs, Audrey n'avait rien fait pour attirer l'attention de ce Damien. Penser à lui la ramena à ses paroles et son regard envoûtants. Elle sursauta en entendant la sonnette retentir. Jessie s'était sans doute rendu compte du côté disproportionné de sa réaction et venait la chercher pour sortir comme prévu. Elle ouvrit la porte et se trouva nez à nez avec son frère.

— Salut toi ! lança-t-il d'un air joyeux.

Sans attendre un quelconque signal d'invitation, il s'avança, passa un bras autour de sa taille et lui colla un baiser sur les lèvres. Audrey recula, le fusillant du regard.

— Bon sang, Xavier ! Tu ne peux pas arrêter avec ça ?

— Oh, quoi ? On s'est toujours embrassés sur la bouche.

— C'était mignon quand on avait quatre ans. Là, on en compte une vingtaine de plus et ça devient malsain. Je te l'ai répété assez souvent. Et qu'est-ce que tu fiches ici ?

La discussion s'envenima vite. Audrey n'avait pas l'intention de s'incliner et de le laisser s'imposer. Malgré ses propositions de plus en plus insistantes, elle parvint à le mettre dehors sans fléchir une seule fois.

Le silence qui suivit son départ lui parut assourdissant. Elle passa à la salle de bains, où elle se lava et se relava les mains. Puis elle s'appuya au plan de travail de la cuisine et but un peu d'eau glacée dans le noir. Elle reposait son verre à tâtons lorsque la sonnette retentit à nouveau. Elle hésita à aller répondre. C'était sans doute Xavier qui revenait, les oreilles basses. Il l'inonderait de mots d'excuse et finirait par la convaincre de passer du temps avec lui, ici, au restaurant, au cinéma… Non. Elle se devait d'ouvrir, même si cela signifiait une nouvelle mise au point. Elle la répéterait jusqu'à ce que les choses soient suffisamment claires.

Mais ce n'était pas Xavier qui se tenait dans l'encadrement de la porte. C'était Damien, un sac à dos jeté sur une épaule, ses yeux sombres braqués sur elle. Elle le dévisagea une longue seconde, avant de lui tendre la main et de l'attirer à l'intérieur. Elle referma derrière lui, le débarrassa de son sac. Il resta là, immobile et silencieux, jusqu'à ce qu'elle reprenne sa main et l'entraîne dans sa chambre. Là, elle s'allongea sur le lit et le défia du regard. Il commença par ôter son blouson, son tee-shirt. Puis, avec une lenteur calculée, il s'agenouilla devant le lit. Il glissa ses paumes puissantes et rugueuses le long de ses cuisses, dégrafa sa jupe qu'il ouvrit en corolle autour d'elle. Il releva son chemisier vers sa poitrine, puis ses mains redescendirent sur sa taille. Il la tracta sur les draps jusqu'à pouvoir enfouir son visage contre son ventre, qu'il embrassa avec vénération. Elle se cambra, la tête rejetée en arrière, au moment où ses lèvres franchirent la barrière en dentelle de ses dessous.

Elle se réveilla peu avant l'aube. Assis au bord du lit, dans le faible halo de lueur dispensé par sa lampe de chevet, Damien dessinait au fusain sur un bloc de papier. Concentré, il ne répondit pas à son sourire. Elle referma les paupières, prenant conscience qu'elle venait de vivre la nuit la plus torride de son existence. Une nuit passionnée et muette. Elle avait gémi de plaisir, crié sa jouissance, mais ils n'avaient échangé aucun mot. Prenant soin de ne pas bouger, elle s'assoupit à nouveau.

Au matin, Damien avait disparu. Ne restait de preuve de son passage qu'une feuille de papier, déposée sur la coiffeuse. Le dessin la représentait endormie, allongée sur le côté, des mèches de cheveux striant son visage. Une paire d'ailes immaculées naissait en haut de son dos. L'une d'elles s'étirait jusqu'à sa taille, dissimulant avec grâce son intimité. Elle n'osa pas le toucher, comme si le moindre geste risquait de lui faire perdre de sa consistance. De transformer cette nuit bien réelle en simple fantasme.

13

Hypothermie

Son mobile sonna au moment où l'ascenseur atteignait l'étage du service. Nasser. Merlin comprit aussitôt que leur visite à l'ancien petit ami d'Audrey allait devoir être reportée.

— Tu es où, Lino ?

— Au bout du couloir.

— Super timing. Je file déjà avec Sofia, le patron se chargera des détails.

Il raccrocha sans attendre. Merlin se demanda si une de leurs conversations téléphoniques dépasserait un jour un total de vingt mots. Il enfonça son mobile dans la poche intérieure de sa veste et répondit au regard interrogateur de Cécile.

— Changement de programme. Tout le service est sur le pied de guerre pour appuyer Sofia et Nasser. Ils attendaient un signal depuis des lustres. Une affaire d'envergure, drogue, prostitution. Je t'expliquerai en chemin.

Une atmosphère tendue régnait dans l'open space du cinquième. Victoire s'appliquait à boucler un gilet pare-balles par-dessus son imposante poitrine. Une demi-douzaine d'agents du RAID discutaient avec Bartoli. Déjà fin prêt, Boris ressemblait à un gamin autorisé à se rendre à la fête foraine après la tombée de la nuit.

— Kermarec ! héla Bartoli. Préparez-vous pour partir avec Kretz et Esso. Emmenez votre stagiaire, mais qu'il reste en retrait.

Le patron se tenait à son étrange habitude de masculinisation. Mais, au moins, il acceptait que Cécile intègre l'opération. Merlin n'eut pas besoin de lui indiquer la marche à suivre. Elle se dirigea vers son casier, en sortit les éléments nécessaires. Il la vit froncer les sourcils au moment de fixer son holster à sa hanche et d'y glisser son arme.

— Tu l'as déjà dégainé ailleurs que dans un stand de tir ? demanda-t-il en désignant le Sig Sauer.

— Trois fois.

— Et tiré ?

— Une seule. En l'air. C'est vachement dissuasif.

Il répondit à sa grimace par un sourire rassurant.

— Le RAID va s'occuper du gros du boulot. Normalement, nous ne ferons que de la figuration. Reste attentive, c'est tout.

Elle hocha la tête, déjà concentrée. Et calme, surtout. Un point positif. Elle fut prête avant lui, blouson passé par-dessus son gilet, ses cheveux attachés encore plus serrés que d'habitude. Elle semblait presque à l'aise dans cette tenue engoncée. Bien plus que lui, qui ressemblait plutôt à un robot arthritique.

Le trajet jusqu'en banlieue fut assez long pour lui expliquer le dossier dans ses grandes lignes. De toute manière, il ne suivait l'affaire que de loin ; seuls Sofia et Nasser auraient pu lui en dire plus. Le duo espérait cette nouvelle piste depuis des mois. L'occasion de serrer une bonne partie de la tête du réseau, avec du matériel en prime, peut-être. La direction n'aurait pas détaché une telle escouade si les informations n'avaient pas été en béton. Cécile écouta avec attention ses explications, puis les ordres donnés par l'équipe du RAID.

— Tu restes derrière moi, compris ? ajouta Merlin juste avant qu'ils ne descendent du véhicule.

— Compris.

Une série d'immeubles bas se dessinait au travers des vitres. Ils sautèrent en silence du van, puis se mirent à courir, courbés en deux. Les gaillards de l'unité d'élite leur désignèrent une ruelle où ils se précipitèrent. Du coin de l'œil, Merlin vit Nasser pénétrer dans le bâtiment par l'entrée principale, et une troisième colonne se diriger vers la gauche. Le rôle de leur détachement était de contourner la maison et de s'y infiltrer par une porte dérobée. Ce passage ne devait pas proposer de choix de repli pour les malfrats. Merlin comprit aussitôt pourquoi : la porte était condamnée à l'extérieur par une chaîne munie d'un solide cadenas. Un coup de pince-monseigneur et la colonne s'engouffra dans le corridor sombre et tortueux, Merlin et ses collègues en sandwich entre deux paires de pros de ces interventions éclairs.

La main de Cécile se posa sur son épaule.

— Je ne la sens pas, Merlin. Pas du tout.

Victoire se retourna et s'exclama, surprise :

— Tu lui as dit ton vrai prénom ?

— Fermez vos gueules ! gronda Boris, devançant la réaction courroucée du leader de l'escouade.

Merlin interrogea Cécile du regard. Elle se contenta de secouer la tête, les yeux remplis d'effroi. Puis elle se mit à scruter les murs alentour. Sa tête tournait comme une girouette. Nom de Dieu, que voyait-elle ? Quelque chose qu'il ne percevait pas ? Qu'il ne *pouvait pas* percevoir ? Pressé par les autres, il reprit sa progression. Elle suivit en gémissant tout bas.

Il tendit un bras en arrière pour la garder dans son dos, mais soudain elle le propulsa contre la paroi et s'élança vers l'avant, le doublant lui, puis Victoire.

— Pas par là ! À terre ! hurla-t-elle à l'attention de l'éclaireur du RAID, qui venait de bifurquer à gauche.

Boris se tourna vers elle, une incompréhension totale sur le visage. Elle le plaqua au sol à la façon d'un joueur de rugby, se releva aussitôt et continua vers l'éclaireur. Au même moment, une première rafale résonna dans l'espace restreint du couloir. Les tirs provenaient de la gauche. Accroupi, son arme au poing, Merlin reprit son avancée dans une totale confusion. Il y eut une nouvelle salve, de riposte peut-être.

— Repliez-vous !

L'air se chargea d'une odeur piquante de poudre et de peur. Le leader avait dû crier, mais les sons parvenaient étouffés aux oreilles de Merlin. Faisant fi de ses instructions, il progressa encore de deux ou trois pas en direction de l'intersection. Cécile gisait à terre, non loin de l'éclaireur. Merlin sentit son estomac chuter le long de son ventre.

Boris se releva, groggy, et lui saisit le coude.

— Putain ! brailla-t-il en jetant un coup d'œil par-dessus son épaule. Elle a été touchée ?

— J'en sais rien !

Une autre rafale les obligea à s'aplatir contre le mur. Un gaillard du RAID envoya une grenade aveuglante dans l'angle où se tenaient leurs agresseurs. Merlin et Boris profitèrent du court répit offert par la déflagration pour s'avancer, attraper chacun un côté du blouson de la jeune femme et la tirer en lieu sûr. Récupéré par ses collègues, l'éclaireur se relevait, apparemment indemne.

— On sort !

Merlin traîna Cécile par les aisselles et fila à reculons. Sitôt à l'extérieur, il s'abrita derrière un muret et entreprit de contrôler ses fonctions vitales. Encore étourdi, le gars du RAID vint s'agenouiller à côté d'eux.

— Comment elle a pu savoir ?

Merlin le fixa une brève seconde, puis secoua la tête en signe d'ignorance. Le jeune type ne devait pas avoir plus de trente ans. Il frôla son gilet de sa main gantée. Une grosse balafre le noircissait à deux doigts à peine de sa gorge.

— Je… J'espère qu'elle va bien. Elle vient de me sauver la mise.

— Je ne vois pas de lésion. Par contre, elle est gelée. Il faut appeler une ambulance, vite.

*

Une main douce lui caressait les cheveux. Un geste régulier qui commençait sur son front et se terminait sur le haut de son crâne. Cécile soupira. C'était agréable. Du moins, ce le fut jusqu'à ce qu'elle sente quelque chose de tiède et poisseux se répandre sur son cuir chevelu. Elle ouvrit les yeux et découvrit Clara Pesenti assise au bord de son lit. Du sang s'écoulait le long de son bras, jusqu'au bout de ses doigts. Réagissant au sursaut de Cécile, elle retira sa main de sa tête et la fixa de son unique œil valide.

— Tu faisais un mauvais rêve. Il ne faut plus avoir peur, Cile…

Cécile se réveilla en hurlant de terreur. Elle chercha à reculer pour échapper à cette vision d'horreur, mais ne s'empêtra qu'un peu plus dans les multiples couvertures empilées sur elle. Ce qui l'entourait lui était totalement étranger. Tout, sauf la voix rassurante qui s'éleva :

— Hé, c'est bon, tout va bien, Rivère.

Merlin se leva du fauteuil placé dans le coin de la pièce. Elle esquiva le geste qu'il fit en direction de son visage. Il lui rappelait trop la douceur morbide de Clara. Comprenant peut-être sa réaction, Merlin rangea ses mains dans ses poches.

— Tu es à l'hôpital depuis… un peu plus de quatre heures, l'informa-t-il après avoir consulté sa montre. Le temps de faire une bonne sieste.

— Pas bonne, souffla-t-elle. J'ai fait un sacré cauchemar.

— J'ai cru voir ça.

Elle se redressa un peu dans son lit. La chemise de nuit d'hôpital et ses cheveux détachés lui donnaient l'impression d'être nue. Elle tira les couvertures jusqu'à son menton.

— Tu as encore froid ?

— Un peu. Les autres vont bien ?

— Grâce à toi, oui. La descente n'a pas permis d'appréhender toutes les grosses pointures du réseau, mais Nasser est satisfait.

Il finit par se décider à s'asseoir sur le bord du matelas, le plus près possible du pied du lit.

— Le petit jeune du RAID s'en est tiré avec une belle frayeur. Il te remercie. Par contre, l'équipe du Samu a eu un peu de peine à comprendre pourquoi tu te trouvais en hypothermie. Ta température avait chuté à trente-deux degrés, Cécile.

Elle pressa ses paumes contre ses yeux. Voilà qui n'était pas banal, en plein mois d'avril à Paris. Les ambulanciers avaient de quoi être étonnés. Ils l'auraient été davantage s'ils avaient vu la même chose qu'elle, dans cet immeuble pourri.

— Je vais te le raconter une seule fois, et après, on fera comme si je n'avais rien dit et que c'était juste mon corps qui avait déconné, d'accord ? Sinon, je risque d'atterrir au service psy. Et même si je ne mérite sans doute pas mieux, je n'ai pas envie de tester leurs camisoles de force.

— Je t'écoute. Tu sais que je te crois et que je continuerai à le faire, quoi qu'il arrive.

Elle dut se mordre la lèvre pour s'empêcher de se mettre à pleurer. Être internée ne constituerait pas obligatoirement une si mauvaise option. Ce qu'elle s'apprêtait à raconter était trop horrible. Le revivre, même juste en pensées et brièvement, se révélait à la limite de l'insupportable. Avec une triple dose d'anxiolytiques, ce genre de choses lui paraîtrait peut-être plus facile.

— J'ai commencé à sentir le froid à l'extérieur du bâtiment. Le même froid que chez Clara, ou avant de voir Mme Kaufmann. J'ai voulu t'avertir, mais…

— Je suis désolé.

— Tu n'y es pour rien. On était bien obligés

d'avancer. Mais dans ce couloir… On n'était pas seulement huit, Merlin. Il y avait… des vingtaines de silhouettes. Certaines à moitié effacées, d'autres d'une netteté terrifiante. Des femmes, jeunes pour la plupart. Toutes en colère.

— Contre qui ?

— Je ne sais pas. Apparemment pas contre nous, puisqu'elles…

Elle fronça les sourcils, à la recherche des termes corrects. La scène repassait au ralenti dans son esprit.

— Elles ont cherché à nous bloquer. Elles voulaient nous empêcher de progresser. Quand le gars de tête a fait mine de tourner à gauche, j'ai compris qu'il s'agissait d'une grosse erreur. Ne me demande pas comment. Je le savais, c'est tout. Mais tout le monde continuait et je… j'ai dû m'interposer. Pour rattraper Boris, j'en ai… bousculé une. Je crois qu'elle m'a traversée. Ou que je l'ai traversée, elle. Ça m'a coupé le souffle. J'avais l'impression d'avoir été plongée dans un bain de glace carbonique. C'est la dernière chose dont je me souviens.

Les mâchoires serrées, elle fixa ses mains tremblantes. Elle avait espéré ne plus jamais revivre pareille expérience et voilà que cela lui arrivait deux fois en l'espace de deux jours. Comment garder un semblant de santé mentale avec ça ? Qu'avait-elle fait pour mériter pareille malédiction ? Merlin soupira, puis lui tapota le pied avec maladresse.

— OK. D'abord, tu vas te reposer. Je ne veux pas te revoir au bureau avant lundi prochain.

Elle releva brusquement la tête.

— Non ! Ne m'oblige pas à rester seule aussi longtemps. Qu'importe que ce soit ici ou chez moi.

— Tu pourrais te remettre, au calme…

— Je sais déjà ce qui arriverait, et ce ne serait pas bon pour moi, je peux te le promettre.

— Cécile…

— N'insiste pas, s'il te plaît. Je me sens bien. Assez bien pour recommencer à bosser demain.

Il soupira, puis leva les mains en signe d'abandon.

— D'accord. Je vais voir si je trouve un médecin qui accepte de te libérer. En attendant, tu devrais rappeler ta sœur.

Cécile mit quelques secondes à comprendre que le mobile qu'il lui tendait était le sien. Ce matin, sa messagerie pliait déjà sous le poids de dizaines d'appels en absence de la part d'Agathe. Le score avait dû monter au cours des dernières heures.

— Pourquoi ne lui as-tu rien dit ? demanda Merlin d'une voix douce.

— Quoi ? explosa-t-elle. Tu veux dire que tu l'as contactée ?

— Ton téléphone n'arrêtait pas de sonner. J'ai fini par décrocher. Elle se faisait du souci pour toi, et je trouve qu'elle a de quoi.

— Et tu as jugé que ça constituait une raison suffisante pour tout lui déballer ?

— Ta sœur est là pour toi, Cécile. Pourquoi ne pas la laisser t'aider ? Elle a proposé de venir…

— Tu fais chier, Kermarec !

Elle jeta les couvertures sur le côté du lit, se leva en titubant. Elle dut se retenir à la table de nuit pour ne pas dégringoler.

— Merde ! De quel droit te mêles-tu de mes affaires ?

Ils se retrouvèrent face à face, elle à peine couverte

de sa blouse de malade, lui hésitant à la soutenir. Sous la pression de son regard incendiaire, il finit par reculer.

— Je suis de ton côté, Cécile.

Sans comprendre pourquoi, elle éclata en sanglots. Elle tendit un bras pour l'empêcher d'entreprendre le moindre geste de compassion.

— Je sais… mais fous le camp, s'il te plaît. Fous le camp.

Elle se rassit et enfouit son visage entre ses paumes. Elle ne montra aucune réaction lorsque Merlin posa une main sur son épaule.

— On se voit demain.

Un instant plus tard, la porte de la chambre se referma sur lui. Cécile ne bougea pas. Elle n'avait pas fini de pleurer.

14

Audrey – Avant

— J'aime te voir manger.

Audrey releva les yeux de son assiette. Elle masqua son trouble en buvant une gorgée d'eau, puis sourit.

— Vraiment ?

— Vraiment. Je ne sais pas trop pourquoi, mais j'adore ça. Sans doute un rapport avec tes lèvres. À moins que ce ne soit avec ta gorge, ton cou…

Elle se sentit rougir. Elle hésita à parcourir du bout de l'index le trajet entre sa bouche et son décolleté, juste pour jouer l'allumeuse. À la place, elle piqua une nouvelle bouchée sur sa fourchette et la dégusta avec une attention exagérée. Sa gorge se serra tandis qu'elle l'avalait.

— Quand tu me parles comme ça, j'ai l'impression que tu m'aimes.

— Mais c'est le cas, mon ange.

— Alors pourquoi me fais-tu ça ?

Un silence.

— Parce que ça te permet de te sentir vivante. Et parce que tu es à moi.

15

Muse

L'arrivée de Cécile dans l'open space, à presque dix heures du matin, provoqua un long silence. Un moment de gêne réciproque que Boris se décida à briser en premier.

— 'lut Cécile. Ça roule ?

Pas de plaisanteries, pas de surnoms foireux. Il se leva, main tendue.

— Je crois que je te dois une fière chandelle. Merci.

— Y a pas de quoi, répondit-elle d'une voix rauque.

Merlin voulut les rejoindre, mais Sofia le précéda.

— La filière prostitution du réseau est tombée. Grâce à toi, ça s'est fait sans blessés de notre côté. On peut donc tous te remercier.

Nasser confirma d'un hochement de tête. Bientôt, tout le monde entoura la jeune femme, chacun avec un geste, un petit mot. Victoire lui frotta l'épaule en la couvant d'un regard maternel. Malgré tous ces élans, le sourire de Cécile restait crispé. Merlin patienta jusqu'à ce que ses collègues retournent à leurs affaires. Il arrêta Cécile avant qu'elle s'installe à son bureau.

— On a une visite de prévue. Le petit ami, tu te souviens ?

Il crut déceler une forme de soulagement dans son expression corporelle. La perspective d'une sortie lui convenait sans doute mieux que de faire office de cible pour quatre paires d'yeux curieux. Dans l'ascenseur, elle poussa un long soupir, mais s'appliqua à ne scruter que le sol.

— J'ai pensé que tu avais changé d'avis, finalement. Que tu allais rester te reposer chez toi.

— Si je suis en retard, c'est en partie de ta faute. J'avoue ne pas avoir entendu le réveil, mais après j'ai dû passer presque une heure au téléphone avec ma sœur. Ceci en plus du coup de fil d'hier soir.

— Et ?

L'ascenseur arriva au sous-sol. Les portes s'ouvrirent avec l'habituel grincement inquiétant. Plutôt que d'avancer, Cécile braqua son regard sur Merlin. Elle semblait hésiter entre colère et amusement.

— Et… T'es un peu con, ou simplement maso ? Pourquoi ne pas m'avoir détrompée, quand j'ai cru que tu lui avais tout raconté sur mes… expériences paranormales ?

— J'espérais que tu lui en parlerais. Ta sœur a l'air d'être une chic fille. Personne ne devrait rester seul, Rivère. Surtout avec ce genre de… fardeau.

Elle leva la main, comme pour rejeter un débat qu'elle ne voulait pas aborder, et conclut d'un lapidaire :

— Je préfère ne rien lui dire. Et je ne vais pas m'excuser de t'avoir insulté.

— Pas de soucis.

Il actionna la commande d'ouverture des portes juste avant que celles-ci ne se referment sur eux.

— Après toi, fit-il avec un ample geste du bras.

Elle secoua la tête, les yeux levés au ciel, mais s'exécuta quand même. Merlin la suivit jusqu'à la voiture, un sourire en coin. Jamais il ne se serait permis d'interférer entre Cécile et sa sœur. Il n'avait décroché le téléphone qu'à la quatrième tentative d'Agathe, las d'entendre ce maudit mobile hurler à la mort, et ne lui avait livré que des informations aussi factuelles qu'incomplètes. Agathe s'était suffisamment inquiétée en apprenant que sa petite sœur avait participé à un assaut, qu'elle avait subi un léger traumatisme crânien en venant au secours d'un collègue. Non, révéler ce qui s'était déroulé du point de vue de Cécile ne lui appartenait pas. Répondre aux questions indirectes des autres, Bartoli inclus, sans rien apporter de concret avait déjà représenté un tour de force. Par chance, le coup de filet effectué par Nasser et Sofia masquait en partie les événements qui s'étaient déroulés à l'arrière du bâtiment. Il repensa à ces silhouettes que Cécile avait vues. Ces jeunes femmes avaient-elles été des victimes du réseau de prostitution ? Et comment s'y étaient-elles prises pour transmettre des informations à Cécile ? La glacer jusqu'aux os, alors que toutes les autres personnes présentes n'avaient rien ressenti ? Il ressassa ces questions jusqu'à ce qu'il remarque que sa passagère avait glissé ses mains sous ses cuisses.

— Tu n'as pas encore réussi à te réchauffer ?

— Ça doit être psychologique. J'affichais un splendide trente-six degrés, hier. Mon sésame pour sortir de l'hôpital. Mais je frissonne quand même sans arrêt.

— Monte le chauffage.

Elle régla la ventilation de son côté, en testa les effets avec une petite moue dépitée.

— Tu as fait quoi, ce matin ?

— De la chasse aux dossiers. Ceux des personnes âgées décédées au cours des gardes d'Audrey. On aura de quoi éplucher tout ça ensemble. Le patron adore les dates, les chiffres, les listes.

— Chic alors !

Le temps qu'ils atteignent l'adresse du domicile de Damien Vladek – un coin assez peu bucolique, juste derrière l'ancien incinérateur d'Ivry – l'habitacle s'était transformé en sauna. Merlin se gara et se hâta de sortir, s'épongeant le front dans le même geste.

— On dirait un entrepôt désaffecté, commenta Cécile, qui ne semblait pas du tout en surchauffe.

— Ça l'est, sauf erreur. En tout cas, ça fait très « artiste » d'habiter dans cinq cents mètres carrés de courants d'air…

Ils s'approchèrent de la porte d'entrée. En métal de haut en bas, elle était coulissante, sans doute pour permettre d'y passer les pièces les plus imposantes. Un battant plus conventionnel, sur gonds, était entrouvert sur la gauche. Un air classique s'en échappait, un duo de violoncelles mélancolique. Merlin chercha en vain une sonnette. Ses trois coups du plat de la main contre la surface du battant se perdirent dans le vide. Comme pour leur répondre, la musique se chargea d'une batterie et de basses vibrantes. Merlin tambourina de manière plus énergique, ajoutant un peu de voix en prime. Il était sur le point de s'engager dans le hall lorsque le volume de la sono fut baissé. Une seconde plus tard, un gaillard surgit dans l'entrée. Grand, mince, mais assez musclé, il ne souffrait apparemment pas d'une pudeur excessive, puisqu'il n'était vêtu que d'un jean informe qui lui dégringolait sur les hanches. Ses cheveux et sa barbe, de même longueur, avaient sans doute été rasés quelques jours auparavant. Cela rappela à Merlin sa pénurie de lames. Il ne put s'empêcher de passer une main sur sa joue couverte de chaume. L'expression intriguée de son vis-à-vis lui remit les idées en ordre.

— Damien Vladek ?

Hochement de tête silencieux. La curiosité se transformait en méfiance. Merlin sortit sa carte pour confirmer ce que l'autre avait déjà deviné.

— Capitaine Kermarec et lieutenant Rivère, brigade criminelle. Pouvons-nous entrer ?

— C'est à quel sujet ?

Il ne semblait pas nerveux. Plutôt mécontent de les voir débarquer dans son petit nid douillet. Merlin ne lui en tint pas rigueur : c'était le cas de la majorité des gens, lorsqu'on les dérangeait dans leur routine quotidienne. Restait à découvrir comment il réagirait à son annonce.

— Nous enquêtons sur le décès d'une de vos amies.

L'incompréhension prit le pas sur les autres émotions.

— Qui ?

— Audrey Lernesse.

Son visage devint livide avant que Merlin ne finisse d'énoncer le nom de famille.

— Non…, souffla-t-il en se retenant au mur. Audrey… Non, elle ne… Elle n'est pas morte ?

Cécile avança d'un pas et lui demanda en douceur

s'ils pouvaient entrer pour en parler. Il s'effaça, sans cesser de se stabiliser d'un bras. Encore un que la nouvelle terrassait. Décidément, cette fille faisait un sacré effet à ceux qui la rencontraient.

— Pourquoi une enquête ? chevrota-t-il une fois que Cécile eut refermé derrière eux.

— Nous cherchons à établir certains faits, monsieur Vladek. Pour cela, nous interrogeons ses relations. Nous avons entendu dire que vous avez été proches, tous les deux.

Il se passa les mains sur le crâne, secoua la tête.

— Vous ne comprenez pas. Audrey est… Elle était ma muse. Venez.

Il les entraîna à travers le hall, puis dans une pièce encombrée de matériel : toiles XXL, seaux de peinture, sacs de plâtre ou de torchons… Pieds nus, il se déplaçait sans se soucier de tout ce qui jonchait le sol. Merlin avait une exposition parfaite sur sa musculature et sur le tatouage qui naissait sur sa hanche gauche et s'étendait jusque sur son biceps, mélange d'arabesques, de lettrages et de symboles tribaux. Cécile aussi, d'ailleurs, et à en juger par son sourire, elle appréciait le panorama dans son ensemble.

La pièce suivante mesurait au moins quarante mètres sur quarante. Une paroi était ponctuée de tableaux à divers stades de gestation. La vue de l'autre côté coupa le souffle à Merlin. Ce n'était pas un atelier. C'était un mausolée. Un monument à la gloire d'Audrey.

Elle était partout. En photo, instantanés de cabine Photomaton ou tirages grand format. En dessin au crayon gris, sur du papier, du parchemin, en encre noire, en dégradés. Mais surtout, elle s'affichait sur une toile de trois mètres sur cinq, accrochée juste au-dessus de l'unique meuble de la pièce, un canapé en cuir défoncé.

— Vous voyez, à présent ?

Merlin ne parvenait pas à quitter le tableau des yeux. Il représentait Audrey debout, bras écartés, dans une pose quasi christique. Ses longs cheveux lissés cascadaient sur ses épaules. La seule note de couleur éclatante provenait de ses lèvres, peintes en rouge vif. Une paire d'ailes naissait dans son dos. Ouvertes, elles se fondaient le long de ses bras, remontaient bien plus haut que sa tête et se terminaient à ses pieds. Deux ailes parfaites, aux plumes grises et noires.

— Oui, murmura Cécile. Je vois.

Elle suivit le mouvement de Damien, qui s'effondra dans le canapé, la tête entre les mains.

— Comment se fait-il que personne ne vous ait averti ? demanda-t-elle d'une voix douce, accroupie à côté de lui.

— Qui s'en serait chargé ? rétorqua-t-il, amer.

— Son frère ?

— Il n'était pas au courant de notre relation.

Merlin capta le coup d'œil de sa collègue. Xavier ignorait bien des choses à propos de sa sœur chérie.

— Son amie Jessie, alors ?

Il eut une grimace sans équivoque.

— Je ne vois plus cette salope depuis longtemps. Et « amie » n'est pas un terme adéquat.

— Vous proposeriez quoi, à la place ?

— Sangsue ? Le seul sentiment que Jess nourrissait à l'égard d'Audrey, c'était la jalousie. Oh, elle avait des raisons de l'envier, mais à ce point…

Il releva brusquement la tête et fixa Cécile et Merlin tour à tour, mâchoires contractées.

— Elle lui a fait du mal ? Quelqu'un lui a fait du mal ?

Il semblait sur le point d'exploser. Cécile eut la bonne réaction en posant une main légère sur l'un de ses poings serrés.

— Rien ne l'indique, a priori. Mais si cela s'avère être le cas, nous veillerons à ce que le coupable soit jugé pour ses actes. Monsieur Vladek, possédiez-vous un double des clés de l'appartement d'Audrey ?

— Non.

— Vous êtes pourtant restés ensemble durant une longue période. Plusieurs mois, si j'ai bien compris ?

— Entre nous, c'était… compliqué.

Son regard se dirigea vers le tableau. Celui où ses pinceaux avaient transformé Audrey en ange. *Plutôt éloquent, comme portrait*, songea Merlin. Surtout pour une jeune femme soupçonnée d'être une alliée de la Grande Faucheuse. La posture, l'attitude grave, les plumes sombres…

— C'est elle qui a mis un terme à votre histoire ? devina Cécile.

— On peut le dire comme ça.

— Quand ?

— Ça s'est fait petit à petit. J'ai compris l'avoir vraiment perdue à la fin de l'automne dernier. Après qu'elle est allée consulter un psy. Ce fouille-merde lui a retourné les idées.

— Vous pouvez préciser ?

— Le point le plus flagrant, c'était à propos de son boulot. Tout lui pesait : la charge de travail, l'ambiance… Et voilà qu'elle décide d'effectuer des gardes supplémentaires dans un autre établissement. Elle aurait plutôt dû abandonner ce métier. Je n'ai jamais pu m'expliquer pourquoi elle n'avait pas repris la galerie de sa mère. Audrey avait un don inné pour l'art. Elle était la seule… la seule à me comprendre. Muse. Dès le premier jour…

Sa voix se déchira alors qu'il prononçait ces derniers mots et il se mit à sangloter sans retenue, recroquevillé devant le portrait majestueux d'Audrey. Cécile regarda Merlin d'un air implorant.

— Je crois que nous allons vous laisser pour l'instant, dit celui-ci avec un hochement de tête. Vous seriez d'accord pour passer au commissariat, si d'aventure nous avions besoin de plus amples informations ?

Damien acquiesça sans cesser de pleurer.

— Toutes mes condoléances, monsieur Vladek.

Cécile entama un geste de la main, comme pour lui tapoter l'épaule, mais le retint en plein vol. Toucher de la peau nue et musclée ne lui paraissait peut-être pas assez professionnel, estima Merlin. Elle murmura une formule polie puis emboîta le pas de Merlin jusqu'à l'extérieur.

— Ébranlé, le gaillard, commenta-t-elle d'un air pensif.

— En effet. Je préfère observer cette réaction chez l'amant que chez le frère. Quoiqu'à ce point-là, ce n'est plus de l'amour, mais de l'obsession. Bon sang, tu as vu le nombre de fois où le visage d'Audrey est représenté dans cette pièce ?

— Et la toile. Ça m'a scotchée. Je n'y connais rien en art et je m'ennuie comme un rat mort si on me traîne dans un musée, mais ce tableau… Je me demande comment Audrey vivait le fait d'être considérée comme une muse. D'être idolâtrée à un tel point.

— Si tu veux mon avis, ça devait être pesant. Une raison de plus pour qu'on retrouve son thérapeute.

Le psychiatre s'appelait Raphaël de Gassin. Il n'y avait pas trace de ses coordonnées dans l'agenda d'Audrey, mais les relevés de sa carte Vitale attestaient de six consultations étalées sur les mois de juillet et d'août de l'année précédente. Peu motivé à décortiquer les dossiers qui patientaient sagement sur son bureau, Merlin envisagea une autre visite après le déjeuner. Nasser réduisit ses envies d'escapade en fumée en lui tendant une liasse de feuilles.

— Le labo a flanqué toutes nos demandes dans le même panier. Voilà les tiennes. Regarde la toxico, ça devrait t'intéresser.

Il parcourut en diagonale le rapport définitif du légiste avant de tomber sur les résultats d'analyses toxicologiques. Le premier ne comportait rien de surprenant. Par contre, le second lui arracha un sifflement.

— Ben merde. Voilà qui change la donne.

Nasser confirma d'un borborygme.

— Vous me mettez au parfum ? demanda Cécile.

Merlin lui tendit le rapport et commenta d'un ton laconique :

— Stardust. Audrey était une toxico de luxe.

— Quoi, cette nouvelle drogue de synthèse ?

— Tout à fait. La poussière d'étoiles. Je suis presque surpris que tu en aies entendu parler.

— Je me tiens au courant, chef, rétorqua-t-elle,

sarcastique. Je sais que ça coûte la peau des fesses, mais j'ignore quels sont ses effets.

— Son prix exorbitant nous permet de mieux cibler son trafic, dit Nasser. Un mal et un bien en même temps. Je n'ai pas les moyens de la tester personnellement, mais il paraît que le flash est très puissant et peut durer plusieurs heures.

— Comment ça, pas les moyens ? Tu l'essayerais si on te donnait de quoi acheter une dose ?

— Oui, fit-il avec un haussement d'épaules. J'aime bien savoir de quoi je parle.

— Nasser est notre encyclopédie narcotique, glissa Merlin. Expérience incluse.

— Il n'y a pas d'accoutumance à proprement parler avec le Stardust. Pas de phénomène de manque non plus. Mais les sensations seraient si puissantes qu'on rêverait sans cesse du prochain trip. Une certaine dépendance psychologique peut donc s'installer.

— Ça se prend comment ?

— Il y a plusieurs moyens. On peut aussi bien l'ingérer que se l'administrer par intraveineuse, si on recherche un flash plus intense.

— Et Audrey aurait été accro à ça ?

— D'après les analyses, elle en a consommé régulièrement au cours des six derniers mois, fit Merlin, le nez dans les papiers. Ça ne colle pas point de vue timing.

— Tu fais déjà une corrélation avec l'artiste maudit ?

Cécile le regardait avec une mine sévère. Un sourire aux lèvres, Nasser s'assit sur le coin du bureau pour assister au match. Merlin déposa la liasse de documents derrière lui avant de croiser les bras. Son premier boss l'avait bien averti de ne pas collaborer avec des femmes.

Trop d'emmerdes. Des points de vue vite biaisés. OK, le peintre arborait le look du beau brun ténébreux, un physique intéressant et un background follement romanesque, mais ce n'étaient pas des raisons pour s'enticher de lui. Et c'était bien ce que faisait Cécile, là, non ? Elle avait craqué pour ses pectoraux et ses délires de muse. À moins que ce soit lui qui débloque, à jouer la carte de la méfiance. Jusque-là, il n'y avait qu'un détail qui expliquerait son opinion. Un minuscule détail.

— Il m'a semblé que ses pupilles étaient dilatées durant tout l'entretien.

— Il faisait sombre dans son atelier. Et il a pleuré la moitié du temps !

— Je disais ça comme ça. Il a quand même pu dealer certains trucs, lui en refiler, même s'ils n'étaient plus en couple.

— Mouais. Je continue à penser que ton attitude est à la limite du délit de faciès. Damien Vladek a un cul tout à fait appétissant, mais je n'en suis pas tombée amoureuse pour autant. Je veux bien qu'il cache des trucs, mais de là à le soupçonner aussitôt de trafic de drogue…

Merlin manqua de s'étouffer avec sa salive. Cécile n'avait pas fini de le surprendre. Il fallait d'urgence qu'il cesse d'y penser comme à une femme standard.

— Rivère 1, Kermarec 0, ricana Nasser. Vous jouez la prochaine manche ce soir avec nous ? On a prévu d'aller boire un verre, histoire de fêter le coup de filet d'hier.

L'expression corporelle de Cécile fit songer à une huître qui se refermait à toute vitesse.

— Je sais pas trop…

— T'as pas le choix, lança Sofia d'un ton sans appel, depuis l'autre bout de l'open space. Cohésion féminine.

Cécile fixa Nasser, qui attendait son verdict, puis Merlin. Un sourire timide releva un coin de sa bouche.

— Vu sous cet angle… Comptez sur moi.

S'imposant face aux autres, Boris choisit le lieu des réjouissances. Un pub qui tentait d'avoir l'air irlandais, décoration aux tons verts et musique endiablée incluses.

— Aucune envie de subir ton thé à la menthe, ce coup-ci, avait-il grommelé à l'intention de Nasser.

Ce dernier n'avait pas protesté. Il était resté à la limonade toute la soirée, ce qui lui avait sans doute permis d'écraser Boris aux fléchettes à trois reprises.

Cécile avait commencé à se détendre à partir de sa deuxième bière. La voir plaisanter avec Sofia, qui semblait enfin l'avoir acceptée à part entière, ou éclater de rire à l'évocation de certaines anecdotes était particulièrement plaisant pour Merlin. Une manière de museler la petite voix qui lui répétait en boucle à quel point il était égoïste de l'avoir enrôlée.

Victoire partit la première, vite suivie par le duo beur de l'équipe. Boris, lui, semblait prêt à chanter jusqu'au bout de la nuit. Il connaissait par cœur un nombre incroyable de paroles des hymnes à boire que diffusaient les haut-parleurs fatigués.

— Je vais rentrer, fit Cécile tandis qu'il entamait un nouveau couplet de *Whiskey in the Jar*.

— Attends. Je te ramène.

Merlin avait sorti ça sans réfléchir. Sans doute pour échapper aux fausses notes de Kretz. C'est en tout cas ce dont il tenta de se persuader.

— Je peux prendre le métro.

— Ça ne me dérange pas.

Il faillit ajouter une imbécillité, du style « je préfère te savoir en sécurité ». Comme si elle était du genre à se laisser agresser dans un couloir du métro. Cécile n'aurait eu qu'à gronder en montrant les dents pour ficher la trouille à toute une bande de petits vandales.

Vingt minutes plus tard, il bifurquait rue des Canadiens, à Massy.

— Tu peux te garer là, indiqua-t-elle.

Il suivit ses instructions, même s'il avait prévu de la déposer et de repartir. Mais quand elle lui proposa un dernier verre, il continua d'obéir. Découvrir l'appartement de Cécile, son intimité, l'intriguait. Autant dire que le résultat le prit de court.

— C'est épuré, comme déco, remarqua-t-il une fois debout au milieu du salon.

Il tourna sur lui-même. Le constat était partout le même. Aucun tableau aux murs, aucune plante verte, bibelot ou cadre photo. Rien que du mobilier purement fonctionnel. On se serait cru dans une caserne. Non, c'était encore plus strict. Sans être forcément rangé. L'évier croulait sous des piles de tasses brunes de vieux restes de café. Le lit, visible depuis le corridor, n'avait pas dû être fait depuis belle lurette.

— Je te donnerai l'adresse de mon architecte d'intérieur, si tu veux, fit-elle en s'engouffrant dans la salle de bains.

Il rit à cette remarque et se décida à déposer sa veste sur le dossier d'une des trois chaises du coin à manger. Lorsqu'elle revint, elle lui lança un petit objet qu'il rattrapa de justesse. Le temps qu'il comprenne qu'il s'agissait d'un préservatif dans son emballage argenté, elle avait déjà déboutonné son chemisier. Elle le laissa glisser le long de ses bras et il tomba au sol avec un léger soupir. Son soutien-gorge bleu clair n'affichait pas non plus la moindre fioriture. Pas de dentelle, pas de broderies. Par contre, son contenu avait l'air magnifique. Doux et ferme. Elle se débarrassa de son jean avec une aisance déconcertante.

— Qu'est-ce que tu fous, Rivère ?

— Ça.

Son corps pressé contre le sien, elle entreprit de mordiller sa pomme d'Adam, tandis que sa main se posait sur son entrejambe. Merlin eut un mouvement de recul bien inutile, puisqu'il le plaça dos au mur. Il la saisit par les épaules, dans l'espoir de l'écarter. Sa bouche bifurqua en direction de son cou, qu'elle parcourut du bout de la langue.

— Putain, tu te souviens qu'on bosse ensemble ?

— Quoi, tu as peur que je te dénonce pour harcèlement sexuel ? s'amusa-t-elle. Ou que j'aie percé la capote à coups d'épingle dans le but de te faire un enfant dans le dos ?

Son souffle, juste en dessous de sa mâchoire, commençait à le chauffer. L'action de sa main n'y était pas étrangère non plus.

— Ce n'est pas raisonnable. On a plus de quinze ans de différence.

— J'ai obtenu la majorité sexuelle il y a bien longtemps. Et tu me parais encore tout à fait… apte.

Comme pour pratiquer une ultime vérification, elle glissa ses doigts dans son pantalon et serra sa queue. Merlin prit une inspiration précipitée.

— Cécile, je…

— Appelle-moi Alice.

Cette fois, il parvint à la faire reculer. Il la toisa de la tête aux pieds, complètement chamboulé. Elle était magnifique. Et défendue. Une collègue. Sa stagiaire. Dérangée, mais magnifique. Il bandait tellement que c'en devenait douloureux.

— T'es vraiment malade.

— Quoi ? fit-elle en relevant le menton. Comme ça, tu n'as pas l'impression de te taper ta petite collègue et je prends mon pied à coup sûr. C'est ce qu'on appelle un contrat gagnant-gagnant, non ?

L'idée était excitante, il devait bien l'avouer. Et Alice, c'était un joli nom. Quoiqu'à ce point, il aurait abdiqué même si elle lui avait demandé de l'appeler Cunégonde. Il l'agrippa par la nuque, l'attira avec brusquerie pour l'embrasser à pleine bouche. À tâtons, il chercha à défaire sa queue-de-cheval, mais elle se déroba. Tirant sur le haut de son pantalon, elle s'accroupit et lui enfila le préservatif d'un geste expérimenté. Il en geignit de surprise. Jamais on ne lui avait fait un truc pareil. Jamais il n'avait vécu une telle expérience. Son pantalon et sa chemise disparurent comme par magie. Il s'en moquait. Cécile s'était relevée et il pouvait enfin caresser ses seins, malaxer ses fesses. Ça faisait longtemps qu'il n'avait pas touché une femme comme ça. Trop longtemps. Une femme splendide, en plus, qui avait pris le contrôle des opérations. Elle le fit s'allonger sur son lit, au milieu des draps épars, saturés de son odeur. Elle s'empala sur lui avec un gémissement de plaisir. Il la laissa onduler un moment à son rythme avant de lui saisir les hanches et de marquer chacun de ses va-et-vient du bassin. La bouche entrouverte, elle le fixait comme si elle attendait quelque chose de lui.

— Alice…, grogna-t-il.

Le mot magique. Elle rejeta la tête en arrière en l'entendant, puis se cambra, les muscles du périnée si contractés qu'il faillit éjaculer sur-le-champ. Il y avait quelque chose de féroce dans ses yeux quand elle le regarda à nouveau. De profondément satisfait, mais d'effrayant. Il ne put résister bien longtemps avant de jouir à son tour. Elle l'accompagna jusqu'au dernier de ses soubresauts puis se laissa glisser sur le côté, aussi essoufflée que lui.

Une vingtaine de minutes s'écoulèrent en silence. Merlin finit par se dire qu'elle s'était peut-être endormie lorsque sa voix s'éleva dans la pénombre, déterminée.

— Tu peux rentrer chez toi, maintenant.

Il se redressa sur un coude, ébahi.

— Quoi, je suis congédié ? Comme ça ?

Elle se retourna vers lui, son attitude toujours ferme.

— C'est comme ça que je fonctionne. Prends-le comme tu veux.

Une part de lui crevait d'envie de la secouer et de lui exposer ses quatre vérités. Se faire jeter comme un Kleenex usagé après avoir servi à assouvir une pulsion était aussi à enregistrer au catalogue des nouveautés de sa vie privée. Cette réaction inattendue, exempte d'agressivité mais pas moins réfrigérante, valait-elle mieux qu'une flambée de romantisme ? Vu leur situation professionnelle, sans doute. Mais se retrouver rabaissé à l'état d'objet sexuel ne plaisait pas plus que ça à son ego de mâle.

Malgré tout, il se rhabilla sans grommeler quoi que ce soit de vraiment audible ou sensé. Il récupéra sa veste dans la salle à manger et partit en claquant la porte. Une fois sorti de l'immeuble, il se dit que, pour l'emmerder, il aurait plutôt dû la laisser ouverte.

16

Réunion de famille

Cécile ouvrit les yeux à six heures quatorze. Juste assez tôt pour tâtonner sur la table de nuit, trouver son mobile et annuler la sonnerie du réveil avant qu'elle retentisse. Elle se laissa retomber sur le dos, ses paumes pressées contre ses orbites. Les souvenirs de la veille défilaient dans son esprit malgré cette tentative d'obscurcir ses pensées. Bordel de merde, qu'est-ce qui lui était passé par la tête ? Baiser avec son supérieur hiérarchique direct n'était déjà pas une brillante idée. Mais le renvoyer comme s'il ne valait pas mieux qu'un coup d'un soir rencontré en discothèque… Qu'est-ce qui lui avait pris ?

Elle s'assit au bord du matelas, nauséeuse. De toutes les choses stupides qu'elle avait bien pu accomplir au cours de son existence, celle-ci remportait sans conteste la Palme d'or. Merlin, putain ! Après seulement trois jours de collaboration ! Le pire, c'est que ça avait été bien. Un peu court, mais intense. Elle soupira. Ce genre de réflexions lui donnait envie de se foutre des claques.

La sonnerie de son mobile la fit sursauter. Ce n'était

pas le bip du réveil, mais celui du téléphone. Elle l'attrapa d'une main tremblante, redoutant de voir s'afficher le numéro du commissariat, d'entendre un laïus comme : « Bonjour, mademoiselle Rivère, ceci pour vous informer que vous avez été licenciée. Séance tenante. Pas besoin de venir récupérer vos affaires au bureau, on vous les renverra… »

Mais non. C'était Agathe. À la fois soulagée et surprise, Cécile décrocha par réflexe.

— Coucou petite sœur ! Devine où je suis ?

Cécile se figea, une main dans les cheveux. Elle n'était quand même pas ici ? En bas de l'immeuble, avec son sac de voyage et des croissants chauds ? L'angoisse lui fit croasser une réponse interrogative, avant qu'elle ne réalise que c'était impossible à une heure aussi matinale.

— Dans le TGV ! fanfaronna Agathe.

— Gat, je t'ai dit que j'allais bien…

— Hé, tu n'es pas le centre du monde, sœurette. En fait, je vais rendre visite à Maman.

Cécile ferma les yeux, les paupières pressées très fort, dans l'attente des inévitables répliques. En général, ça donnait : « Tu sais, notre mère, cette femme qui nous a mises au monde ? » Ce à quoi Cécile répondait : « Ah oui, cette alcoolo à qui je ne parle plus depuis cinq ans ? » Mais, miracle ou tentative d'Agathe d'éluder toute dispute, aucune de ces phrases ne fut prononcée.

— Je ne suis pas obligée de prendre la correspondance directe. On pourrait déjeuner ensemble, qu'est-ce que tu en dis ?

— Ouais… ouais, super. On se retrouve où ?

— Je pensais venir te chercher au travail. Comme ça,

tu pourras me présenter tes nouveaux collègues ? Ton Kermarec ?

— Je sais pas trop…

Ben oui, tu vois, Gat, déjà qu'hier soir j'ai couché avec lui, les réunions familiales, peut-être que c'est un peu de trop…

— Oh, allez, j'ai trop envie de voir où tu bosses. Dis oui !

— Oui. D'accord. Mais on file vite manger un truc, OK ?

— Ça marche ! Je t'appelle dès que j'arrive. Bonne matinée !

Cécile raccrocha d'un geste las. Bonne matinée. Elle doutait que les prochaines heures iraient en ce sens.

*

Il n'y avait que Victoire dans l'open space quand elle y pénétra sur la pointe des pieds. Soulagée, elle échangea quelques mots avec l'Ivoirienne avant de s'installer à sa place. Son ordinateur avait enfin été configuré par le service technique. Elle parcourut quelques notes sur la page interne du commissariat, et continua à contempler l'écran en entendant Merlin arriver à son tour. Il lança un bonjour général, pas plus sec ou nerveux que ceux des autres matins. Après s'être débarrassé de sa veste, il appuya ses paumes juste à côté du clavier de Cécile et se pencha pour lui murmurer :

— Ce qui s'est passé hier soir ne se reproduira pas.

— De quoi tu parles ? dit-elle, feignant de s'intéresser à sa lecture.

Nier semblait la meilleure chose à faire. La seule

issue. Elle pouvait sentir son regard, fixé sur elle avec intensité. Il lui brûlait la joue. Cinq ou six secondes s'écoulèrent, puis il se redressa.

— Parfait.

Lorsqu'il s'éloigna, elle lâcha la respiration qu'elle avait retenue sans s'en rendre compte. Oserait-elle seulement le regarder en face à nouveau ? L'atterrissage un peu sec d'une tasse sur son bureau la fit sursauter.

— Café noir.

— Merci, souffla-t-elle.

Il resta là, muet, planté juste à côté d'elle, jusqu'à ce que Victoire cède à son tour à l'appel de la cafetière.

— Lâche cet air de gamine honteuse, Rivère. Je ne vais pas te punir. Ces événements qui ne se sont *pas* produits hier… On était deux.

Cette sortie l'ébahit à un tel point qu'elle leva le visage. Il ne souriait pas, mais il n'y avait ni colère ni rancœur dans son expression. Elle ouvrit la bouche pour répondre quelque chose, si possible d'intelligent et de posé, mais rien ne vint. Lui, par contre, continua sans se soucier de ses airs de carpe privée d'eau.

— Je n'ai donc pas de leçons à te donner. Juste un conseil. Fais-toi aider, Cécile. Ne laisse pas le temps rendre définitifs certains… modes de fonctionnement.

— OK, bredouilla-t-elle.

— Parfait, répéta-t-il pour la deuxième fois en quelques minutes.

Cette épineuse discussion était close. Son attitude redevint professionnelle, mais aussi plus chaleureuse. Merlinesque. Il lui tendit une pile de dossiers à décortiquer.

— Je croyais qu'on allait voir le psy, ce matin ?

Le regard qu'il lui lança par-dessus sa tasse de café,

un sourcil levé, recelait une note comique. Mais il pouvait également sous-entendre que cette visite n'aurait peut-être pas été une mauvaise idée. Si le docteur de Gassin avait pu la recevoir en urgence, pour un entretien d'évaluation en vue d'une thérapie à long terme, par exemple.

— Je préfère attendre. D'abord, j'aimerais savoir sur *quoi* on enquête. Le meurtre d'une innocente ? L'assassinat calculé d'une demi-douzaine de personnes âgées ? Un trafic de drogue ? Un chantage ?

— Ou tout ça en même temps.

— Possible. Dans ce cas-là, il nous faudra plus d'appui de la part du patron. Et comme je te l'ai dit, il adore les jolis tableaux chiffrés dans des rapports bien structurés. Donc aujourd'hui, on creuse.

Elle étala les dossiers sur son bureau et fit la moue.

— Et c'est moi qui me coltine la branche gériatrie ?

— Tout à fait. Un peu de bizutage ne te fera pas de mal. Hop, Rivère, au boulot !

Elle s'y colla avec une grimace et un sentiment de malaise qui ne cessa de croître au fil des minutes. À côté d'elle, Merlin, appliqué, passait sans relâche de la souris à son bloc-notes. Il quitta sa place à deux reprises, pour aller discuter à voix basse avec Nasser, puis pour disparaître une bonne heure dans le bureau de Bartoli. À son retour, il remarqua enfin ses coups d'œil en biais et sa manière de gigoter sur sa chaise.

— Ça avance ?

— Je crois, oui, et c'est là le problème. J'aimerais pouvoir consulter d'autres certificats de décès. Je trouve ça où ?

Il vint pianoter à sa place sur son clavier, lui expliquant

en quelques mots et clics comment s'y prendre. En se remettant à son terminal, elle prit conscience qu'elle serrait les dents comme une malade. Mais pas moyen d'arrêter.

— Oh, putain..., souffla-t-elle après une dizaine de minutes de recherches.

— Quoi? fit Kermarec en faisant rouler sa chaise plus près.

De l'index, elle désigna son écran.

— J'en ai déjà... douze.

Elle reposa sa main, qui tremblait trop pour montrer une ligne précise, puis déglutit avant de poursuivre.

— On s'était contentés de répertorier les décès survenus en présence d'Audrey. Mais si on élargit un peu le spectre, en incluant ceux où elle avait fini son service quelques heures auparavant, on passe à douze. Bien sûr, ce n'est peut-être qu'une coïncidence, mais...

La sonnerie de son mobile coupa court à la réplique de Merlin. Saleté d'engin.

— C'est ma sœur. Elle est en bas.

— Tu lui as demandé de venir, finalement?

— Non, là, c'est *vraiment* une coïncidence. Je peux lui dire de monter? Elle espérait pouvoir faire ta connaissance.

Il l'encouragea avec un sourire espiègle. Il ne croyait sans doute pas une seconde que cette visite était le fruit du hasard. Cécile se secoua, prit l'appel et indiqua à Agathe qu'elle venait la chercher à la réception.

Jamais encore elle ne s'était sentie embarrassée en présentant sa sœur à quelqu'un. Peut-être parce que ce mélange entre famille, boulot et secrets était une première. Pourtant, Merlin semblait à l'aise. Très.

— Votre petite sœur est une personne hors du commun, lâcha-t-il à un moment de la conversation. On vit des choses pas banales, en sa compagnie.

Ce fut le signal pour extraire Agathe d'urgence du bureau. Cécile s'en chargea si vite qu'elle en oublia sa veste. Tant pis. Mieux valait un rhume qu'un terrain miné de déclarations trop alambiquées. Au restaurant, Agathe continua à s'extasier à propos de Kermarec, si charmant, si spirituel, si mignon avec ses jolis yeux bleus… Cécile s'efforça par tous les moyens de changer le thème de la conversation, laquelle finit par atterrir sur un autre sujet explosif.

— Tu as donné de tes nouvelles à Maman, récemment ?

— Tu sais bien que non. Elle non plus, d'ailleurs. À moins que sa carte de Noël standard compte comme prise de contact.

— Enfin, Cile…, soupira Agathe. Elle s'en veut, tu sais.

— Arrête. Je n'ai vraiment pas besoin de ça. Qu'elle garde ses regrets pour elle. C'est trop tard.

Beaucoup trop tard. Elle aurait eu tant d'occasions de lui prouver un potentiel amour maternel. En l'accueillant alors qu'elle venait chercher refuge chez elle, l'arcade sourcilière explosée par un énième coup de poing. En l'aidant lorsqu'elle cherchait à échapper à l'emprise de ce petit ami violent, à changer de vie, à se reconstruire. Mais leur mère ne l'avait jamais soutenue. Cécile n'avait jamais été que la mauvaise fille, l'instable, la faible. Sa porte se refermait invariablement. À la longue, Cécile avait appris à se débrouiller seule. Le résultat n'était peut-être pas brillant, mais elle était bien obligée de s'en contenter. Même si ça continuait à faire mal. Elle tenta de refouler les larmes qui se pressaient dans ses yeux. Et merde. Penser à sa mère lui rappelait cruellement à quel point elle était seule et minable. Et elle savait ce qui se passait à chaque fois qu'elle en prenait trop conscience. Si on ajoutait à ça Clara, Audrey, les fantômes, sa nuit avec Merlin… Penchée au-dessus de la table, elle attrapa la main de sa sœur, la serra comme un naufragé s'agripperait à une bouée de secours.

— Tu veux bien faire quelque chose pour moi, Gat ? Je sais bien que tu avais prévu de rester chez elle jusqu'à dimanche, mais… tu pourrais abréger ta visite ? Revenir ici samedi ? Je n'ai pas le courage d'affronter ce week-end seule.

Le visage d'Agathe se chargea d'une vive inquiétude. Elle répondit à son geste, y ajouta sa deuxième main, chaude, tendre, enveloppante. Trop pour Cécile, qui sentit une larme dégringoler le long de sa joue.

— Qu'est-ce qui se passe, Cile ?

— Ne me demande pas, souffla-t-elle en secouant la tête. Je ne te répondrai pas. Je risque de te faire passer deux jours de merde, mais je t'en supplie, ne me laisse pas seule.

— Bien sûr que non. Je peux même annuler et rester ici.

— Non, ça ira. Tant que je bosse…

— Alors je reviens vendredi soir. On ira au cinéma à ta sortie du boulot. Ou on se fera des crêpes.

L'image d'un vieux souvenir, issu de leurs toutes jeunes expériences culinaires, lui arracha un sourire.

— Faudra pas qu'on oublie le lait, cette fois.

Agathe rit à son tour. Sans lâcher sa main. De celle restée libre, Cécile s'essuya le visage.

— Merci frangine.

— Il n'y a pas de quoi.

Oh que si. Avec tout ce qu'elle lui avait déjà fait voir… Malgré tout, Agathe demeurait un roc. Situé à des centaines de kilomètres, en plein milieu de Perfectland, mais un roc quand même, d'une stabilité déroutante. La savoir présente permettait à Cécile de respirer avec plus d'aisance.

*

Le retour au bureau lui fit l'effet d'une douche froide. L'open space était encore vide ; les autres membres de l'équipe étaient sans doute partis déjeuner plus tard. Cécile reprit ses recherches. Son décompte s'allongeait. Lorsque Merlin réapparut, elle avait répertorié quatorze décès liés de près à Audrey. Quatorze au cours des six derniers mois, ceci sans inclure certaines disparitions imputées à la virulente épidémie de grippe hivernale. L'un d'entre eux retint tout particulièrement son attention : il concernait un homme d'à peine soixante-cinq ans.

— Il serait mort de quoi ?

— Hémorragie interne. Il prenait des anticoagulants depuis une opération de l'aorte. Ça s'est passé très vite.

Merlin la fixait en silence, à l'écoute.

— Le truc intéressant, si on peut utiliser ce terme, c'est que le fils de ce monsieur a déposé une plainte pour non-assistance à personne en danger après avoir lu le rapport de l'hôpital. Il estimait que le staff avait loupé quelque chose.

— Il a donné suite ?

— Non, étonnamment. La plainte a été retirée après trois jours.

Il se renfonça dans sa chaise en soupirant.

— Bon sang, j'aimerais bien savoir qui était cette fille. Je viens de parcourir ses relevés téléphoniques. Ça ne colle pas. Tiens, toi qui as à peu près le même âge, combien de fois par semaine appelles-tu ta meilleure amie ?

— Ne va pas déformer des statistiques avec moi ; je n'ai pas d'amis, rétorqua-t-elle d'une voix morne.

Il la fixa un moment sans sourciller, puis reprit comme si de rien n'était :

— Quoi qu'il en soit, Jessie et Audrey ont à peine échangé dix minutes de conversation au cours du trimestre passé.

— Il devait y avoir de l'eau dans le gaz.

— Oui, contrairement à ce que nous a prêché Mlle Seiler. En gros, ces relevés sont aussi vides que mon frigo le samedi matin. Mis à part les messages de Xavier sur son répondeur.

— Vladek ?

— Rien non plus depuis des mois. C'est comme si Audrey avait pris un virage à cent quatre-vingts degrés vers la fin de l'été dernier, soit juste après sa thérapie. Il est vraiment temps de rendre visite à son psychiatre.

17

Audrey – Avant

Perdue. Elle aurait pu éprouver de la tristesse, de la colère, même de la rage. Mais, pour le moment, Audrey se sentait juste perdue.

Elle marchait à toute vitesse, enfilant les rues au hasard, les unes après les autres. Par réflexe, elle s'essuyait parfois le visage, mais ses mains ne rencontraient aucune larme. Elle était peut-être encore trop sous le choc pour pleurer.

Après une demi-heure de trajet à un rythme effréné, elle ralentit enfin. Elle ne pouvait pas continuer comme ça. Elle s'orienta rapidement, puis s'engouffra dans la station de métro la plus proche. Aucune envie de rentrer chez elle. Elle avait besoin de l'oreille attentive d'une amie fidèle. D'une demi-bouteille de vin aussi, peut-être.

Se retrouver immobile dans la rame du métro, coincée dans la masse de voyageurs harassés par leur journée de travail, fit remonter à son esprit les souvenirs de son après-midi. Elle avait fini un peu plus tôt que d'habitude à la maison de retraite. Dehors, un soleil printanier brillait et la température était si douce qu'elle avait pu tomber la veste. Le sourire aux lèvres, elle avait flâné sans but précis, avant de décider de se rendre chez Damien. Sans s'annoncer. Une visite surprise.

Pour une surprise, c'en avait été une. Partagée. Elle savait qu'il ne verrouillait jamais la petite porte ; elle était donc entrée sur la pointe des pieds. Une précaution inutile, puisque le volume de la musique poussé à fond étouffait le bruit de ses pas. Il devait sans doute peindre. Le long du couloir, elle se l'était imaginé : pieds et torse nus, les mains maculées de noir et d'ocre. La réalité fut parfaitement conforme. À un détail près.

La fille était étendue sur le canapé. Cheveux teints en roux flamboyant, string rouge, seins siliconés. Difficile de faire plus vulgaire. Elle l'avait examinée d'un œil morne, visiblement déjà partie. Sa main caressait sa propre poitrine d'un geste distrait, au rythme d'un air qu'elle fredonnait. Audrey était restée là, à la regarder planer, jusqu'à ce que Damien remarque sa présence. Lui n'avait rien pris. Son plaidoyer aurait été moins bien construit dans le cas contraire. Il ne l'avait quand même pas convaincue.

Le pire, c'est que la toile sur laquelle il travaillait ne représentait pas la rousse. C'était un nouveau portrait d'elle. Le trentième, peut-être. Fidèle en tous points, comme les autres.

Station Wagram. Audrey se laissa emporter par le flot des voyageurs jusqu'aux escaliers. Cinq minutes plus tard, elle sonnait à l'interphone, au bas de l'immeuble de Jessie. Encore cinq de plus et elle déballait son histoire à voix haute. Sans ressentir plus d'émotions qu'en ressassant ces images intérieurement. Elle vérifia ses joues après avoir lâché sa dernière phrase. Toujours pas le moindre signe de larmes. Puis elle se tourna vers Jessie, assise dans un coin du canapé, la tête penchée en direction de la table basse.

— Je suis désolée, murmura-t-elle.

Audrey fronça les sourcils. Cette réplique n'était pas prononcée sur le bon ton. Normalement, Jess aurait dû s'indigner de la conduite de Damien, le traiter de salopard, d'enfoiré, et terminer en proposant d'ouvrir une bouteille. Elles auraient trinqué en manigançant des plans de vengeance plus farfelus et improbables les uns que les autres.

Mais Jessie ne tenait pas son rôle. Elle s'obstinait à éviter son regard. Comme si elle était gênée. Ou pire : coupable. Audrey se releva lentement, les bras raides le long de son corps.

— Oh, nom de Dieu. Ne me dis pas que tu… toi et Damien…

Soudain, Jess l'affronta, debout, les traits déformés par une haine trop longtemps refoulée.

— Tu savais que je le voulais ! explosa-t-elle. Depuis le premier soir. Je le voulais, moi, mais tu n'as pas pu t'empêcher de le draguer sitôt que j'ai eu le dos tourné !

— Je n'ai rien fait pour que ça arrive ! C'est lui qui est venu vers moi !

— Oh, oui, la belle, la douce, la parfaite Audrey. Eh bien pour une fois, le vilain petit canard a eu sa revanche. Si ça peut te faire plaisir, il ne m'a baisée qu'une seule fois. En vitesse, avant de retourner ventre à terre vers toi.

Un flot d'émotions submergea Audrey. Elle fut secouée par une série de sanglots muets. Perdue, blessée, trahie, confuse, offensée… La liste s'allongeait comme une ombre au soleil couchant. Sur un geste de frustration, Jessie se rassit, la tête cachée entre ses mains. Elle pleurait, elle aussi.

— J'en avais tellement marre de ramasser tes miettes. Tu ne peux pas comprendre. Tu n'as qu'à claquer des doigts, et tout le monde s'agenouille à tes pieds. Et moi… Putain, je le voulais, ce mec. Mais lui, il t'aime tellement… Je me sens encore plus minable. Même quand il me sautait, je savais qu'il pensait à toi. Que c'était une manière de me signifier que je ne t'arriverais jamais à la cheville. Jamais.

La respiration saccadée, Audrey recula d'un pas, puis d'un autre. Jessie laissa tomber ses mains. Des traînées noires barbouillaient ses joues, des mèches de sa frange en désordre collaient à son front.

— Tu dois lui pardonner. Il ne voit que toi, partout. Les autres, si tu savais comme il s'en fout… Il n'y a que toi. Un amour comme ça… je ne pensais pas que ça pouvait exister. Tu dois lui pardonner.

Audrey secoua la tête en silence. La boule qui s'était formée dans sa gorge enflait, l'empêchait de déglutir ou de prononcer le moindre son. Elle fit encore un pas, buta contre un meuble. Celui sur lequel elle avait posé ses affaires. D'une main tremblante, elle les ramassa, pressa son sac et sa veste roulée contre sa poitrine, sans cesser de fixer sa meilleure amie. La traîtresse. Un couteau dans le cœur, suivi d'une crème cicatrisante à l'étrange composition.

Jessie ne chercha pas à la retenir.

18

Six séances

Perché sur son tabouret, celui de gauche comme d'habitude, Merlin terminait son café au lait tout en faisant défiler les photos sur sa tablette. Juliane les lui avait envoyées la veille, sans commentaires, mais elles s'en passaient. Chacune respirait le bonheur. Mathéo dégustant une purée de légumes. Mathéo bavant sur un doudou innocent. Mathéo endormi contre la poitrine de sa resplendissante maman. Juliane portait ses cheveux plus courts. Bien qu'il refusât qu'elle les coupe à l'époque, il devait admettre aujourd'hui que ça lui allait très bien. Ça la rendait plus mature, plus sexy aussi. Ou peut-être n'était-ce dû qu'à sa nouvelle vie équilibrée et harmonieuse.

Il tapota une réponse rapide par e-mail, ajoutant une pique dissimulée à l'adresse d'Alexandre. Il n'avait aucune raison de lui en vouloir, lui et Juliane ne s'étant rencontrés que bien après leur séparation. Malgré tout, l'idée qu'un autre homme ait su la rendre heureuse, la combler là où il avait échoué, égratignait son orgueil. Il effleura la touche d'envoi du bout de l'index, se leva pour rincer sa tasse et ranger la deuxième, sortie dans un stupide réflexe routinier.

— Pauvre con, murmura-t-il pour lui-même. Pauvre vieux con.

Comme pour lui offrir une réponse ironique, le téléphone se mit à sonner. Le numéro de Juliane. Il soupira. Difficile de prétendre qu'il n'était pas disponible.

— Je croyais qu'une jeune maman passait son temps ailleurs que devant son ordinateur, lança-t-il de manière enjouée.

— Mufle. Figure-toi que j'ai compris ce qu'est une notification. Je viens de voir ton message et ça m'a donné envie d'entendre ta voix.

— Hmm, j'ai toujours su qu'elle avait plus de charme que celle d'Alex. Elle est nettement plus virile, aussi. Mais ne te mets pas dans tous tes états, jeune fille.

Elle éclata de rire et il l'accompagna avec plaisir. Garder une telle complicité malgré un mariage raté et les épreuves du divorce n'avait rien de commun, il en était conscient. Ça rendait leur relation plus précieuse encore. Ils étaient là l'un pour l'autre, sans ambiguïté. Merlin se demandait juste comment Alexandre prenait la chose. Entendre son épouse et son ex se remémorer des détails assez intimes de leur vie de couple ne devait pas franchement être agréable.

— Dis-moi plutôt comment tu vas, l'enjoignit Juliane après les remontrances d'usage.

— Je me porte comme un charme.

— Quoi de neuf au boulot ?

L'image de Cécile, nue au-dessus de lui, se cristallisa devant ses yeux. Son regard brûlant, la peau douce et élastique de son ventre, ses seins… Il se pinça l'arête du nez du pouce et de l'index.

— Bah, une nouvelle enquête, mais c'est top secret, si je t'en parle, je devrai te faire disparaître.

Sa voix n'avait pas trop tremblé, ou bien ?

— Intéressante ?

— Pas banale pour un sou. Je te raconterai quand ça sera bouclé. Ah, et je vais passer commandant. Techniquement, je le suis depuis vendredi dernier.

— Sérieux ? Bartoli a enfin compris qu'il te devait deux ou trois échelons ?

— C'est plus une histoire de standards et de paperasse. Il me fallait le grade de commandant pour prétendre diriger un stagiaire.

Juliane marqua une pause. Il pouvait l'imaginer ouvrir la bouche de surprise, secouer ses cheveux noirs – plus courts, maintenant.

— Attends, tu veux dire que tu t'occupes d'un petit jeune ? Toi ?

— Oui m'dame. Enfin, d'*une*. Une stagiaire.

— Oh… Mignonne ?

Si tu savais, Juliane... Sa peau, le parfum dans le creux de son cou, les trois minuscules grains de beauté en triangle sur sa pommette gauche, son regard profond, mais si souvent triste...

— Pas mon genre. Elle mesure un mètre quatre-vingt-dix, prône l'abolition de l'épilation des aisselles et des mollets et croque des gousses d'ail toute la journée.

— Que tu es méchant ! rit-elle.

— Je sais. Et en retard, aussi. Il faut que je te laisse. Tu embrasses tes hommes de ma part ? Surtout le plus mignon des deux ?

Juliane lui promit de ne pas y manquer. Il resta un moment à fixer le combiné devenu muet, puis s'ébroua. S'il ne se mettait pas en route, il se retrouverait vraiment en retard.

Tout au long du trajet jusqu'au commissariat, il réfléchit à ses sentiments pour Cécile. Une semaine auparavant, il la débusquait au fin fond de la France, pour des motifs parfaitement égoïstes. Il espérait élucider l'affaire Lernesse, et si possible ajouter un peu de lumière dans celle de Clara Pesenti. En quelques jours à peine, Cécile avait fait voler en éclats nombre de ses certitudes. Est-ce qu'il en était tombé amoureux ? Non. Elle l'intriguait, ça, oui. Son étrange façon d'être, surtout. Elle était bien plus forte qu'elle le croyait, et plus fragile qu'elle ne voulait le laisser paraître. De toute manière, même s'il avait souhaité que leur relation dépasse un certain stade, ça ne fonctionnerait pas entre eux. Pas plus que ça n'avait fonctionné avec Juliane. Il n'était pas fait pour les histoires de longue haleine, point barre. Cécile risquait par contre de le déranger dans ses automatismes, de l'obliger à revoir en profondeur sa copie personnelle. Et dire qu'il lui avait conseillé de se faire aider. Quelle arrogance !

Il triait son courrier lorsqu'elle arriva, cinq minutes à peine après lui. Il déposa une enveloppe sur le tas et s'aperçut qu'elle le fixait d'un air malicieux.

— Tu testes un nouveau look ou tu es en rade de lames de rasoir ?

— Réponse B. J'avais le choix entre laisser en l'état ou me servir de l'épluche-patates. Pourquoi, ça te plaît ?

Bon sang, pourquoi avait-il sorti ça ? Manquerait plus qu'elle le prenne de travers, qu'elle s'imagine qu'il flirte… Elle l'examina, la tête penchée sur le côté, une moue sur les lèvres.

— Moui. En tout cas, tu portes bien mieux la barbe de cinq jours que certains. Tu pourrais postuler à des castings pour des rôles de flic, maintenant.

— Fiche-toi de moi. Non, n'enlève pas ta veste, on y va tout de suite.

— Le psy ?

— Oui, et à pied. Ça nous fera un peu d'exercice.

Merlin n'écouta pas ses protestations. Il avait pour sa part respecté son quota hebdomadaire de mouvement la veille au soir, à la piscine. Voilà pourquoi il n'avait toujours pas pu se raser. Il avait préféré se rendre au centre sportif plutôt qu'au supermarché. Comme d'habitude, il avait enchaîné avec obstination les longueurs, quatre en crawl puis deux en brasse, jusqu'à ce que ses muscles chauffent suffisamment pour qu'il en oublie le reste. Il s'astreignait à cette activité au moins une fois par semaine, parfois deux. Le moyen de rester en forme. De se laver le corps et l'esprit à l'eau chlorée. Ça ne valait pas l'océan Atlantique, et de loin, mais c'était toujours mieux que rien.

— Je ne t'imaginais pas adepte de la marche à pied, ronchonna Cécile une fois à l'extérieur.

— Je ne le suis pas. Mais franchement…

D'un geste ample, il désigna le ciel bleu qu'un fin voile nuageux ne parvenait plus à cacher. C'était la première vraie journée de printemps sur la capitale. Il ne manquait plus que le gazouillis des oiseaux. Cécile leva le nez de son gros foulard. Elle souriait.

— OK. Marchons.

*

C'était agréable, elle l'admettait volontiers. Le trajet allait leur prendre des plombes, mais tant pis. Ils traverseraient des quartiers sympas dans lesquels ils pourraient nourrir l'illusion de se balader ailleurs que dans une ville asphyxiée par les gaz d'échappement. Un ersatz de vacances. À condition de foncer droit devant dans les rues moins aguichantes.

— Ma sœur vient chez moi pour le week-end.

Elle avait lâché ça sans réfléchir. Quelle nouille. Pourquoi ne pas lui préciser qu'elle l'avait suppliée en chouinant comme une gamine effrayée, pendant qu'elle y était ? Il la regarda le temps de quelques foulées, un sourcil levé. Peut-être prit-il cette information pour un aveu de faiblesse, peut-être que non. Difficile de savoir, puisqu'il se contenta de répondre :

— Chouette. Elle arrive quand, demain ?

— Non, aujourd'hui.

— On tâchera de ne pas finir trop tard, alors. Tu as bien le droit de souffler un peu, surtout après une première semaine aussi chargée.

— Merci, chef.

Il lui répondit d'un sourire et s'écarta pour laisser passer une jeune femme qui poussait un landau. Cécile commençait à se réchauffer grâce à leur rythme de marche soutenu. Elle émergea petit à petit de son écharpe et finit même par la dérouler de son cou pour la fourrer dans son sac. Sa queue-de-cheval dégringola au cours de l'exercice. L'élastique coincé entre les dents, elle secoua la tête, ébouriffa ses cheveux dans sa nuque, puis les rattacha bien serrés. Le tout sans ralentir et en sentant le regard de Merlin posé sur elle. Elle aurait parié qu'il allait faire un commentaire, ou lui demander quelque chose, mais rien ne vint. Au carrefour suivant, c'est elle qui chercha à combler le silence.

— À ton avis, comment Audrey l'a dégoté, ce toubib ? En feuilletant les Pages jaunes ?

— Peut-être. Ou alors on le lui a conseillé. Le bouche-à-oreille est souvent ce qui fonctionne le mieux pour ce genre de spécialistes. Et apparemment, la proximité avec son domicile ne devait pas faire partie de ses critères de sélection.

Cécile était sur le point de répondre lorsqu'une voix la héla depuis l'arrière. Une voix qu'elle aurait préféré ne plus jamais entendre.

— Contrôle de police, j'peux voir vos papiers, mademoiselle ?

Elle se retourna avec un soupir de lassitude anticipée. La voiture freina sur sa gauche, son conducteur penché vers la fenêtre du côté passager.

— Salut Lambert. On se promène ?

— Ah non, je bosse, moi. Toi, par contre, t'as l'air de profiter du soleil. Ça doit être rude, le boulot chez les huiles du corps de commandement. Pas trop épuisée ?

Elle sentait une certaine aigreur d'estomac s'installer.

— On fait aller.

— Ouais, c'est vrai, j'avais oublié. Toujours d'attaque, la petite Rivère, hein ?

Il accompagna sa tirade d'un rire gras et d'un geste suggestif de la main. Le jeune homme ratatiné à côté de lui, un bleu avec à peine trois poils au menton tout raide dans son uniforme, rougissait à vue d'œil, tétanisé. Cécile eut un élan de pitié pour lui. Elle se pencha sur la portière et s'adressa directement à lui, sans plus prendre en considération son ancien coéquipier.

— La mauvaise nouvelle, c'est que tu en as pour trois ans avec cet enfoiré avant de pouvoir briguer une spécialisation. La bonne, c'est que maintenant, tu sais qu'il est allergique aux fruits de mer, qu'il déteste l'odeur de la cannelle et le hip-hop. À toi de décider de ta stratégie pour le faire chier au max.

Écarlate et transpirant, le pauvre semblait sur le point de succomber à un AVC. Lambert ne lui laissa pas le temps de bredouiller une réponse. Il redémarra en beuglant une série d'insultes, sans se soucier que Cécile ait toujours les bras croisés sur le rebord de la fenêtre. Elle sauta en arrière pour éviter de se faire écraser les pieds. Merlin lui attrapa le coude pour lui permettre de se stabiliser.

— Qui est ce charmant personnage ?

— Un de mes anciens collègues. Celui avec lequel je patrouillais, le soir où… Enfin, où on a été appelés dans l'immeuble de Clara.

— Hmm. C'est peut-être un peu présomptueux de ma part, mais j'ai comme l'impression que tu as gagné au change.

— Tu ne peux même pas t'imaginer à quel point, soupira-t-elle.

Ce court échange l'avait vannée. Un goût acide squattait dans sa bouche sèche. Lambert représentait un passé révolu, tout ce qu'elle avait souhaité fuir. Pourquoi ces univers s'entêtaient-ils à se télescoper ?

— Comment as-tu fait pour tenir aussi longtemps avec un crétin pareil ?

— Franchement, je l'ignore. C'est un des grands

mystères de mon existence. Bon, on peut effacer cet intermède de nos mémoires ?

— Avec plaisir. De toute manière, on arrive.

Il désigna une ruelle où s'alignait une série de maisons coquettes, certaines séparées de la route par de petits jardins clos verdoyants. Ils passèrent un portail en fer forgé, longèrent un chemin dallé jusqu'à l'entrée. Un panneau priait les visiteurs d'entrer après un coup de sonnette, dont ils s'acquittèrent. L'endroit ne ressemblait en rien à un cabinet médical. On aurait plutôt dit l'appartement d'une gentille grand-mère au compte en banque bien garni. Une impression qui se renforça une fois à l'intérieur. Après avoir traversé un court corridor muni d'un vestiaire et d'un porte-parapluies, ils débouchèrent sur une large pièce décorée avec soin. Une femme brune se leva de son bureau pour les accueillir.

— Je peux vous aider ?

La réponse de Merlin arriva avec un léger retard. Il devait sans doute être tombé sous le charme de cette apparition qui en avait à revendre : entre trente-cinq et quarante ans, des traits gracieux, de magnifiques yeux sombres, des cheveux d'un brun presque noir relevés en chignon bohème… Le tout accompagné d'un sourire lumineux.

— Certainement. Nous aimerions parler au docteur de Gassin, fit-il en présentant sa carte de police.

Le sourire avenant fut remplacé par une expression de surprise mêlée d'inquiétude.

— Oh… Vous serait-il possible d'attendre une dizaine de minutes ? Raphaël est en pleine séance. S'il n'y a pas urgence…

Merlin l'assura qu'ils avaient le temps. Elle contourna son bureau, main tendue.

— J'aurais dû commencer par me présenter. Je suis Véra de Gassin, l'épouse de Raphaël. Puis-je vous demander pour quelle raison vous souhaitez vous entretenir avec mon mari ?

— C'est à propos d'une de ses anciennes patientes, lâcha Merlin. Audrey Lernesse, ajouta-t-il sous son regard insistant.

— Je crois me souvenir d'elle. Une jolie jeune femme aux traits métissés, sauf erreur ? Que lui est-il arrivé ?

— Je préférerais en discuter avec votre mari, madame de Gassin.

Le ton de Merlin était aussi doux que ferme. Elle fit un petit geste élégant de la main et les bracelets autour de son poignet tintèrent avec délicatesse.

— Oui, bien sûr, pardonnez ma curiosité. À force d'accompagner tous ces gens lors de chacun de leurs rendez-vous, on finit par s'y attacher, avoir l'impression de les connaître… Je vais chercher le dossier de cette demoiselle, ça aidera Raphaël à se situer.

D'un pas léger de danseuse, elle retourna s'installer derrière son bureau, escortée par le chuchotement satiné de sa jupe.

— Asseyez-vous, je vous en prie ! proposa-t-elle en indiquant les deux gros fauteuils placés dans l'angle de la pièce. Et prenez des cookies. Je les ai préparés pour la prochaine patiente, je sais qu'elle en raffole. Raphaël me maudira une fois de plus de l'avoir gavée de sucre, il paraît que ça ruine sa concentration au cours de la séance, mais la pauvre femme a bien besoin de petits plaisirs…

Elle accompagna sa confidence d'un clin d'œil si irrésistible que Cécile eut tout de suite envie de la voir figurer parmi ses amis sur Facebook. Avant de se souvenir qu'elle n'avait aucun compte sur les réseaux sociaux. Elle se plia aux consignes, choisit le siège de droite et huma le parfum chocolaté qui émanait de l'assiette posée sur la table basse. Les gâteaux avaient l'air croquants et moelleux, comme tout juste sortis du four. Mais elle risquait d'en avoir plein les dents au moment d'interroger un témoin clé. Elle se détourna donc à regret.

— Combien de temps pensez-vous que cette entrevue durera ? Raphaël ne s'accorde qu'un quart d'heure de battement entre chaque rendez-vous, mais je peux retarder le suivant, si besoin est.

Merlin lui assura que ce ne serait pas nécessaire. Sur un lumineux acquiescement, elle se mit à pianoter sur son clavier. L'imprimante crachait des copies au moment où la porte du cabinet s'ouvrit. Un garçon d'une quinzaine d'années traversa l'accueil en trombe, la tête rentrée dans les épaules.

— À mardi, Lionel ! lança Véra d'un ton joyeux.

Le gosse pila net et se retourna pour lui adresser un sourire et un borborygme empressé. Cette femme avait décidément le don pour mettre les gens à l'aise, même les plus perturbés. Cécile se dit qu'envisager une thérapie ne serait peut-être pas une si mauvaise idée. Puis son regard fut capté par celui du docteur de Gassin qui s'avançait vers elle et elle changea à nouveau d'avis. Se retrouver avec un type pareil en guise de thérapeute tenait de la gageure. Tous ses clients, qu'ils soient de sexe féminin ou masculin, devaient effectuer un transfert amoureux sur lui. Elle en tout cas n'aurait qu'une envie : qu'il la bascule sur son bureau pour la prendre avec brutalité. Qu'importe qu'il l'appelle Alice, Cécile ou Jean-Jérôme pendant l'acte. Bordel. Posséder autant d'assurance et de charisme devrait être puni par la loi.

— Raphaël de Gassin, énonça-t-il en serrant sa main, puis celle de Merlin.

— Chéri, ces gens sont de la police.

La précision de sa femme semblait superflue ; il avait dû les cataloguer au premier coup d'œil. Il secoua la tête malgré tout et s'enquit du motif de leur visite. Sa première réaction en entendant le nom d'Audrey fut de froncer les sourcils.

— Je ne crois pas qu'il s'agisse d'une patiente régulière…

— Tu ne l'as reçue que pour six séances l'été dernier, l'informa Véra en feuilletant le dossier qu'elle venait d'imprimer.

Il le lui prit des mains avec un petit mot de remerciement et le parcourut en vitesse.

— Oui, je me souviens. Mais je vous en prie, passez dans mon bureau. Nous serons plus à l'aise pour discuter.

Aussitôt dit, aussitôt fait. Cécile s'installa à droite de son collègue, bien décidée à le laisser mener la danse. Histoire de mieux profiter du regard azur de son vis-à-vis, de son front large et de sa mâchoire volontaire.

— J'imagine que vous ne venez pas m'apprendre de bonnes nouvelles en ce qui concerne Mlle Lernesse, débuta-t-il.

— Hélas non. Elle a été retrouvée morte dans son appartement en fin de semaine dernière.

La pomme d'Adam du psy tressauta au-dessus du col déboutonné de sa chemise.

— Quelle tristesse. Et quel gâchis, surtout, une si charmante personne… S'agit-il d'un crime violent ?

— En quelque sorte, oui. Qu'est-ce qui vous laisse présumer cela ?

— Mes notes de l'époque ne rapportent ni risque aigu d'autodestruction ni pensées morbides. Je l'imagine donc mal s'être suicidée. Cependant, de l'eau a coulé sous les ponts depuis notre dernière entrevue.

— Pour quels motifs vous avait-elle consulté ?

Gassin prit le temps de parcourir quelques feuillets avant de répondre.

— Vous n'êtes pas sans savoir que je suis lié par le secret professionnel et que je devrais vous demander de me présenter une commission rogatoire…

— Je comprendrais tout à fait que vous l'exigiez, docteur, glissa Merlin.

— Toutefois dans ce cas précis, poursuivit Gassin, le nez encore dans ses papiers, je n'en vois pas l'utilité, et je m'en voudrais de vous faire perdre votre temps. Si je peux vous aider à élucider les circonstances de sa mort, alors autant partager mes notes sans détour. Mlle Lernesse m'a consulté à cause d'une déprime passagère. Elle m'a beaucoup parlé de sa constellation familiale, parents décédés, un frère un peu trop envahissant. Une certaine lassitude pour son emploi et des problèmes de couple, également.

— Que lui avez-vous conseillé ?

Il fixa Merlin, une lueur amusée au fond du regard.

— Une thérapie ne fonctionne pas comme cela, commandant. Je ne donne jamais le moindre conseil à mes patients. Je les aide à démêler ce qui les entrave et ils finissent par trouver eux-mêmes des solutions adaptées à leur situation.

— Et dans le cas d'Audrey, quels ont été les résultats ? fit Merlin sans se laisser perturber.

— Elle a pris la décision de se montrer plus ferme envers son frère. Malgré ses mauvais côtés, son travail lui donnait l'impression d'être utile, elle aimait venir en aide aux pensionnaires dont elle avait la charge. Sitôt qu'elle a su déterminer cela, nous n'en avons plus parlé.

— Quid du petit ami ?

— Je crois qu'elle voulait lui laisser une deuxième chance. Ce qui n'était pas du tout mérité, selon moi. Voilà pourquoi je ne livre jamais d'avis direct aux personnes qui me consultent.

Cécile brûlait de lui demander des détails croustillants. Elle patienta en songeant qu'elle pourrait toujours lui réclamer ses notes en fin d'entretien.

— Qui a mis un terme à la thérapie ?

— C'est elle. Comme je vous le disais, il ne s'agissait pas d'une dépression sévère. Je crois que le fait de pouvoir parler ouvertement à quelqu'un, sans peur du jugement, lui a permis de se remettre d'aplomb d'elle-même.

Trois coups légers furent frappés à la porte. Véra l'entrebâilla pour y passer la tête.

— Raphaël, Mme Norrins est là…

— J'arrive tout de suite, chérie. À moins que vous n'ayez d'autres questions ? ajouta-t-il à l'attention de Merlin.

Merlin l'assura du contraire et se leva. Il prit Cécile de vitesse en réclamant lui-même le dossier d'Audrey. Malgré tout encore un peu réticent, Gassin finit par se laisser convaincre, soulignant au passage qu'il agissait ainsi de manière exceptionnelle, pour le bien de l'enquête. En toute discrétion, il fit passer sa patiente suivante dans son bureau, puis demanda à sa femme de fournir aux policiers les documents nécessaires. Grâce au charme de Véra, l'attente autour de la photocopieuse ne fut même pas teintée de gêne.

— Voilà votre copie, commandant, dit Véra en tendant à Merlin une chemise cartonnée. J'espère juste que vous pourrez relire l'écriture de mon mari. Il m'a fallu dix ans de mariage et presque autant de collaboration dans son cabinet pour y parvenir.

Elle avait expliqué cela avec un sourire espiègle. Gassin le lui rendit et avoua d'un air contrit :

— Mon épouse insiste depuis bien longtemps pour que j'enregistre mes séances. Normalement, je me plie à tous ses désirs, mais je continue à croire que l'emploi d'un dictaphone gênerait certaines personnes fragiles. Elle devra donc encore supporter mes pattes de mouche…

Cécile ne put s'empêcher de pouffer. Après avoir pris congé du couple, elle se retrouva dehors, un cookie à la main.

— Alors, qu'est-ce que tu en penses ? demanda Merlin au bout de quelques minutes de marche.

— Vraiment délicieux.

— Je ne te parle pas des cookies.

— Moi non plus. Enfin, pas seulement.

Merlin secoua la tête avec un petit rire narquois.

— Mouais. Leur salle d'attente ne doit pas désemplir. Mais je te parlais d'Audrey. Tu te souviens, notre affaire…

— Oui, je sais. Et je sais aussi que tu vas en remettre une couche sur l'artiste maudit. Sa version ne colle pas du tout avec celle du psy.

— Soit il ment, soit il s'est passé quelque chose d'important dans la vie d'Audrey *après* ces six séances avec le docteur de Gassin.

— Sa collègue à la maison de retraite avait parlé d'une possible nouvelle liaison…

— Difficile de courir après une hypothèse, soupira Merlin. Tu comprendras donc qu'on commence par Van Gogh.

— Tu veux qu'on retourne chez lui ?

— On lui demandera de venir nous voir, cette fois.

Cécile hocha la tête en silence. Damien Vladek pouvait se révéler un salopard de première, toutefois elle espérait qu'il ne soit en rien responsable de la mort d'Audrey. Sa réaction à l'annonce du décès de sa muse l'avait touchée. Une midinette sommeillait peut-être au fond d'elle, finalement. Voilà qui ferait bien rire Agathe.

19

Samedis soir

— Non, pas lavande.

— Et pourquoi pas ?

— Il faudra me passer sur le corps. Pas lavande.

— Framboise, alors. Et du vert pour la cuisine.

Cécile leva les yeux au ciel pour la millième fois depuis le début de la matinée.

— Gat, je sais même pas si j'ai le droit de repeindre quoi que ce soit dans cet appart. Je le loue, tu te souviens ?

— T'inquiète pas, la magnificence de ton superbe trente-cinq mètres carrés ne sera en rien dégradée, grinça Agathe en parcourant une étiquette des yeux.

— En plus, ça pèse lourd, tous ces trucs. Faudra se trimbaler tout ça dans le RER…

Du pouce, elle désigna le bric-à-brac qui s'amoncelait déjà dans le chariot.

— Voilà pourquoi on reviendra cet après-midi pour s'occuper du rayon textile.

Aucun argument ne semblait pouvoir ébranler la volonté d'Agathe, qui lui tendit deux bacs de peinture, un rouleau et du ruban adhésif de protection. Cécile jeta l'éponge. Ses mimiques excédées n'atteignirent pas non plus leur cible.

La veille, c'était Agathe qui avait levé les yeux au ciel en franchissant la porte de son appartement.

— Non mais tu plaisantes ? avait-elle lancé, figée dans l'entrée. Et tu t'étonnes d'être déprimée ?

Les lèvres pincées, elle avait parcouru les parois et les meubles du regard, sans écouter le plaidoyer pathétique de sa sœur. D'accord, elle n'avait acheté aucun élément décoratif depuis son emménagement. Au moins, le lit était fait et les draps sentaient bon le propre…

— Demain, on va chez Bricorama, avait décrété Agathe.

— Oh non, pitié…

— Oh que si. Inutile de geindre ou de supplier. Je te conseille de m'accompagner si tu veux décider des couleurs.

Il s'agissait d'un ordre plus que d'un conseil. Et les ordres d'Agathe ne se discutaient pas. Surtout quand on l'avait appelée à la rescousse.

À vingt-deux heures, les deux sœurs terminaient une bière à la bouteille. Assises à la table à manger, elles avaient posé leurs pieds chacune sur la même chaise. Les cartons de pizza étaient empilés sur l'évier étincelant, juste sous la portion de mur repeinte en vert pomme.

— On a fait du bon travail, jugea Agathe.

— Tu m'étonnes. Je vais avoir l'impression de m'être trompée d'étage chaque soir en rentrant du boulot.

Encore incrédule, elle parcourait des yeux ce qu'elle reconnaissait vaguement comme étant son appartement. Les pièces et les parois étaient bien telles que dans son souvenir, mais tout lui paraissait différent. Des coussins colorés garnissaient les angles de son vieux canapé, désormais recouvert d'un plaid douillet. Une innocente plante verte avait élu domicile près de la fenêtre. Cécile ne nourrissait que peu d'espoirs à son sujet, hormis celui de ne pas l'assassiner trop vite. Deux ou trois bibelots et un cadre photo – encore vide – décoraient la bibliothèque, et des reproductions étaient accrochées aux murs. Avant d'entrer dans la chambre à coucher dotée de rideaux, de draps neufs et d'une spectaculaire tête de lit bordeaux réalisée au pochoir, on passait à côté du miroir. Un monstre d'un mètre vingt de haut qui avait nécessité à lui seul un troisième voyage au temple du bricolage. Cécile avait supplié sa sœur à genoux à propos de cet objet, en vain. Désormais, elle aurait le bonheur de se contempler en pied à chacun de ses réveils. À moins qu'elle ne s'habitue à se déplacer à l'aveugle entre son lit et la salle de bains. Un sourire vint jouer sur ses lèvres à cette idée saugrenue.

— Merci, grande sœur.

Sa voix tremblait un peu. Agathe dut le remarquer. Elle la fixa un moment, les doigts enroulés sur le col de sa bouteille.

— Y a pas de quoi. Ce genre de trucs, c'est mon domaine.

— Je ne parlais pas seulement de la déco. Merci aussi d'être venue. De ne pas m'avoir posé de questions.

— Oh, mais j'allais y venir, très chère. La soirée est encore jeune. Alors : comment ça se passe à ton travail ?

— Agathe !

Elle renversa la tête en arrière. Du coin de l'œil, elle pouvait voir sa sœur la fixer en jouant avec sa bouteille. Elle ne lâcherait pas, pas plus qu'elle n'avait lâché à propos du miroir.

— Choisis : on parle soit de ça, soit de Maman.

— Limite vicieux, ton panel de propositions.

— Estime-toi heureuse, je t'en offre deux.

Tout sauf le sujet qui fâche numéro un. En se décidant pour l'option travail, elle pourrait toujours éluder certains points.

— OK. Mon nouveau boulot. L'équipe est sympa. J'ai mon propre bureau avec un bouquet de tulipes fanées et un ordinateur. Ça ne fait qu'une semaine, mais je suis satisfaite du changement.

— Pourtant, il n'y a même pas dix jours, tu voulais démissionner.

— De mon ancien poste, oui. Là, c'est différent.

— Pourquoi Kermarec est-il venu te débaucher ? Un samedi, pendant tes congés, en plus ?

— On s'était rencontrés par hasard sur une affaire. On a été appelés à se revoir et, en parallèle, lui cherchait à passer commandant, il devait prendre un stagiaire… et voilà.

C'était presque la vérité. Presque.

— Quoi comme affaire ?

— Un meurtre, dit-elle, laconique.

— Oh, merde. Moche ?

— Très. Je ne peux pas t'en dire plus, je…

— C'est à cause de ça que tu pleures la nuit ? coupa Agathe.

Cécile resta bloquée, la bouche ouverte. Quoi, elle

pleurait en dormant ? Elle faisait pas mal de cauchemars, d'accord, mais de là à les extérioriser… Elle était sur le point de tout lâcher. *Non, Gat, je pleure parce que ça fait des années que ma vie part en sucette et qu'en plus, depuis peu, je vois des fantômes qui me glacent jusqu'au fond de l'âme.* Dire ça semblait si simple. Il lui suffirait d'inspirer et d'articuler la première syllabe, le reste suivrait sans peine. La donnée inconnue, c'était la réaction d'Agathe. Elle la croirait, d'entrée, sans la juger, Cécile en était persuadée. Elle avait toute confiance en sa sœur. Mais elle risquait de la protéger à sa façon, contre son gré. La forme que prendrait cette protection l'effrayait trop pour prononcer cette phrase. Tant pis pour l'allégement que cet aveu lui aurait procuré.

— Je ne m'en étais pas rendu compte. Une chance que je dorme seule, d'habitude.

Agathe fronça les sourcils. Elle ne se contenterait pas d'un trait d'humour bancal.

— Écoute, je sais que je n'ai pas l'air au mieux et que tu te fais du souci. Je t'en remercie, d'ailleurs. Ton soutien m'est précieux, vraiment. Mais il faut juste que je m'adapte à certains trucs. Ce job, l'enquête sur laquelle on bosse… C'est rude à de nombreux points de vue, mais j'ai enfin l'impression d'être utile. Donc ça va aller.

Agathe hocha la tête au ralenti, prit une dernière gorgée de bière et acquiesça une nouvelle fois.

— D'accord, dit-elle sobrement.

Puis elle se leva, déposa sa bouteille vide sur l'évier. Au passage, elle serra l'épaule de Cécile. Un geste tout simple, mais plein d'amour.

— Je peux inaugurer les serviettes de bain ?

— Fais comme chez toi.

Un lourd silence tomba dans la pièce, malgré le chuintement de la douche. Cécile avait envie de hurler, d'envoyer sa bouteille se fracasser contre le mur fraîchement repeint. Elle tenta de ravaler la boule qui obstruait sa gorge à l'aide de longues séries de respirations profondes. En vain. La pression dans sa poitrine ne voulait pas diminuer. Elle ne diminuerait plus jamais. Pire : elle risquait de l'engloutir tout entière.

Cécile se leva comme un ressort et se rua dans la salle de bains.

— En fait, ça ne va pas. Ça ne va pas du tout.

Elle devait avoir une sale tête, ou un ton vraiment désespéré, ou les deux, parce que Agathe ne lui lança qu'un coup d'œil avant de couper l'eau et de sortir précipitamment de la baignoire. Ruisselante et encore à moitié couverte de savon, elle s'emballa n'importe comment dans une serviette XXL achetée le matin même.

— Je suis là, Cile.

Un monstrueux hoquet secoua Cécile. Elle se réfugia dans les bras ouverts de sa sœur, posa son front contre son épaule, comme si elle était redevenue une gamine. Elle y sanglota un moment sans retenue, avant de trouver le courage de formuler ses pensées.

— Il m'arrive des trucs, Gat. Des trucs pas normaux. Je sais que je suis pas normale non plus, que je suis un peu fracassée, avec mon histoire de toujours contrôler deux fois que la porte est bien fermée, avec mon incapacité à me lier à qui que ce soit. Mais ça…

Agathe lui caressait les cheveux en silence. Elle la tenait fermement serrée contre elle, comme pour lui signifier qu'elle ne l'abandonnerait pas.

— Dis-moi, l'encouragea-t-elle.

Une respiration. Encore juste une et elle se lancerait.

— Cile…

— Je vois des gens morts, Gat, chuchota-t-elle à toute vitesse. Je vois leurs fantômes, ils me parlent d'une certaine manière, et si j'ai le malheur de les toucher, j'ai si froid que je tombe en hypothermie. Je suis peut-être folle, mais je suis pas dingue parce que c'est lié à plein d'autres choses qui font que je suis obligée d'y croire, et putain, il faut que tu me croies aussi, Gat, parce que sans ça je ne sais vraiment pas ce que…

— Chhhht, ma puce, calme-toi. Calme-toi.

Cécile leva le visage vers sa sœur qui la regardait avec sérieux, les sourcils froncés.

— Je te crois. D'accord ? Je te crois. Tu n'es pas dingue. Mais si tu veux que je t'aide, il faudrait me laisser me rincer et me rhabiller, qu'on puisse en discuter plus posément. On peut faire ça ?

— Tu viens déjà de m'aider.

— Pas assez à mon goût. Je peux te lâcher trois minutes ?

Cécile se rendit compte qu'elle était accrochée au bras et à la serviette de sa sœur. Elle ouvrit les mains pour lui laisser le champ libre, mais ne quitta pas la salle de bains. Une fois débarrassée de ses restes de shampoing, Agathe s'enveloppa dans un peignoir et l'amena jusqu'au canapé, où elles s'installèrent toutes proches l'une de l'autre.

— Bon, on reprend depuis le départ. Ne lésine pas sur les détails.

*

Vingt-trois heures trente. Merlin passa une main sur ses joues enfin lisses. Il traversa le salon et la salle à manger, imprégnés d'une odeur de cuisine épicée, puis éteignit les lumières une à une. Après s'être déshabillé dans l'obscurité, il se coucha sur la gauche du lit, le bras passé sous l'oreiller, les draps froids autour de lui.

Il détestait les samedis soir.

20

Audrey – Avant

Un numéro de mobile était noté à l'arrière de l'esquisse. Audrey ne l'avait découvert que trois jours plus tard, lorsqu'elle avait placé la feuille à l'abri des regards indiscrets. La mise au point avec Xavier n'avait pas éliminé ses visites à l'improviste. Il ne poussait pas le bouchon jusqu'à se rendre dans sa chambre, mais mieux valait se montrer prudente. Xavier ne devait rien savoir à propos de Damien. Que cette rencontre hors du commun devienne ou non une relation suivie, elle demeurerait son secret. Il était grand temps qu'elle se construise une sphère privée. Un jardin où son frère ne pourrait pas fourrer ses pieds.

Trois sonneries. Quatre, cinq… Il décrocha à la sixième. Prononça un « oui » qui ressemblait plus à une affirmation qu'à une interrogation.

— C'est moi.

Son souffle, au bout de la ligne. Rien d'autre. Cette absence de mots la renvoya à leur nuit passionnée. Une onde de chaleur presque électrique démarra de la main qui tenait le combiné pour parcourir son corps en entier.

— Merci pour le dessin.

Silence. En plus de la respiration de Damien, elle entendait le tambour de son propre cœur, jusque dans ses tempes.

— Tu veux me revoir ?

— Je te vois tout le temps.

Sa voix était brusque, rauque, comme s'il n'avait plus prononcé le moindre son depuis le vernissage, une semaine plus tôt.

— Quoi, tu as planqué des caméras dans mon appartement pendant que je dormais ?

— Je n'ai pas besoin de ça.

La plaisanterie ne l'avait pas amusé. Elle n'avait pas non plus dissipé le léger malaise d'Audrey.

— Damien, je…

— Viens. Viens ici.

Il coupa la communication. Audrey resta un long moment figée, en apnée. Un rire nerveux lui échappa.

Elle n'avait pas son adresse.

Gilles était injoignable, son assistante à la galerie incapable de mettre la main sur les coordonnées d'un artiste qu'ils avaient pourtant exposé. Audrey aurait pu rappeler Damien, lui réclamer son adresse. Mais il l'avait trouvée seul la première fois. À son tour de jouer. Ses recherches sur Internet ressemblèrent effectivement à un véritable jeu de piste, au bout duquel elle découvrit la mention d'un atelier à Ivry. Sans doute le « ici » auquel il avait fait référence. Elle l'imaginait assez bien vivre, travailler et dormir dans un ancien entrepôt.

Le quartier lui semblait assez glauque, elle préféra donc prendre un taxi, même en pleine journée. Elle l'aperçut par la fenêtre du véhicule, avant que le chauffeur se gare. Assis sur un vieux bidon, il fumait. Tabac et résine de cannabis, à en juger par l'odeur piquante de la fumée qu'il rejetait en lentes expirations. Audrey retint une grimace. Les drogues, quelles qu'elles soient, lui étaient toujours apparues comme un interdit absolu. On lui en avait proposé de toutes sortes, en soirée. Elle avait refusé à chaque occasion. L'idée de perdre le contrôle de ses actes et de ses émotions l'effrayait trop.

Pourtant, c'est exactement ce qui lui était arrivé en compagnie de Damien. Et elle avait adoré ça.

Il se redressa à son approche, écrasa le reste de son joint sous son talon. Audrey se sentait terriblement vulnérable. Comme si elle, petit chaperon rouge, s'était rendue de son plein gré dans la tanière du grand méchant loup.

— Salut.

Il leva une main tachée de peinture blanche et noire, caressa sa joue avec une infinie douceur.

— Je t'attendais.

Sans un mot ou un geste supplémentaires, il entra dans le bâtiment. Après une seconde d'hésitation, Audrey lui emboîta le pas. Le corridor était saturé d'effluves de solvants et de résine. Même si elle était mieux aérée, la pièce principale lui coupa le souffle. Le mobilier était réduit à un strict minimum : une table juste assez grande pour y poser deux assiettes, un canapé en cuir marron, une série de cartons remplis de vêtements en désordre. Les murs, par contre, disparaissaient sous des dizaines de toiles, certaines encore vierges. Damien s'était planté au beau milieu de son royaume, un regard grave fixé sur elle.

— Tu parles toujours aussi peu ?

— Tu m'impressionnes.

— Moi ? rit-elle.

Ce type était dingue. Mais bon sang, quand il la dévisageait comme ça… Elle se sentait nue malgré son manteau. Elle se sentait… Oui, elle se sentait à la fois désirable et incroyablement vivante.

— Oui, toi.

— Et maintenant ? murmura-t-elle en se rapprochant d'un pas.

— Je ne sais pas. J'hésite entre te faire l'amour jusqu'à l'aube ou te demander de rester immobile pour que je puisse te peindre.

Elle partit d'un éclat de rire fébrile. Un pas, un autre. Un sourire se dessina enfin sur ses lèvres. Encore un pas et elle vint effleurer son poignet du bout des doigts. Tout son épiderme se couvrit de chair de poule. Pas besoin de drogues pour s'envoler.

— Si tu n'as rien d'autre de prévu jusqu'à l'aube… Nous devrions trouver le temps pour les deux.

21

Accélération

— Tu en as fini avec ta phase Cro-Magnon ?

Merlin releva la tête. Cécile se tenait à côté de lui, malicieuse. Légère plus que dans ses bons moments, presque aérienne par rapport aux mauvais. Même son éternelle queue-de-cheval, fixée haut sur son crâne, balayait fièrement l'air. Il ne put résister à lui rendre son sourire.

— Enfin, oui. J'ai acheté de quoi me raser pour les cinq ans à venir. Trop peur d'une rechute.

— Dommage pour tous ces rôles qui t'attendaient, au cinéma et à la télévision…

Elle balança son sac sur son bureau, s'affala sur sa chaise. Après un coup d'œil en direction de Kretz, qui se tenait courbé au-dessus de son clavier, elle se releva et tira sa chaise plus près de Merlin. Son parfum, frais et délicat, lui chatouilla les narines. Les mains jointes entre ses cuisses, Cécile cherchait visiblement à lui dire quelque chose, sans savoir par quel bout commencer.

— Alors, ce week-end avec ta sœur ? hasarda-t-il.

— Bien. Elle m'a fait dépenser un salaire entier en

décoration intérieure, mais… Oh, inutile de répliquer que mon appartement en avait besoin !

— Je n'ai rien dit ! s'écria-t-il, les paumes levées en signe d'innocence.

— Tant mieux. Le point important, c'est que… je lui ai parlé de tout ça. De ces phénomènes, chez Clara ou lors de la descente avec le RAID.

Il eut un sursaut de surprise. Qu'elle en fasse l'aveu à sa sœur était déjà la preuve d'un immense pas en avant. Qu'elle le joigne à la confidence démontrait que son avis comptait à ses yeux, qu'elle avait écouté ses conseils.

— Et alors ?

— Alors, Agathe m'a stupéfaite une fois de plus par sa sagesse et son pragmatisme. J'avais peur qu'elle me prenne pour une folle, ou qu'elle me réplique d'un ton blasé que c'était chose courante depuis quinze générations chez toutes les vieilles filles de plus de vingt-cinq ans dans notre famille… Mais elle… elle a juste été super.

Son regard se perdit dans le vide. De peur de l'interrompre, Merlin n'osa pas prononcer le moindre son.

— Elle m'a fait remarquer trois points, reprit Cécile. Tout d'abord, toutes ces apparitions concernaient des femmes.

— C'est vrai. Des femmes qui avaient quelque chose à te communiquer.

— Qui avaient *encore* quelque chose à me dire, oui. Voilà le deuxième point : elles ne semblaient pas en paix. Pour Clara, il y avait de quoi.

— Tu sous-entends que ces personnes, ou leurs âmes, seraient passées ailleurs après avoir livré leur message ? Une sorte de purgatoire avant un au-delà définitif ?

Elle secoua la tête avec empressement.

— Non, je n'irai pas jusque-là. Je crois que réfléchir à ce genre d'implications me rendrait dingue pour de bon. Pour le moment, je me contente du troisième point, celui qui me soulage le plus. C'est idiot, mais je n'avais pas percuté avant qu'Agathe ne le formule : même si ces femmes étaient en colère, aucune ne me voulait de mal. Bien sûr, en toucher une a failli me faire mourir de froid, mais il s'agissait d'un contact involontaire.

Merlin fronça les sourcils, incertain de l'attitude à adopter. Cécile enchaîna :

— Soyons clairs : ce n'est pas que j'aie réussi à accepter tout ça. Je continue à espérer ne plus jamais avoir à revivre de telles… expériences. Le truc, c'est que si ça doit malgré tout survenir à nouveau, je saurai désormais que je n'ai plus à avoir peur de ces phénomènes. Plus facile à dire qu'à faire, mais… ça m'ôte un poids énorme des épaules, je peux te le promettre.

— Je comprends. Et ça se voit : tu as l'air toute légère ce matin.

Elle sourit, une jolie manière d'accepter son compliment.

— Merci. Je reste une grande déséquilibrée, mais une déséquilibrée moins plombée.

Cette conversation ne pouvait pas s'éterniser sur ce mode sans virer à quelque chose de trop intime. Merlin se détourna volontairement et fit claquer sa main sur le tas de papiers qui encombrait son bureau.

— Parfait alors. Parce que la frappadingue a du boulot.

— À vos ordres, chef !

Merlin avait prévu de fouiller un peu plus l'existence

des proches d'Audrey. Il laissa Cécile se charger de Jessie tandis qu'il s'occupait de l'artiste. Relevés téléphoniques, situation financière, déplacements. Après une heure à pianoter sur son ordinateur, il saisit son combiné sur une impulsion.

— Tu appelles qui ?

— Gassin. Désolé de faire ça par téléphone. Tu n'auras droit ni aux cookies, ni à la belle gueule de Raphaël.

Cécile ricana tout en mâchouillant le bout de son stylo.

— Essaye de prétendre que tu n'aurais pas eu plaisir à revoir la charmante Véra, que je vérifie si tu sais mentir…

Il secoua la tête en composant le numéro, un sourire en coin. Mme de Gassin le salua avec un mélange de gentillesse et de professionnalisme parfaitement dosé. Il dut patienter quelques minutes, puis le docteur prit la communication. Merlin agita une main à l'attention de Cécile et brancha le haut-parleur.

— Il y a une question que j'aimerais encore vous poser, docteur. Selon vous, qui dans l'entourage d'Audrey aurait pu lui vouloir du mal ?

Gassin commença par lâcher un soupir. Merlin l'entendit s'asseoir dans son siège, puis perçut le bruit d'un tiroir qu'on manipule.

— Vous êtes conscient que ce que je pourrais vous rapporter au cours de cette conversation n'aura aucune valeur juridique ? Ayant été le thérapeute d'Audrey, je n'ai plus de neutralité dans cette affaire…

— Je m'en rends bien compte. J'aimerais juste avoir une sorte de réaction à chaud, même si votre dernière entrevue avec Audrey date de plus de six mois.

— D'accord. Si vous voulez entendre le son de mes tripes, je vous dirai de vous concentrer sur l'amant. Il m'était apparu comme une personne instable, et sa consommation de stupéfiants n'arrangeait sans doute rien.

— Il serait toxicomane ?

— C'est ce que j'ai cru comprendre au cours de mes entretiens avec Audrey, en effet. Mais encore une fois, il s'agit d'un avis spontané, sans la moindre pondération médicale.

— Je n'en demandais pas plus. Merci pour votre aide, docteur.

Merlin raccrocha sans tenir compte du regard que sa stagiaire dirigeait vers le ciel.

— T'es content, j'imagine ?

— Pas plus que ça, détrompe-toi.

— Et maintenant ?

Il passa une main dans ses cheveux, s'étira. Au moins, ils pourraient sortir du bureau, avoir l'impression d'agir.

— Une perquisition s'impose. On organise ça ?

L'effectif nécessaire – trois agents de police accompagnés d'un maître-chien – ne fut disponible qu'en fin d'après-midi. Ils prirent la tête du cortège qui les menait jusqu'à l'atelier de Vladek. Une fois n'était pas coutume, Cécile avait réclamé de conduire. Merlin était accroché à son siège depuis le deuxième pâté de maisons.

— Au point où tu en es, sors donc le gyrophare, railla-t-il alors qu'elle franchissait un croisement à l'orange très mûr. J'ignorais que tu étais aussi pressée d'arrêter Van Gogh…

— J'y peux rien : quand je suis au volant, ma part masculine ressort. En plus, j'ai envie de terminer cette journée. Ma plante verte et mes coussins tout neufs me manquent.

— Très viril, en effet.

Elle pila au feu suivant, sourit de toutes ses dents et se fendit d'un doigt d'honneur. Merlin ne s'en offusqua pas. Il était trop occupé à contrôler le bon maintien de sa ceinture de sécurité.

Malgré le trafic de l'heure de pointe, ils parvinrent en un temps record aux abords du quartier industriel où créchait Vladek. Ils se garèrent un peu à l'écart et attendirent que les policiers en tenue descendent de leur fourgonnette. Le chien reniflait à tout-va, quémandant l'approbation de son maître. Celui-ci le calma d'un ordre bref. Une fois tout le monde – sur deux ou quatre pattes – prêt, Merlin prit la tête du groupe en direction de l'atelier.

Comme lors de leur première visite, des flots de musique au rythme anxiogène traversaient les murs en tôle. Au moment où Merlin levait une main pour frapper à la porte, des cris s'y additionnèrent. Une dispute dont seul le « Va te faire foutre ! » final fut intelligible. Cette exclamation, lancée par une voix féminine, fut suivie d'un lourd fracas métallique. Merlin décida que cela constituait un motif suffisant pour entrer sans y être invité. Il poussa le battant, libérant une dose supplémentaire de décibels, et s'engouffra à l'intérieur, Cécile sur ses talons. Elle buta dans son dos quand il parvint dans la pièce principale. La surprise l'avait immobilisé.

De toute évidence, l'altercation était terminée. Les deux protagonistes se tenaient collés contre un mur et s'embrassaient avec fureur. Monsieur – Vladek, donc – pencha la tête pour mordre l'épaule de madame, révélant son visage exalté. Deuxième effet de surprise pour Merlin, qui reconnut Jessie Seiler. La soi-disant fidèle amie en deuil, habillée de manière bien plus provocante que lors de leur entrevue officielle, imprimait un mouvement de va-et-vient de la main dans le jean dangereusement lâche du peintre. Celui-ci l'agrippa par les cheveux, propulsant son crâne contre la paroi, et la mordit de plus belle. Jessie avait l'air de plutôt apprécier la chose. Une seconde plus tard, la musique se tut brutalement. Un des agents venait d'appuyer sur le bouton *off* des doubles enceintes audio. Les deux enragés sursautèrent de concert, ouvrirent enfin les yeux et découvrirent la petite troupe qui les observait. Vladek s'écarta de sa conquête d'un geste nonchalant. Elle, par contre, semblait paniquée. Merlin n'aurait pas été étonné de l'entendre balbutier des excuses idiotes, du style « ce n'est pas ce que vous croyez ». Pourtant, après avoir protégé sa pudeur en recouvrant ce qui pouvait l'être compte tenu de sa tenue plus que légère, elle se contenta de se laisser glisser au sol, la tête cachée entre ses mains. Le chien sautait sur place, plus impatient que jamais. Il avait sans doute déjà flairé quelque chose d'intéressant.

— Et merde, souffla Cécile. Je sens qu'on est bons pour des heures supp.

22

Audrey – Avant

— C'est fini.

Sa respiration, à l'autre bout du fil, en unique signe de sa présence. Rompre par téléphone n'enchantait pas Audrey. Un coup bas, sans la moindre élégance. Mais elle n'avait pas trouvé assez de courage pour lui annoncer sa décision en face.

— Tu m'entends, Damien ? Nous deux, c'est terminé.

Son souffle s'accéléra, devint sifflant. Il resta muet. *Comme d'habitude*, se dit Audrey en secouant la tête, écœurée. À chaque tournant crucial de leur relation, il s'était tu. Il ne l'attendrirait pas, cette fois. Elle avait trop lutté. Elle lui avait laissé assez de chances de se rattraper. Il avait continué sans jamais dévier de sa trajectoire, la bafouant encore et encore. Il était temps qu'elle passe à autre chose, définitivement.

— Damien…

Il raccrocha brutalement, coupant court à tout espoir de communication. Elle laissa retomber son bras droit le long de son corps, le combiné serré entre ses doigts tremblants. Voilà. C'était fait. Elle respira à fond pour refouler un sanglot, le transforma en soupir. Même si personne ne l'avait forcée dans son choix, franchir ce pas n'avait pas été facile. Il lui faudrait sans doute quelques jours pour en être pleinement satisfaite. Du soutien également… mais ça, elle avait la certitude d'en obtenir. Une aide toute spéciale, d'ailleurs. Cette pensée ramena un sourire sur ses lèvres. Elle alluma la radio, rangea quelques bricoles dans sa cuisine. Sortir prendre l'air lui aurait fait du bien, mais de lourds nuages baladaient des orages aussi brefs que violents depuis le début de l'après-midi. Mieux valait rester au sec, malgré la touffeur de ce mois de septembre.

Il s'écoula à peine trois quarts d'heure avant que la sonnette de la porte d'entrée lance son appel. Audrey sentit son cœur bondir dans sa poitrine, avant de réaliser que c'était impossible. La personne qu'elle espérait trouver sur son palier ne serait jamais passée à l'improviste. Elle recevait toujours un mot en avance. Un feuillet glissé dans son courrier, qu'elle brûlait après l'avoir lu des dizaines de fois. Un texto sur le mobile à carte prépayée acheté tout exprès pour leurs échanges. Non, il s'agissait de quelqu'un d'autre. Et elle ne souhaitait voir personne d'autre. Pas même sa voisine du dessous et son déficit chronique en œufs, sucre ou farine. Elle se rencoigna dans un coin du canapé, cherchant à respirer le plus doucement possible. Aussi immobile et silencieuse qu'une petite souris…

— Audrey. Audrey, ouvre-moi.

La voix de Damien. Elle serra fort ses paupières.

— Je sais que tu es là.

Elle remonta les genoux tout contre sa poitrine. La tirade suivante la fit sursauter.

— Nom de Dieu, Audrey ! Ouvre cette putain de porte !

Il martelait le battant du poing. Elle gémit, le visage dissimulé entre ses bras. Elle aurait pu le laisser se fatiguer, ou patienter jusqu'à ce qu'un voisin s'alarme. Elle aurait pu appeler la police, déposer plainte. Mais tout cela lui apparaissait comme autant d'autres coups bas. Ils avaient partagé trop de moments exceptionnels pour en arriver là. Malgré tous ses défauts, Damien méritait une ultime explication.

— Je viens.

Elle se contenta de le murmurer, mais il dut l'entendre, puisque ses coups cessèrent. Elle inspira une dernière fois avant de tourner le verrou et d'ouvrir la porte. Un souffle qui se bloqua dans sa gorge lorsqu'elle l'aperçut. Damien se tenait accroupi sur le palier, le regard baissé vers le sol. Son torse nu ruisselait d'eau de pluie. Son jean était déchiré en bas d'une de ses jambes et du sang coulait le long de son mollet. Il ne portait pas de chaussures. Mais le pire, c'était ses cheveux. Il les avait vraisemblablement coupés avec la paire de ciseaux qu'il tenait encore à la main. Son cuir chevelu apparaissait par endroits, entre des touffes de longueurs différentes. Audrey ouvrit la bouche pour parler, secoua la tête, abasourdie.

— Qu'est-ce que… Enfin, tes cheveux… Qu'est-ce qui t'a pris ?

Elle les aimait tant. Après l'amour, elle passait des heures à jouer avec ses boucles. Elle adorait le voir les repousser en arrière d'une main tachée de peinture, absorbé par sa création. Il leva le visage à cette question, se redressa avec lenteur. Il la fit battre en retraite en lui présentant la paire de ciseaux.

— Tue-moi.

— Damien…

Elle recula d'un pas supplémentaire, qu'il combla aussitôt.

— Tue-moi. Tu sais que sans toi, je ne suis plus rien. Je suis déjà mort à l'intérieur. Alors achève ce qui reste de moi.

Son geste n'était pas à proprement parler menaçant. Il lui offrait son arme de fortune poignée en avant. Ses yeux, par contre… ses yeux étaient fous. Dieu seul savait avec quoi il s'était shooté juste avant de venir. Ses pupilles dilatées étaient bien plus inquiétantes que les deux lames pointues. Il referma la porte derrière lui d'une main qui ne tremblait pas. Audrey tendit les siennes en signe d'apaisement.

— Il faut que tu te calmes, Damien. Tu n'es pas dans ton état normal.

Il la fixa une bonne minute en silence, la tête penchée sur le côté. Puis son air impassible et perdu se fragmenta. Une grimace de dégoût retroussa ses lèvres et son nez.

— Il y a quelqu'un d'autre.

Audrey sentit son estomac se contracter. Comment pouvait-il savoir ? Elle s'était montrée si prudente… Non, il ne faisait que supposer. Sa sensibilité hors du commun le lui avait soufflé. Nier ne servirait pas à grand-chose. Il avait toujours su lire en elle comme dans un livre ouvert, tandis que lui restait muré entre secrets et mensonges. Audrey releva le menton et contra d'une voix amère :

— Je crois que tu es mal placé pour me faire des reproches.

— Tu as quelqu'un d'autre, pour qui tu ressens quelque chose de fort, continua-t-il sans se soucier de sa pique. Moi, je n'ai jamais rien éprouvé pour ces filles.

— Je te l'ai déjà dit plusieurs fois : ça ne me console en rien. Ça ne fait qu'augmenter mon dégoût.

— Je n'ai jamais aimé que toi.

Il ouvrit les doigts, laissant la paire de ciseaux chuter sur le sol. Il fut sur elle à une vitesse quasi surnaturelle, la dominant de toute sa hauteur.

— Que toi, répéta-t-il. À jamais. Tu es à moi.

Il l'attrapa par la nuque, écrasa ses lèvres sur les siennes. Audrey détourna la tête, chercha à le repousser. L'angoisse l'atteignit alors qu'elle croisait son regard. Une brève seconde, ses pupilles se rétractèrent, avant de dévorer le peu d'iris encore visible dans ses yeux, les transformant en puits de démence noire. Il la propulsa en arrière de toutes ses forces. Incapable de se retenir, elle tomba lourdement sur le sol. Le choc vida ses poumons de leur air. En apnée, elle tenta de fuir à quatre pattes, mais il agrippa une poignée de ses cheveux et la força à se relever. La douleur le long de son cuir chevelu lui fit retrouver une part de souffle, qu'elle utilisa pour crier. Il la balança alors comme un vulgaire sac par-dessus l'accoudoir du sofa, pressa sa tête dans les coussins pour étouffer ses hurlements. De sa main libre, il fouilla sous sa robe, descendit sa petite culotte avec brutalité.

— Non ! répétait-elle en se débattant. Damien ! Non, ne fais pas ça, non, non !

Le poids de son corps s'abattit sur elle, massif, implacable. Il se guida tout d'abord de ses doigts, puis s'enfonça brusquement en elle, sourd à ses rugissements de douleur. Audrey finit par comprendre qu'elle ne parviendrait ni à lui faire entendre raison, ni à se défendre. Elle ne pouvait rien contre cet homme qui lui rendait presque trente centimètres et bien plus de kilos, elle ne pouvait rien contre cet accès de folie qu'elle pensait jusqu'ici impossible chez un être comme lui, qui ne l'avait jamais possédée autrement qu'avec délicatesse et volupté. Elle lâcha prise, se réfugiant tout au fond de sa conscience, le laissant lui labourer les reins. Enfin, il s'effondra au terme d'une série de soubresauts malsains. Il retomba à genoux, lui permettant de s'enfuir hors de portée. Elle parcourut à peine trois mètres avant de s'immobiliser, victime des élancements qui irradiaient dans son bas-ventre. Surtout, ne pas regarder ce qui s'écoulait entre ses cuisses. Pas encore. Dans un geste réflexe, elle remonta ce qui restait de sa petite culotte. À l'autre bout du canapé, Damien sanglotait, les yeux rivés sur elle.

— Va-t'en, souffla-t-elle.

Il secouait la tête, ses lèvres articulant des excuses muettes.

— Je ne veux plus jamais te revoir. Va-t'en, répéta-t-elle.

Il tendit une main dans sa direction. Elle le fixa avec toute la haine dont elle était capable. Toute la colère et la répulsion qu'elle ressentait à cet instant précis. Une nouvelle salve de défense se perdit dans un gargouillis de larmes. Elle se dressa alors, laissa exploser sa rage. Elle lui hurla pour de bon de ficher le camp, de ne plus jamais revenir. De brûler les portraits qu'il avait peints d'elle, de se chercher une autre muse qui accepterait d'être traitée comme une moins-que-rien. À ces mots, enfin, Damien battit en retraite. Il reboutonna son jean à la hâte et s'enfuit à reculons.

Audrey resta longuement figée, à observer la porte close. Juste avant de s'écrouler, elle se traîna dans sa chambre, jusqu'à sa table de chevet. Elle en sortit son deuxième mobile, celui pour les rendez-vous, les petits mots secrets et les cas d'urgence. C'était un cas d'urgence, sans conteste. Elle retint les larmes qui se pressaient à ses yeux jusqu'à la fin de l'annonce du répondeur automatique et balbutia :

— C'est moi. Viens, je t'en supplie. J'ai besoin de toi.

23

Je l'aimais

Le chien s'en était donné à cœur joie. Cocaïne, opiacés, cannabis, crack… Une véritable boutique d'apothicaire, dissimulée avec soin au fond d'une armoire métallique. Il ne pouvait en aucun cas s'agir d'une simple consommation personnelle. Vladek dealait, aucun doute là-dessus. Le sachet d'un gramme de coke trouvé dans le sac à main de Jessie Seiler en apportait une preuve supplémentaire. Merlin avait aussitôt signifié leur mise en garde à vue aux deux enragés. Le trafic de stupéfiants constituait une raison suffisante. Dommage que la vulgarité ne soit pas reconnue comme motif d'emprisonnement ; le duo aurait pris perpète. En bonne élève, Cécile leur avait débité les règles du jeu, ainsi que leurs droits, avant d'organiser leur transfert au commissariat. Elle et Merlin avaient quitté l'atelier juste après le fourgon, laissant les policiers terminer la fouille des lieux.

Jessie et Damien se trouvaient désormais chacun dans une salle d'interrogatoire au quatrième étage. Des pièces volontairement tristes et nues, dont l'unique vitre donnait sur le couloir. De son emplacement, Merlin pouvait observer Jessie. La jeune femme ne cessait de tripoter ses cheveux, quand elle ne rongeait pas ses ongles pourtant manucurés avec précision.

— On commence par elle ? s'enquit Cécile avec un signe du menton.

— Non. Il lui manque un peu de motivation. Regarde et apprends, jeune padawan.

Il composa le numéro du poste de Nasser, le seul encore présent à cette heure tardive.

— Le coup du dossier ? demanda celui-ci sans préambule.

— S'il te plaît, dit-il avant de raccrocher. Et toi, ajouta-t-il à l'attention de Cécile, ôte cet air stupidement amusé de ton visage. On est de méchants flics, fatigués et de mauvais poil.

— Et affamés, en plus.

— Voilà. Maintenant, suis-moi.

Il se dirigea à pas lents vers les salles d'interrogatoire, tout en louant l'isolation phonique de celles-ci.

— Ne te tourne pas vers elle avant mon signal.

Comme par magie, Nasser se matérialisa à l'autre bout du couloir, un dossier à la main. Il le transmit à Merlin, l'air sérieux, tout en exprimant des âneries à propos de la météo et du dîner qui l'attendait. Merlin feuilleta les quelques pages contenues dans le support cartonné, puis leva enfin un œil lourd de sous-entendus vers Jessie.

— Le regard qui tue…

Jessie, qui n'avait rien perdu de la scène, se liquéfiait littéralement.

— Elle vient de pâlir d'une bonne douzaine de teintes, remarqua Cécile.

— C'est le but. Maintenant, on la laisse mariner.

Il lui donnait au grand maximum trente minutes avant qu'elle ne se rue sur eux pour tout leur déballer. Par contre, Vladek serait sans doute plus compliqué à cuisiner. Le jeune homme était vautré sur sa chaise, les paupières mi-closes. Il ne prêtait aucune attention à ce qui se déroulait dans le couloir, de l'autre côté de la vitre renforcée. Ses doigts jouaient avec l'ourlet du tee-shirt blanc que les policiers l'avaient contraint à enfiler.

— Il n'a aucune trace de piqûre, aucune lésion cutanée, fit Cécile, songeuse.

— Il existe assez de moyens pour se défoncer sans utiliser d'aiguille. En plus, il semble assez satisfait de son physique, normal qu'il ait voulu l'épargner.

— Tu penses qu'il prenait quoi ?

— Ça, on le saura d'ici demain, en fonction des symptômes de manque qu'il affichera…

— Demain ?

— Tu as envie de passer la nuit ici, à cuisiner ces deux oiseaux ? Pas moi. Mieux vaut leur mettre une bonne pression et les laisser cogiter en paix. Je parie qu'ils joueront plus volontiers au jeu des confidences après quelques heures d'insomnie.

Sur cette affirmation, il déverrouilla la porte, la tint ouverte pour que Cécile puisse entrer en premier. Vladek les ignora, toujours concentré sur le manège de ses doigts.

— Tout va bien, monsieur Vladek ?

Il haussa les épaules en guise de réponse et replia une nouvelle portion de tissu entre ses index et ses pouces, comme s'il roulait une cigarette.

— Ma collègue vous a informé de vos droits. Les avez-vous bien compris ?

— Oui.

— Souhaitez-vous avertir quelqu'un, contacter un avocat ?

— Non. Allez vous faire foutre avec vos questions. J'ai le droit de garder le silence, et c'est ce que je ferai.

Merlin hocha la tête, une petite moue sur les lèvres. Il tira l'une des deux chaises libres vers lui, s'y assit tandis que Cécile s'emparait de l'autre.

— À votre guise. Sachez toutefois que cela ne nous empêchera pas de vous demander ce que nous jugerons nécessaire, même si vous refusez de répondre.

Nouveau haussement d'épaules. Merlin jeta un coup d'œil à Cécile, qui prit la balle au bond.

— Damien, les infractions pour lesquelles vous vous trouvez ici sont graves. Vous risquez jusqu'à dix ans d'emprisonnement pour le trafic de stupéfiants. Le nier ou prétendre à une consommation personnelle ne servirait à rien, vu l'assortiment de produits qu'on a retrouvé chez vous. Sans parler du sachet dans les affaires de Jessie.

Elle marqua une pause pour lui permettre d'intégrer ses paroles.

— Mais la somme de vos soucis pourrait bien s'alourdir si nous décidons de vous charger pour autre chose.

L'allusion le fit enfin réagir. Il braqua son regard sur Cécile, détaillant son expression bienveillante. Merlin retint un sourire. Sans même se concerter, ils avaient réparti les rôles entre eux, mieux qu'au cinéma. La gentille, pleine de douceur et d'empathie, et le rustre grincheux. Ils n'auraient qu'à inverser la vapeur pour déstabiliser le peintre.

— Je ne vois pas ce que vous pourriez me coller de plus sur le dos, grommela-t-il.

Merlin répondit d'une voix bourrue :

— Le meurtre avec préméditation d'Audrey Lernesse, par exemple ?

Vladek se figea, la bouche ouverte. Son regard ricochait entre les deux policiers qui lui faisaient face.

— Que… Quoi ? Non ! Je l'aimais !

— Selon mon expérience, l'un n'empêche pas l'autre, grinça Merlin. Vous voulez nous dire quelque chose à ce sujet ?

Il passa une main sur son crâne, frottant ses cheveux coupés ras, puis secoua la tête en signe de négation. Cette première tentative de déstabilisation n'avait pas fonctionné. Pas grave. Ils en trouveraient d'autres.

— D'accord. Nous vous laissons réfléchir, monsieur Vladek. Vous avez tout le temps, d'ailleurs, puisque juste en murmurant « délit aggravé » au procureur de la République, nous pouvons vous garder jusqu'à quatre-vingt-seize heures ici. Je vous souhaite une bonne fin de soirée.

Ils sortirent dans le même mouvement. Damien avait repris son attitude faussement décontractée. Sauf que ses doigts creusaient désormais des trous le long de la couture de son tee-shirt.

Au tour de l'adorable Mlle Seiler, à présent. La meilleure amie effondrée par l'horrible nouvelle, la confidente endeuillée, qui n'avait pas attendu la mise en terre d'Audrey pour s'approprier son mâle. La discussion à venir dégoûtait Merlin d'avance.

— Rebonjour, mademoiselle Seiler, marmonna-t-il en pénétrant dans la salle d'interrogatoire.

— Monsieur, c'est une erreur, je vous le jure. Je veux dire : j'ai bien acheté de la drogue à Damien, mais je… j'avais prévu de la jeter dans la cuvette des W.-C., comme d'habitude.

Elle avait déblatéré ça avant qu'ils ne puissent s'asseoir. Ce que fit Merlin avec une lenteur exagérée.

— La cocaïne peut être utilisée de nombreuses manières, mais je n'en connaissais aucune qui implique de tirer la chasse. Vous comptiez offrir un trip d'enfer aux poissons ?

Elle se tordait les mains si fort que chacune de ses phalanges risquait une triple fracture.

— Je ne me drogue jamais, je vous le jure. Déjà que je ne tiens pas l'alcool…

— Dans ce cas, pourquoi en acheter ?

— Pour… pour voir Damien.

Elle ressemblait à une petite fille honteuse, prise en flagrant délit de vol de bonbons. Peut-être espérait-elle que cet aveu leur suffirait.

— Intéressant. Vous faites ça depuis longtemps ?

— Depuis quelques mois.

— Donc, déjà du vivant d'Audrey Lernesse.

Elle releva vivement la tête, désarçonnée.

— Je ne vois pas le rapport…

— Pourtant, il est facile à établir, interrompit Cécile d'une voix acide. Vous entretenez une relation plutôt étrange avec l'amoureux de votre meilleure amie. Vos rapports dépassent le cadre de vos transactions. Il serait difficile de nous persuader du contraire, vu le spectacle que vous nous avez offert.

— Audrey et Damien ont rompu depuis…

— Oh, vous voulez me faire croire que vous avez

attendu sagement qu'ils se séparent ? Mon instinct féminin me souffle autre chose, Jessie. Autre chose de bien moins fair-play, surtout entre meilleures amies.

Touché, se dit Merlin. Sa stagiaire était décidément pleine de ressources.

— D'accord, concéda Jessie, qui s'était recroquevillée sur elle-même. Oui, on a couché ensemble alors qu'il était encore avec Audrey. Qu'est-ce que ça change ?

Cécile se pencha en avant et la crucifia d'une simple phrase.

— Ça change que ça vous donne un mobile suffisant pour assassiner Audrey. Vous êtes jalouse. Elle a tout, la beauté, la réussite, l'argent, les hommes. Vous, vous passez toujours après elle, à quémander ses restes. Alors vous décidez de l'éliminer, histoire d'avoir le champ libre. Ou bien… Damien en a aussi marre d'elle et vous vous occupez de ça à deux. Crime passionnel, mais crime quand même.

Le teint de Jessie avait viré au vert. Elle se mit à balbutier une suite frénétique de « non » et de justifications diverses et variées. Merlin y mit fin après avoir compté mentalement jusqu'à vingt.

— Je vous conseille de coopérer, mademoiselle Seiler. En premier lieu, en nous renseignant sur le trafic que gère M. Vladek. Ensuite, en vous montrant honnête à propos d'Audrey.

— Vous ne comprenez pas, sanglota-t-elle. J'aimais Audrey de tout mon cœur.

Cécile se leva d'un bloc, faisant couiner les pieds de sa chaise sur le linoléum.

— Assez d'amour pour moi, ce soir. Je vous propose de profiter de votre nuit ici pour choisir d'autres termes de vocabulaire. On vous fournira une encyclopédie, si nécessaire.

Merlin n'eut plus qu'à la suivre à l'extérieur – et à se retenir d'applaudir des deux mains pour sa maîtrise de l'interrogatoire. Redoutable. Elle était tout simplement redoutable.

— Dis voir, tu m'as caché un passé d'agent du FBI ?

Elle haussa les yeux au ciel et se dirigea vers son bureau.

— Le truc consiste juste à avoir un sens de la repartie plutôt vachard, non ? Comment crois-tu que j'ai survécu à toutes ces années avec des enfoirés comme Lambert ?

— On peut voir ça comme ça. Une sacrée bonne école, dans ce cas.

Elle défit ses cheveux le temps de masser son cuir chevelu, puis les rattacha serrés. Un chatouillis traversa le bas-ventre de Merlin. Une légère sensation d'envie sur laquelle il n'eut pas l'occasion de s'attarder.

— Si j'ai bien compris, on continue demain ? demanda Cécile en nouant son écharpe autour de son cou. J'aimerais vraiment rentrer. Je crève la dalle, et en plus, j'ai rendez-vous avec Paulette.

— Paulette ?

Son sourire malicieux, pétillant, fit affluer chez Merlin une nouvelle bouffée de désir défendu.

— Ma plante verte. Il paraît qu'il faut leur parler pour qu'elles restent belles. Ça tombe bien : ce soir, j'aurai plein de trucs à lui raconter.

24

Audrey – Avant

C'était une bonne journée.

Audrey cherchait à s'en persuader, toute à sa décision d'envisager son existence de manière plus positive. Une très bonne journée. Elle s'était réveillée dans les bras de Damien, qui l'avait torturée à coups de baisers, jusqu'à ce qu'elle se retrouve indécemment en retard pour son travail. À la maison de retraite, elle était parvenue à convaincre une de ses résidentes-chouchous, Mme Kaufmann, de profiter du soleil dans le parc. Une fois son service terminé, elle avait flâné au bord de la Seine, tout en dégustant un sorbet à la mangue.

Mieux valait considérer tout cela plutôt que les revers de médaille de chacun de ces petits moments de plaisir. Les trois lourdauds qui l'avaient sifflée et harcelée de manière plus que grossière, et ainsi obligée à écourter sa balade. Le fait qu'Élise Kaufmann n'ait parcouru que dix pas maladroits avant d'abandonner, vaincue par les douleurs aiguës de ses articulations limées par l'arthrite. Et ce parfum volatil et sucré sur la peau de Damien, si étranger à son odeur naturelle, mélange de musc, de sueur et de dissolvant.

Ces points négatifs, elle ne voulait pas y songer. Elle força donc un sourire sur ses lèvres, alluma la radio et entreprit de faire un semblant de ménage au son des rythmes latinos des inévitables tubes de l'été. Ne pas laisser la poussière s'accumuler, c'était aussi un moyen efficace pour continuer de voir la vie en rose.

Elle retrouva l'enveloppe sur le meuble dans l'entrée. Elle traînait là depuis une semaine, à côté du troisième jeu de clés de son appartement, celui qu'elle avait réclamé en retour à Xavier. La négociation avait été rude et âpre, mais elle avait résisté et gagné la manche. Son désir d'indépendance envers son frère constituait sa deuxième bonne résolution, juste après celle de se montrer plus positive en tout. Elle rangea les clés dans le tiroir et jeta l'enveloppe sur le plan de travail de la cuisine.

Elle ne l'ouvrit que bien plus tard, après un long moment à paresser dans sa baignoire. À se remémorer la soirée – et la nuit – passée en compagnie de Damien. De ce qu'ils avaient fait dans cette même salle de bains. Le feu lui monta aux joues à l'évocation de certains points bien précis. Damien. Sa résolution numéro trois. Lui laisser une chance, malgré la rousse, malgré Jessie, malgré toutes les autres. Il savait rendre chacun de leurs moments d'intimité unique. Peut-être qu'avec le temps il comprendrait qu'il n'avait aucune raison de la traiter comme une déité. Ou de chercher quoi que ce soit avec d'autres femmes.

Son nom et son prénom étaient écrits en lettres capitales sur l'enveloppe. Sans doute de la main de Mme de

Gassin, qui la lui avait remise à l'issue de son sixième et dernier rendez-vous. Le rabat était cacheté sur toute sa longueur. Le fait, cette fois, du docteur, qui l'avait clos juste après y avoir rajouté une liasse de documents. Elle l'ouvrit d'un coup de lame de couteau et déversa son contenu à la lumière des spots de la cuisine. Un amoncellement de prospectus pour des groupes d'entraide, de thérapie par les arts plastiques ou la musique. Audrey ricana intérieurement. Elle ne se trouvait pas mal au point d'aller réaliser des collages à base de confettis arrachés dans des magazines. L'initiative des Gassin demeurait toutefois louable, alors elle prit le temps de trier chaque feuillet un à un. Jusqu'à ce qu'elle tombe sur un bout de papier moins large et coloré que les autres. Une page de carnet d'ordonnances. En dessous des coordonnées du cabinet, quelques mots étaient griffonnés d'une écriture nerveuse, difficilement déchiffrable.

Audrey,

J'aurais grand plaisir à vous revoir dans d'autres circonstances. Viendrez-vous ?

La phrase était suivie de l'adresse d'un bar, d'une date et d'un horaire. Et d'un simple *Raphaël* en guise de signature.

Audrey tira une chaise vers elle, s'y assit lourdement. Sa tête tournait.

Raphaël de Gassin. Son regard bleu azur, son air de roc tranquille, son intelligence, son charisme. Il souhaitait la revoir. Certainement pas pour discuter de Freud ou de thérapies comportementales. Prétendre qu'il ne l'avait pas attirée reviendrait à mentir. Ce type avait tout pour lui. Y compris une épouse adorable.

Et il y avait Damien. Ses serments. La nuit mémorable qu'ils venaient de passer ensemble. Le parfum sucré sur sa peau. Ses bonnes résolutions envers lui n'étaient sans doute qu'une paire d'œillères qui ne ferait que retarder l'inévitable. La douleur et l'humiliation qu'elle ne manquerait pas de subir à nouveau.

Damien, Raphaël… Véra. Elle avait tant souffert d'être trompée. Impossible d'infliger la même chose à une personne aussi gentille et attentionnée.

« Viendrez-vous ? » demandait le mot.

Elle relut la date. C'était celle du soir même.

Damien, Raphaël. Aucun choix raisonnable. Raphaël, Damien. Elle souffrirait, quoi qu'elle décide.

25

Tous coupables

Xavier Lernesse attendait en bas de l'immeuble depuis cinq heures du matin. Le gars de faction à l'accueil le prit tout d'abord pour un ivrogne et chercha à le faire dégager. Lernesse revint aussi sec se caler sous le porche, marmonnant en boucle qu'il voulait voir Kermarec. L'agent l'autorisa alors à entrer, le colla sur une chaise dans le hall à bonne distance de son guichet, un gobelet en plastique rempli de café chaud entre les mains.

Il n'en avait pas bu une goutte lorsque Cécile le découvrit à son arrivée, un peu avant huit heures. Depuis son coin, Xavier leva un regard rougi et cerné sur elle. Il n'avait apparemment pas dormi de la nuit. Il portait les mêmes vêtements sales et froissés que la semaine précédente, odeur fétide en prime. La plupart des clodos squattant autour de Bastille avaient meilleure allure.

— Monsieur Lernesse ? fit-elle, se tenant à distance respectueuse.

Il s'étira vers elle pour chuchoter à toute vitesse :

— Kermarec, je dois voir Kermarec, il faut que je lui dise…

Son geste implorant eut pour seul effet de renverser la quasi-totalité de son café – devenu froid – sur son pantalon. Cécile dénicha une boîte de Kleenex et, comme il ne bougeait pas, lui retira son gobelet des mains et y fourra les mouchoirs. Sans plus de réaction de la part de l'épave qu'était devenu le frère d'Audrey. Cécile s'accroupit devant lui, malgré sa puanteur, et épongea elle-même ses genoux dégoulinants.

— Monsieur Lernesse… Xavier ? Vous vous souvenez de moi ? Je m'appelle Cécile Rivère, je travaille avec le commandant Kermarec. Venez avec moi, on sera plus à l'aise pour discuter à l'étage.

Pendant une brève seconde, son visage s'illumina, comme un enfant qui découvre ses paquets-cadeaux le matin de Noël. Puis, tout aussi subitement, il se mit à sangloter. Cécile le prit par le coude et le guida jusqu'à l'ascenseur, espérant que le planton suivrait avec une bombe de désodorisant. En longeant l'open space, elle fit signe à Sofia et lui articula en silence d'appeler un toubib. Lernesse avait déjà piqué une crise de nerfs en apprenant le décès de sa sœur. Dieu sait de quoi il serait capable dans son état actuel.

— Qu'est-ce qui se passe, Rivère ? demanda Merlin en arrivant à son tour.

Son humeur n'avait pas l'air au beau fixe. Quelque part entre frustration et morosité.

— Ouille, j'ai fait une connerie ? risqua Cécile. J'ai de nouveau droit à mon nom de famille, articulé comme s'il te donnait mal aux dents ?

Merlin haussa un sourcil, puis lâcha un soupir suivi d'un ricanement.

— Excuse-moi, j'ai juste passé une mauvaise nuit. En plus, j'apprends que Lernesse s'est pointé ici ?

— Oui. Il est dans un sale état, je t'avertis. Je l'ai mis dans la salle de réunion, il veut te parler.

Merlin se fendit d'un nouveau soupir, bien plus profond. Il se massa l'arête du nez, puis murmura pour lui-même :

— Cette journée me fatigue d'avance. Bon, allez, on y va.

Ils trouvèrent Xavier prostré sur un des sièges de la petite pièce aux murs défraîchis. Il ne sembla remarquer ni le son de la porte qui s'ouvrait, ni les deux policiers qui s'installaient en face de lui. Le terme catalepsie traversa l'esprit de Cécile.

— Vous vouliez me voir, Xavier ? demanda Merlin d'une voix neutre.

Le regard de Xavier s'anima enfin. Il zigzagua jusqu'à accrocher celui de Merlin.

— Kermarec.

— C'est moi, oui. Vous vous sentez bien, Xavier ?

Un rire dément sortit de la gorge du jeune homme, vite mêlé de hoquets. De grosses larmes débordaient de ses yeux, coulaient jusqu'à ses joues sales, couvertes de poils de barbe épars.

— Non… Bien sûr que non. Parce que plus rien n'ira jamais bien, vous comprenez ?

— Xavier, je sais que vous étiez très proche de votre sœur, que sa disparition vous a ébranlé, mais…

— Vous ne comprenez pas ! souffla-t-il. C'est pour ça que je devais vous voir. Pour vous dire…

— Me dire quoi, Xavier ?

Le front de Xavier se plissa sous une intense

concentration. Une attitude à nouveau presque enfantine, comme le ton qu'il employa pour balbutier :

— Que c'est ma faute ! C'est ma faute si Audrey est morte. C'est moi qui l'ai tuée.

Et avant que Cécile ou Merlin ne puissent réagir, il se lança contre le mur du fond, qu'il percuta tête la première. Il tituba à peine, bifurqua et répéta son geste sur sa gauche. Cécile l'attrapa avant une nouvelle tentative et Merlin le ceintura, son corps en guise de rempart entre le malheureux et la cloison toute proche. Son front et son nez pissaient le sang, un sang rouge vif qui lui coulait dans la bouche tandis qu'il scandait :

— Je l'ai tuée ! C'est moi, mon comportement envers elle qui l'a étouffée. Tout est de ma faute ! Si elle a décidé d'en finir, c'est à cause de moi. Je l'ai tuée, oh, mon Dieu, j'ai tué Audrey, j'ai tué ma sœur !

Il criait si fort que l'entrée du toubib passa inaperçue. La piqûre de tranquillisant le réduisit au silence en quelques secondes. Ébahie, Cécile continuait à le fixer tandis que les ambulanciers le chargeaient sur une civière. Sa tête dodelinait au gré de leurs mouvements, comme si, même inconscient, il persistait à répéter ses aveux insensés.

— Tu en penses quoi ? demanda-t-elle à Merlin tandis que l'équipe médicale quittait l'étage.

— Ne me réclame pas de réfléchir de si bon matin. On passe à Seiler, puis à Vladek. Je tenterai de raisonner avec logique après avoir vu les deux autres allumés.

*

Avant de retourner dans l'arène, Merlin fit un tour par la machine à café. Il corsa son double espresso d'une dose d'ibuprofène. La migraine tenace qui lui tenaillait le crâne ne se laisserait sans doute pas dompter par un mélange aussi basique, mais peut-être pourrait-il bientôt se concentrer de manière correcte. Il termina sa tasse avec une grimace. Vraiment infect. Une dernière tentative de compression des tempes – aussi inutile que les précédentes – et il rejoignit Cécile dans la salle d'interrogatoire.

Un policier venait d'y escorter Jessie. La nuit en cellule lui avait fait perdre toute sa superbe. Assise de travers sur sa chaise, le dos voûté, elle fixait une marque invisible sur le sol, quelque part à deux mètres de ses pieds. Elle ne répondit pas à son salut. Merlin interrogea Cécile du regard, et celle-ci répliqua d'un haussement d'épaules.

— Mademoi…

— Vous aviez raison hier, l'interrompit Jessie d'une voix rauque et robotique. J'étais jalouse. Jalouse à un point… Et c'est sans doute de ma faute, si Audrey est morte. Je ne l'ai pas tuée de mes mains, mais je lui ai infligé bien pire, en définitive.

Merlin sentit Cécile sur le point de réagir. Il leva une main pour l'en dissuader. Un geste que Jessie ne remarqua pas. Les yeux toujours braqués sur le linoléum craquelé, elle poursuivit sans reprendre son souffle :

— J'ai agi comme la dernière des putes. J'ai tout fait pour lui piquer son mec. Son grand amour. Il y avait quelque chose d'unique entre eux, je peux vous l'assurer. Moi, je n'étais rien. Je n'ai jamais rien représenté d'autre qu'un bouche-trou pour Damien. Une manière d'évacuer la pression, de juguler une envie soudaine. Ça continue, même maintenant qu'Audrey est partie. *Je* continue, parce qu'en plus d'être jalouse, je suis pathétique. Je préfère prétendre à un homme qui ne m'aime pas, un homme infidèle, violent et camé jusqu'à la moelle, que je consomme de la coke plutôt que de lui avouer que ce n'est pas le cas. Parce que s'il me savait clean, s'il savait où passent ses doses, il ne voudrait plus me voir. Et ça, je ne le supporterais pas.

Elle poussa un long soupir, puis leva enfin les yeux vers Cécile, qu'elle dévisagea en détail.

— Vraiment pitoyable, hein ?

— Nous ne sommes pas là pour vous juger, Jessie. Juste pour tirer cette affaire au clair.

— Il faut me croire quand je vous dis que je n'ai pas assassiné Audrey. J'ai sans doute participé à sa disparition, mais d'une manière involontaire. Si elle était restée avec Damien, si elle avait pu compter sur une amie… peut-être que les choses auraient été différentes. Mais je vous le jure, je n'ai jamais voulu que ça se finisse comme ça. Vous me croyez ?

Merlin commençait presque à se sentir de trop dans ce dialogue entre femmes. Un échange passionnant, il devait l'avouer. Comme Jessie, il était suspendu aux lèvres de Cécile.

— Je vous crois, Jessie. Vous êtes la pire amie qu'on puisse imaginer, mais je vous vois mal mettre au point un crime aussi machiavélique.

Jessie recula sous l'insulte, mais son visage s'éclaira à la fin de la phrase. Un répit de courte durée. Cécile était lancée, rien ne semblait pouvoir l'arrêter.

— À présent, deux possibilités s'offrent à vous.

Soit, vous continuez à protéger celui que vous décrivez comme un salopard et qui a peut-être, lui, attenté à la vie d'Audrey. Soit, vous nous aidez à le faire plonger. Pour trafic de stupéfiants au moins. Vous nous avez avoué lui acheter de la cocaïne. Vous a-t-il déjà proposé autre chose ?

— Euh, oui, bredouilla-t-elle. Mais j'ai toujours décliné ses offres.

— Quoi ?

— Je ne me souviens plus.

— Crack, héroïne ?

— Oui. Je… Arrêtez, ce n'est pas ce que je veux. Je refuse de… Je ne veux pas que ce soit de ma faute s'il est condamné…

Blanche comme un linge, elle repoussait ses cheveux en arrière d'un geste frénétique. Les avant-bras posés à plat sur la table, Cécile se pencha davantage vers elle.

— Damien a-t-il proposé de vous vendre du Stardust ? Ou vous en a-t-il offert, pour essayer ?

— Du quoi ?

— Du Stardust. De la poussière d'étoiles.

— Non, je n'ai jamais entendu parler de ça. C'est la vérité !

Elle jeta un regard paniqué, presque suppliant, à Merlin. Son menton tremblait, tout comme ses mains. Cécile se renfonça dans son siège.

— OK. Nous repasserons dans une heure ou deux. Ça vous laisse le temps de réfléchir au futur potentiel de votre relation avec M. Vladek.

Elle se leva avec une raideur presque militaire et ouvrit la porte avant que Merlin ne puisse réagir. Il n'avait prononcé que trois misérables syllabes au cours de cet entretien. Au vu de la forme de sa stagiaire et de ses compétences, il se dit qu'il aurait aussi bien pu rester chez lui et soigner sa migraine, couché sur son canapé.

*

Cécile attendit Merlin dans un coin du corridor, à l'abri des regards. Le sang cognait à ses tempes. Son rythme cardiaque marqua une poussée supplémentaire lorsque son mentor la toisa, le visage fermé. En arrivant à sa hauteur, il produisit malgré tout une ébauche de sourire.

— J'y suis allée trop fort, hein ? s'inquiéta-t-elle.

— Tu rigoles ? Tu as été parfaite. À la fin du mois, je pourrai prendre ma retraite, satisfait d'avoir formé une remplaçante autonome…

— Vraiment ? Pourtant, tu tires une de ces têtes !

— Tu te tiens face à un pauvre quadragénaire, gamine. Impossible d'avoir une gueule de gagnant chaque matin. Une chance qu'on soit complémentaires. Tu sembles péter le feu, aujourd'hui. Passé une bonne soirée avec Paulette ?

— Excellente. Elle vit toujours.

— J'espère que tu ne lui causes pas comme à cette dinde de Jessie…

— Surtout pas, malheureux ! Je la complimente à propos de ses jolies feuilles, de son vert chatoyant, ce genre de trucs. Bon, nos discussions risquent de me lasser, à la longue. Trop à sens unique, à mon goût.

Au grand plaisir de Cécile, l'attitude de Merlin se décrispait progressivement. Son sourire redevint franc, même s'il l'accompagna d'un geste de massage sur le front et les tempes.

— On passe à la coqueluche de ces dames ? Je suis curieux de découvrir son état d'esprit après une nuit en cellule.

Cécile hocha la tête et le laissa la précéder dans la deuxième salle d'interrogatoire. Damien s'y trouvait déjà et, de toute évidence, la dizaine d'heures d'isolement avaient eu un effet dévastateur. Effacée, la nonchalance des premiers moments. Il se tenait raide sur sa chaise, les épaules agitées de tremblements. Des tics nerveux animaient son visage qui n'exprimait rien, en dehors d'une froide colère. Cécile ressentit une bouffée de pitié pour lui. La sueur qui dégoulinait de son front, qui mouillait son tee-shirt désormais en lambeaux… Les premiers signes du manque. Il devait souffrir le martyre, physiquement et mentalement. Elle tenta une approche en douceur, gestes lents, sourire aimable. Elle ne reçut en retour qu'une flambée de violence. Des insultes que Damien éructait d'une voix éraillée, les traits déformés par la haine.

— Vous voulez bien vous calmer, monsieur Vladek ? tonna Merlin.

Pour toute réponse, le peintre se leva et projeta sa chaise contre la vitre. Elle s'y écrasa avec fracas avant de retomber sur le sol.

— Quatre centimètres de plexiglas, dit Merlin, les bras croisés sur son torse. Vous pouvez toujours essayer, mais vous risquez de vous épuiser avant d'obtenir la moindre fissure.

Damien se laissa glisser le long de la paroi et fourra sa tête entre ses genoux. Tout son corps tremblait, désormais. Il reprit à voix basse une litanie composée d'injures et de termes quasi incompréhensibles. Cécile y perçut juste la phrase « vous dirai rien ». Elle était sur le point de procéder à une deuxième tentative de prise de contact lorsqu'on frappa à la porte. L'un des agents chargés de la perquisition de l'atelier se tenait dans le couloir, avec à la main deux sachets en plastique utilisés pour conserver les preuves matérielles. D'un signe, Merlin ordonna à Cécile de le suivre.

— Voilà ce qu'on a trouvé de plus intéressant, drogue mise à part, informa le policier. L'un était emballé dans l'autre, et le tout était rangé tout près du matelas où il devait pieuter.

Merlin s'empara des paquets, les examina en silence puis les passa à Cécile. Ce qu'elle y découvrit lui fit l'effet d'une douche froide.

Le premier contenait une petite culotte déchirée sur le côté, tachée de sang.

Dans le second, trois clés se serraient autour d'un anneau décoré d'une attache fantaisie en forme de cœur rouge bordeaux.

— Vous avez vérifié ? interrogea Merlin.

— Oui, commandant. Les clés sont bien celles d'Audrey Lernesse. Portes d'immeuble, de l'appartement et de la boîte aux lettres. Pour le reste, les analyses ADN sont en cours, mais je peux déjà vous dire que le groupe sanguin correspond.

Cécile ne relâcha sa prise sur les deux sachets que lorsqu'elle sentit Merlin insister pour les lui ôter des mains. Les clés manquantes. Une preuve irréfutable de violence et de psychose. Le tout bien emballé et étiqueté. Il n'en faudrait guère davantage au procureur pour inculper Vladek de meurtre.

Et pourtant, Cécile n'avait jamais moins cru à sa culpabilité qu'à cet instant précis.

— Merde, murmura-t-elle.

Merlin acquiesça en silence. Ils échangèrent un long regard pensif, puis il proposa sans grand enthousiasme de confronter le peintre à ces nouveaux éléments.

Le phénomène frappa Cécile sitôt qu'elle franchit la porte. Une onde de choc glacée, composée d'un mélange d'émotions vives et intenses. Trop intenses pour qu'elle puisse le supporter. Merlin réagit juste à temps pour la retenir dans sa chute. Elle sentit à peine le contact de ses bras avant de sombrer dans le néant.

26

Audrey – Avant

Le club se situait dans un quartier qu'elle ne fréquentait que rarement. Elle n'en avait jamais entendu parler auparavant. Une musique d'ambiance lounge accueillait en douceur les nouveaux arrivants, sitôt la porte franchie. Un éclairage agréable tamisait certaines zones, comme le coin où de gros canapés invitaient à la détente et à des discussions privilégiées. Audrey hésita un instant, puis choisit de s'asseoir à l'extrémité du bar. Elle se hâta de commander une Margarita corsée. Elle en avala la moitié d'une traite, dans le vain espoir de faire taire les petites voix qui s'affrontaient dans son esprit. Sa conscience la sermonnait à propos de cet odieux écart de conduite. Ses désirs haussaient le ton, arguant qu'elle avait bien le droit de jouir un peu de ce que la vie lui offrait. L'alcool les rendit plus sûrs d'eux, plus batailleurs. Au diable sa moralité immaculée, après tout. Si Raphaël de Gassin – le beau, le séduisant Raphaël – souhaitait s'envoyer en l'air avec elle – parce qu'il était bien clair qu'il ne cherchait pas autre chose –, elle ne dirait pas non. Une gorgée de plus pour s'en persuader. Ou, au moins, pour atteindre les quatre-vingts pour cent de certitude. Pour ne plus penser à l'alliance qui brillait à l'annulaire gauche de Raphaël. Se concentrer uniquement sur ce que son autre main pourrait lui procurer en termes de sensations interdites et exquises si elle se posait sur son genou, qu'elle remontait le long de sa cuisse, sous le tissu de sa jupe...

— Tu es toute seule ? Je t'offre un verre ?

Audrey sursauta sur son tabouret. Toute à ses fantasmes, elle avait presque entièrement fermé les paupières. En les rouvrant, elle découvrit une jeune femme accoudée au bar à côté d'elle. L'inconnue arborait un look affirmé, cheveux mauves coupés de manière asymétrique et robe ultra-moulante sans manches qui laissait voir une profusion de tatouages colorés sur ses épaules et ses bras. Cette vision surprit presque autant Audrey que sa proposition spontanée.

— Heu, je... Merci, mais j'attends quelqu'un.

La fille la fixa un instant avec une moue de dépit.

— OK. Si jamais ce quelqu'un te pose un lapin... Je reste dans le coin.

Elle s'en alla en se mordillant la lèvre. Audrey la suivit du regard jusqu'à ce qu'elle se vautre dans un fauteuil, les jambes croisées si haut qu'il était facile de discerner qu'elle portait des dessous rose fuchsia. C'est en observant le reste de la salle qu'Audrey se rendit enfin compte que quelque chose clochait. Les femmes représentaient les deux tiers de la quarantaine de personnes présentes. Plutôt rare dans une boîte de nuit. Mais surtout, que ce soit au bar, autour des petites tables ou dans les sofas, les deux sexes ne se mélangeaient pas.

Le rouge lui monta aux joues. Pas étonnant que la fille aux tatouages l'ait abordée. Surtout avec sa propre tenue, un top fluide et décolleté sur une jupe portefeuille courte. Elle peinait toutefois à comprendre pour quelle obscure raison Raphaël lui avait donné rendez-vous dans un club gay.

— Bonsoir, Audrey.

La voix – qu'elle reconnut instantanément – la figea sur place. Sa bonne conscience l'avait fait pleurer et crier son désespoir dans son esprit pour qu'elle change d'avis, qu'elle enfile un pyjama plutôt que ces vêtements sexy, pour qu'elle reste à la maison et ne brise pas le cœur de sa propriétaire.

— Ma… madame de Gassin…

Balbutier ces quelques syllabes lui coûta tant d'énergie qu'elle se sentit vidée d'un coup, privée de fluide vital ou de volonté. Souriante, Véra de Gassin se hissa sur le tabouret voisin du sien. Elle rejeta ses longs cheveux couleur chocolat noir derrière son épaule et fit signe au serveur.

— Par pitié, ne m'appelle pas madame. Je suis Véra. C'est une Margarita ? ajouta-t-elle en désignant son verre vide.

Elle en commanda deux avant qu'Audrey n'acquiesce. Même la simple opération de respirer lui demandait un effort considérable. Surtout avec son cœur affolé, surtout avec les remontrances de sa petite voix intérieure qui fouettait ses tympans aussi bien que ses désirs, tout honteux.

— Mad… heu, Véra, je… Ce n'est pas ce que vous croyez…

Véra éclata de rire.

— Mais bien sûr que c'est ce que je crois. Tu es venue ici pour retrouver mon mari. Tu t'es habillée comme une lycéenne en chaleur dans l'espoir qu'il te pelote et que la soirée finisse dans un hôtel de luxe. Quoique tu te serais sans doute contentée de ton appartement, voire des toilettes au fond de ce couloir. N'est-ce pas ?

Elle lui tendit l'un des cocktails qu'Audrey empoigna d'un geste mécanique. Elle avait l'impression de se liquéfier. Jamais encore elle ne s'était sentie aussi embarrassée. Véra devait bien s'amuser à lui donner la leçon. Une leçon amplement méritée.

— Tchin ! Et efface cet air contrit de ton adorable visage. Je ne vais pas te faire la morale. En fait, ce serait plutôt à moi de te présenter des excuses.

Audrey secoua la tête, confuse. L'alcool l'empêchait de raisonner, mais Véra l'encouragea à trinquer.

— Je ne comprends pas ce que vous…

— Si tu me vouvoies encore une seule fois, je te suspends au plafond par les pieds ! Entendu ? Bien. Je disais donc que je devrais m'excuser de t'avoir trompée en t'attirant ici.

— Mais, le mot… Ce n'est pas toi qui l'as écrit.

— En effet. Je l'ai dicté à Raphaël. Vois-tu, jolie Audrey, mon mari et moi entretenons une relation assez… particulière. Nous tenons à préserver et à assouvir les besoins et envies de chacun, en toute liberté.

Elle repoussa une vague de boucles sombres derrière son oreille, un sourire malicieux aux lèvres. Incapable de prononcer le moindre son, Audrey la regarda aspirer une gorgée de liquide glacé avec sa paille, puis passer un index sur le rebord parsemé de sucre. Juste avant de se lécher le doigt, elle ajouta :

— C'est moi qui voulais te revoir, Audrey.

Elle décroisa les jambes et les recroisa de l'autre côté. Le tout avec élégance, comme tous les gestes qu'elle entreprenait. Puis, comme Audrey demeurait muette de stupeur, elle pencha la tête sur son épaule et avoua de sa belle voix au timbre grave, aussi chaude et enveloppante qu'un verre de vin liquoreux :

— Cette envie s'est imposée dès la première fois où tu as franchi la porte du cabinet. Et dire que j'avais failli te refuser lorsque tu avais téléphoné pour prendre rendez-vous ! L'agenda de Raphaël déborde sans cesse. J'ignore encore pour quelle raison je ne t'ai pas aiguillée vers un de ses confrères. Un signe du destin, peut-être… Alors, quand tu as signifié ta décision de ne pas poursuivre les séances, j'ai dû trouver une autre solution. De préférence, une qui me permette de te voir ailleurs qu'entre deux portes. Une solution qui me permette… ça.

Sa main se posa sur le poignet d'Audrey. Elle eut un mouvement de recul et fit mine de se lever, ses doigts crispés sur la lanière de son sac.

— Tout cela n'est qu'un regrettable malentendu. Je vais rentrer.

Royale, Véra descendit de son tabouret, lissa sa jupe fendue jusqu'à mi-cuisse. Durant une petite fraction de seconde, son sourire eut un reflet carnassier qui fit frémir Audrey.

— Oh non, tu ne vas pas t'enfuir, mon ange. Tu vas rester avec moi et terminer sagement ton verre. Tu me dois bien ça. Après tout, tu voulais te taper mon mari, non ?

Sans attendre de réponse, elle glissa son bras sous celui d'Audrey.

— Viens, allons plutôt nous installer là-bas.

Elle la guida jusqu'à l'un des canapés qui meublaient le coin le plus sombre du club. Audrey s'y sentit aussitôt mal à l'aise. Impossible de s'y asseoir sans que sa jupe remonte sur ses jambes. La cuisse de Véra émergeait également de sa gangue de satin, fine et élancée. Audrey cligna des yeux à plusieurs reprises. Trop d'alcool. Trop d'émotions contradictoires. Elle avait envie à la fois de filer le plus vite possible, et d'étendre ses jambes par-dessus l'accoudoir en commandant un autre cocktail. Partir se mettre à l'abri ou découvrir où cette soirée à la saveur imprévue allait la mener. Véra lui colla son verre dans la main, l'incitant à reprendre quelques gorgées.

— Elles sont belles, n'est-ce pas ?

Elle désignait deux jeunes femmes qui dansaient non loin. Quoique danser n'était pas le terme approprié. Serrées l'une contre l'autre, elles ondulaient au gré du rythme lent, presque hypnotique, de la musique. Bien qu'Audrey n'ait jamais nourri le moindre penchant lesbien, elle devait avouer que le tableau avait quelque chose de terriblement sensuel.

— Je les trouve magnifiques, dit-elle tout bas avant de pouvoir s'en empêcher.

Elle cligna à nouveau des paupières, puis agita le haut de son top dans le but de se ventiler un peu. Il régnait une chaleur étouffante, dans cette alcôve. Une chaleur qui l'embrasait de part en part.

— Ne t'inquiète pas si tu sens monter la température. Ce n'est qu'un symptôme passager. J'ai drogué ton verre.

Elle eut toutes les peines du monde à tourner la tête

vers Véra, qui la regardait de son air mutin, un coude appuyé sur le dossier du canapé.

— Tu as… quoi ?

— Trois fois rien, je t'assure. Un peu de poussière d'étoiles. Juste de quoi te désinhiber, briser certains carcans.

— Pourquoi ?

— Parce que ça fait du bien, Audrey. De se libérer de ses chaînes. De s'affranchir de tout ce qui nous a été inculqué.

— Je ne suis pas enchaînée.

— Bien sûr que si. Sinon, pourquoi choisir de rester avec un salopard qui te bafoue sans cesse ? Tu te penses vouée à souffrir ? Mériter cela à cause d'un mauvais karma ?

Haletante, Audrey ferma les yeux tandis que Véra se rapprochait d'elle. Tout près. Elle pouvait sentir son souffle sur son visage, l'odeur sucrée de son haleine. Son cœur battait si fort, si vite, qu'elle avait l'impression d'être enfermée au sein d'un tambour de cuir frappé par une douzaine de géants. Un concert qui s'interrompit brusquement lorsqu'elle sentit la main de Véra se poser sur son genou.

— C'est ça que tu espérais qu'il te fasse, n'est-ce pas ?

Le tambour reprit à un rythme frénétique. Les doigts caressèrent sa peau brûlante puis se dirigèrent lentement en direction de sa cuisse. Ils se faufilèrent sous l'ourlet de sa jupe, progressèrent encore.

— Prétends que cela ne te fait pas d'effet avec moi. Que ça aurait été mieux avec Raphaël. Vas-y, essaye.

Un deuxième foyer de chaleur avait pris vie dans

son bas-ventre. Celui-là n'avait rien à voir avec la substance versée dans son cocktail. La sensation la dévorait tout entière. Il n'y avait plus rien en dehors de ce contact sur sa peau nue, tout près de son entrejambe.

— Je peux t'apporter tellement plus. Tu ne peux même pas encore imaginer à quel point. Il te suffira de me suivre.

Elle chuchotait désormais au creux de son oreille. La respiration saccadée, Audrey buvait ses paroles comme du nectar. Elle allait jouir, là, en public, sous les caresses d'une quasi-inconnue. D'une femme. Dans un sursaut de conscience, elle bloqua la main avant qu'elle n'atteigne les dentelles de sa lingerie. Rouvrant les yeux, elle découvrit le visage de Véra à quelques centimètres du sien. Son regard flamboyait au travers de ses boucles noires en désordre.

— Laisse-moi te guider, mon ange.

Une image furtive traversa l'esprit d'Audrey. Celle du premier portrait qu'avait esquissé Damien d'elle, celui où il l'avait affublée d'ailes. Un symbole récurrent dans ses toiles. Elle aurait peut-être dû tiquer en entendant ce terme. Elle en avait assez d'être un ange. Mais quelque chose lui soufflait que, avec Véra, ange et démons se côtoieraient de très près.

Elle céda alors à une pulsion d'une intensité ravageuse. D'un seul mouvement, elle repoussa Véra en arrière, l'enjamba et écrasa ses lèvres sur les siennes. Après un bref hoquet de surprise, Véra referma ses bras sur elle, pressa ses mains à la hauteur de ses reins. Sa bouche s'entrouvrit, sa langue s'enroula autour de celle d'Audrey, qui gémit tout bas. Des rires étouffés et quelques exclamations fusèrent non loin d'elles.

Audrey s'en moquait. Le reste du monde pouvait bien disparaître, se consumer. Ce soir, elle s'était engagée sur une nouvelle voie. Plus rien ne serait pareil, désormais.

27

Aveux

Bien qu'elle fût allongée, Cécile reprit conscience avec la brusque impression de perdre l'équilibre. En écartant les bras par réflexe, elle s'aperçut qu'on l'avait emmitouflée dans une couverture de survie et un empilement de vestes. Le col du blouson de Merlin, qui lui arrivait à deux centimètres du nez, diffusait sa fragrance apaisante, après-rasage et saveur masculine.

— Chut, c'est bon, dit doucement son mentor, accroupi à côté d'elle. Vas-y mollo.

Une main pleine d'assurance se posa sur sa joue, bifurqua dans le creux de son cou. Victoire jaugeait sa température.

— Je peux te tranquilliser sur un point : tu n'as pas de fièvre. Je ne crois pas non plus que tu sois descendue trop bas.

— Prends quand même ça, imposa Sofia en lui tendant une tasse.

Cécile se redressa sur les coudes. Merlin glissa son bras dans son dos pour l'aider à s'asseoir. Plus de vertiges ou de malaise en vue. Du moins, si l'on mettait de côté la sensation bizarre de découvrir toute l'équipe pressée autour d'elle.

— Tu nous as fait quoi, là, choupette ? dit Boris, un pli d'inquiétude sur le front.

Cécile s'empara de la tasse, y trempa les lèvres, déçue d'y trouver du thé à la menthe plutôt que du café noir. La chaleur du breuvage se diffusa dans sa poitrine, bienfaisante. Ce n'était pas si mal, en fin de compte. Elle en reprit une gorgée, le temps de se concentrer sur ce qui s'était passé.

— Je ne sais pas vraiment. Je suis entrée et j'ai été frappée par une vague de détresse. Quelque chose de démesuré. De trop costaud pour moi, en tout cas, vu que je me retrouve là. D'ailleurs comment…

— Je t'ai portée, coupa Merlin. Tu as vu… quelqu'un ?

Ses traits étaient également marqués par le souci. Décidément, cette journée démarrait fort, un peu trop à son goût. Elle secoua la tête.

— Non. C'était vraiment une émotion pure. Mais ça ne provenait pas de Damien.

— Juste une émotion ?

— Du chagrin, de la douleur… De la surprise, aussi. Et puis le froid. Comme les autres fois.

Un frisson la traversa de part en part. Elle entoura la tasse de ses paumes, but une nouvelle gorgée. Les cinq paires d'yeux fixées sur elle commençaient à la mettre mal à l'aise. Surtout avec ce qu'elle était en train de raconter. Lequel allait décrocher son téléphone en premier pour contacter le service psy ?

— Audrey serait venue t'avertir ? Condamner Damien en le pointant du doigt ?

— Je ne sais pas. Je ne crois pas, M… Lino.

Boris leva les yeux au ciel.

— Vous pouvez pas arrêter votre cirque, tous les deux ? Franchement, Kermarec, après tout ce temps, tu penses qu'on ignore encore ton vrai prénom ? Faudrait plutôt que tu m'expliques pourquoi tu te planques sous un diminutif aussi ridicule.

— De plus, renchérit Nasser de son timbre paisible, si on est prêts à accepter le fait qu'une de nos collègues est à moitié médium, un membre de l'équipe avec un nom de magicien, ça devient presque banal.

Cécile n'avait jamais vu Merlin rougir. Sa mine penaude la fit éclater de rire. Elle repoussa la couverture, tendit les mains devant elle et aussitôt, on l'aida à se relever. Pas le moindre tangage à signaler. Sur un sourire, Nasser s'éloigna, suivi de Sofia. Victoire et Boris les imitèrent après un petit geste réconfortant.

— Reste un moment tranquille, proposa Merlin.

Il tirait déjà une chaise pour qu'elle puisse s'y installer. L'option de s'asseoir, de se reposer en envisageant de rentrer chez elle était plus que tentante. Mais il fallait qu'elle sache ce qui l'avait terrassée. Si le phénomène risquait de se reproduire sitôt qu'elle se retrouverait à nouveau en contact avec le peintre. S'il provenait de lui ou d'ailleurs.

— Non, ça va aller. On s'y remet.

— Sûre ?

Sa prévenance lui réchauffa le cœur plus efficacement qu'une Thermos entière de tisane.

— Pas de souci. Je veux retourner voir Damien.

*

— Je ne suis pas en sucre, lança-t-elle alors qu'il lui ouvrait la porte de l'ascenseur tout en gardant une main à portée de son dos, en prévention.

— Je sais bien. C'est juste que je n'ai pas envie de devoir te porter à nouveau jusqu'à l'étage supérieur. Tu pèses une tonne.

Menteur, corrigea-t-il pour lui-même. *Tu as adoré ça. Son corps léger pressé contre le tien, ses cheveux qui se défaisaient contre ton torse, ça t'a mis dans tous tes états.*

Cécile rosit un brin, et eut l'élégance de lui tendre une perche entre une discussion scabreuse et une plaisanterie plus badine.

— Ben dis donc, je bosse avec un sacré gentleman !

— Mieux que ça. Un chevalier sommeille en moi.

Il se mordit la joue. Mais qu'est-ce qui lui prenait, à exprimer tout haut de pareilles âneries ? Se recomposant en vitesse une attitude plus professionnelle, il reprit :

— Bon, si tu sens quoi que ce soit en entrant là-dedans, tu bats en retraite, c'est clair ? Si tout va bien, on réattaque avec la même configuration qu'hier. Je charge comme le rustre que je suis, tu tamponnes tout en douceur avec ton empathie.

— Ça marche.

Elle ne montra qu'une infime hésitation avant de pénétrer dans la salle d'interrogatoire. Merlin lui jeta un coup d'œil en biais. Ça semblait aller. Il se dirigea vers Vladek, toujours prostré dans son coin, l'empoigna par le coude et le releva sans ménagement. Il atterrit plus qu'il ne s'assit sur sa chaise, le visage en sueur, les lèvres exsangues. Plié en avant, il laissa ses bras pendre de part et d'autre de son corps, comme deux poids morts. Merlin contourna la table, puis y abattit le sachet plastique dans lequel se trouvait la petite culotte ensanglantée.

— Ça vous rappelle quelque chose ?

L'artiste devint plus pâle encore. Il leva un regard paniqué, émit une sorte de râle et se tordit comme s'il avait un haut-le-cœur. Cécile réagit au quart de tour ; elle lui flanqua une corbeille sous le nez juste avant qu'il se mette à vomir des filets de bile. Elle resta à côté de lui, une main réconfortante posée sur son épaule, jusqu'à ce que ses nausées s'espacent. L'air s'était chargé d'une odeur âcre qui supplantait celle de la sueur du peintre. Malgré la pitié qu'il ressentait pour cet homme devenu épave, Merlin décida de s'engouffrer dans la faille.

— Alors ? Elle vous évoque quoi, comme souvenir, cette charmante pièce de collection ?

Damien ne le regarda pas. Il fixait le slip dans la pochette, les taches de sang sur le tissu soyeux, la couture déchirée avec rudesse. Ses mains se posèrent de part et d'autre de l'objet, comme pour le toucher, mais il ne l'effleura même pas.

— Je lui ai fait du mal, souffla-t-il.

Il était en train de céder. Cécile dut le sentir aussi. Elle tira une chaise pour s'asseoir tout près de lui. Les coudes posés sur ses genoux, elle lui parla de manière douce, compatissante.

— Comment, Damien ? Comment lui avez-vous fait du mal ?

Il tourna son visage tremblant et agité de tics nerveux

vers elle. Des larmes coulaient en rivières de ses yeux rougis.

— Je l'ai trompée, avoua-t-il dans un chuchotement à peine audible. Je l'ai violée. Je l'ai… Je l'ai tuée.

Son maigre filet de voix mourut à ces mots. Comme s'il se rendait compte d'une réalité en les exprimant.

— Je l'ai tuée, répéta-t-il avec plus de conviction. Tellement de fois. C'est moi. Tout est de ma faute. J'ai tué Audrey.

Des aveux complets. Cécile lança un regard désemparé à Merlin, qui soupira.

— Et la drogue ? C'était vous qui lui fournissiez du Stardust ?

Damien secoua la tête et répondit comme si la question venait de Cécile.

— Je n'ai jamais eu ni les moyens ni les contacts pour dealer ça. De toute manière, Audrey était clean. Elle n'a jamais voulu prendre quoi que ce soit. Jamais. Elle était trop pure pour ça. Et moi, je l'ai salie, encore et encore. J'ai fait pire. Je l'ai tuée !

Il s'effondra sur la table, laissant sortir de sa gorge un cri de douleur déchirant. Il n'y avait plus rien à en tirer. Merlin appela pour qu'on vienne le rechercher, précisant qu'il convenait de garder un œil sur lui en permanence. Certains points devaient encore être éclaircis, mieux valait donc qu'il ne se fiche pas en l'air dans sa cellule.

Cécile et Merlin retournèrent à leur étage sans échanger un mot. Une fois installés à leurs bureaux respectifs, elle rompit le silence d'une phrase qui résumait toute la situation.

— Tu y crois, toi ?

Merlin se frotta le front, paupières fermées. Les pics migraineux, émoussés alors qu'il s'inquiétait pour Cécile, revenaient lui taillader le crâne de plus belle.

— Pas une seule seconde.

28

Dossier clos

— C'est n'importe quoi, grommela Cécile.

Les bras fermement croisés sous sa poitrine, elle regardait Damien Vladek, menotté et encadré par deux agents, grimper dans un fourgon de police. Le fait qu'il marche sans aide tenait du miracle, tant il paraissait transparent, dénué de toute force vitale. Ce type était mort à l'intérieur. Ses muscles continuaient à suivre les ordres basiques et les impulsions de son cerveau, mais en dehors de ça, il était anéanti.

— Je sais, répondit simplement Merlin. Mais c'est comme ça.

Il secouait la tête, aussi dépité qu'elle. Ils avaient pourtant tout essayé. Depuis le moment où il avait admis avoir fait du mal à Audrey, le peintre s'était refermé sur lui-même. Il s'était condamné pour un meurtre qu'il n'avait sans doute pas commis. Vingt-quatre heures durant, les deux policiers s'étaient efforcés de trouver la faille, alternant attaques et amadouements. Ils avaient cherché à lui arracher un début de justification, des détails sur sa méthode pour tuer Audrey, par exemple.

La certitude qu'il ignorait comment Audrey était morte s'était vite imposée. Qu'ils lui demandent s'il l'avait égorgée, empoisonnée ou flinguée, il répondait invariablement les mêmes mots. « Je l'ai tuée. » Il avait répété cette phrase en boucle des heures et des heures, seul ou en présence de son avocat commis d'office. Selon le policier qui gardait sa cellule, il la murmurait même au cours de ses bribes de sommeil.

— Ce con va camper sur sa position. Même une fois qu'il se sera rétabli de cette phase aiguë de manque, sevré dans les règles.

La porte arrière de la fourgonnette claqua sur l'artiste qui fixait un point entre ses chaussures. Le véhicule s'ébranla, clignotants bien visibles, et s'engouffra dans le trafic de la mi-journée. Merlin fit mine de rentrer dans le commissariat, mais Cécile ne décolérait pas.

— Il va se prendre trente ans dans les dents ! Au bas mot ! Il ne mérite pas ça. C'est un enfoiré, soyons clairs. Un grand malade, brutal et illuminé, par-dessus le marché. Mais on sait qu'il n'a pas tué Audrey.

Merlin marqua sa lassitude d'un geste des bras.

— Il a avoué, Rivère. Que veux-tu que j'y fasse ? Qu'aurais-tu fait, toi, à la place de Bartoli ? Des aveux spontanés. Des indices probants. Le dossier est clos, point barre.

Grinçant des dents, Cécile se mit à arpenter le trottoir. En effet, Damien leur avait tout livré sur un plateau d'argent. Le trousseau de clés manquant, celui avec lequel on avait verrouillé la porte d'Audrey Lernesse après l'avoir convaincue de s'ouvrir les veines. Cette petite culotte, sur laquelle le labo n'avait pas seulement retrouvé le sang de la jeune infirmière, mais aussi des traces du sperme de Damien. Il n'en fallait pas plus au patron pour considérer l'affaire comme classée, ou au procureur pour inculper le peintre de meurtre avec préméditation. La suite était écrite d'avance. Un procès vite expédié. L'avocat en charge du dossier ne pourrait pas aider un client qui se sacrifiait de lui-même. Damien croupirait en taule jusqu'à ce que le dernier de ses cheveux devienne blanc. Cette perspective faisait bouillir Cécile.

— Merde, Merlin ! Je voulais quitter la police. J'ai accepté de revenir dans l'idée de retrouver une certaine forme de justice. Et la justice, ce n'est pas ça ! Si c'est de cette manière que les choses se passent, alors... Je ne vois pas de raison de continuer.

Merlin sursauta à cette phrase. Il vint se camper devant elle, la surplombant de sa grande taille, et brandit à deux centimètres de son visage un index aussi rageur que son expression.

— Arrête de pleurnicher comme une gamine, Rivère. Tu n'es là que depuis dix petits jours. Alors soit tu rentres chez toi, tu écris ta putain de lettre de démission et tu te prends une cuite en pensant au chouette job d'hôtesse de caisse qui t'attend, soit tu assumes un peu tes responsabilités et tu me files un coup de main pour la paperasse. À toi de choisir.

Cécile avait envie de le gifler à la volée, de lui hurler sa rage. C'était lui qui était venu la récupérer. Lui qui l'avait voulue comme stagiaire. Lui qui lui avait fait miroiter que son travail pouvait avoir un sens. Une logique. N'importe quoi, mais pas ce vide qui la bouffait de l'intérieur. Il venait d'appuyer à un endroit douloureux : à part son job, elle n'avait rien. Quitter la police signifierait davantage de vide. Elle déglutit péniblement à cette idée, recula d'un pas. Merlin dut remarquer qu'il avait été un peu excessif dans ses propos. Son attitude se fit moins colérique, plus désolée.

— Écoute, si on bosse bien, on pourra démarrer avec du neuf la semaine prochaine. Toutes les affaires ne finissent pas de cette manière. Et ne prétends pas que tu as été inutile depuis ton arrivée dans l'équipe. Sans toi, mardi passé… Kretz ne serait peut-être plus là pour jouer au clown.

— Super. Donc, seul mon côté extralucide pèse dans la balance.

— Je n'ai jamais dit ça. Je nous trouve plutôt complémentaires, pas toi ? On fait du bon boulot ensemble, Cécile. Je n'ai pas envie que tu partes.

Sa voix s'était nettement adoucie au fil de ses répliques. Cécile, elle, continuait à sentir une boule d'amertume lui obstruer la gorge. Les bras toujours crispés contre elle, elle renifla, puis secoua la tête, les paupières closes.

— OK, souffla-t-elle après quelques battements de cœur.

Sans jeter un regard à Merlin, elle tourna les talons et s'engouffra dans l'immeuble.

Elle revint à la charge en milieu d'après-midi. Merlin avait divisé les tâches administratives, mise au propre et rédaction de procès-verbaux, classement. En se levant pour se rendre à l'imprimante qui crachotait ses formulaires, Cécile renversa du coude une pile de dossiers. Ceux des victimes présumées d'Audrey, à l'hôpital ou à la maison de retraite.

— Et ça, on en fait quoi ? grogna-t-elle en les brandissant en direction de Merlin.

— Rien, répondit-il d'un air las. Je sais ce que tu vas me dire, mais il n'y a rien d'avéré, rien de concret.

— On n'enquête même pas ? On agit comme si rien ne s'était passé ?

— Je suis désolé, mais aux yeux du patron il ne s'est effectivement rien passé. Nos soupçons sont basés sur une de tes visions. Le chuchotement d'un fantôme de petite vieille.

— Et une douzaine de décès suspects !

— Pas selon les certificats établis.

Le sang de Cécile se transforma en substance aussi acide que bouillonnante. La réaction avec la froideur de la position de Merlin fut explosive.

— Donc tu ne me crois pas, c'est ça ? Je peux me foutre mes inepties au cul ? Enfin, à moins qu'elles ne sauvent la vie de quelqu'un, bien sûr.

— Est-ce que tu m'écoutes parfois ? gronda Merlin. Je t'ai toujours crue. Mais Bartoli n'acceptera jamais ces histoires de revenants. Si tu te montrais un tant soit peu rationnelle, tu comprendrais ça sans problème !

— Tout marche au cas par cas, alors ? Un coup c'est bon, le prochain on me range dans la case frappadingue délirante ?

Sofia s'était rapprochée en catimini. Elle tenta de s'introduire dans cette prise de bec qui dégénérait de seconde en seconde, mais Cécile ne lui en laissa pas l'occasion. Elle abattit la pile de dossiers sur le bureau de Merlin et s'y appuya pour lui assener, les yeux dans les yeux :

— Je vous emmerde, tous autant que vous êtes. Fais

ce que tu jugeras nécessaire, rapporte cette engueulade, fais-moi virer, charge-t'en toi-même. Je me casse. Et je compte bien passer directement à la meilleure étape de ta prévision super motivante.

Une nouvelle fois, Sofia chercha à la raisonner. Mais Cécile avait déjà arraché sa veste au dossier de sa chaise. Boris se dressa sur son passage ; elle l'écarta d'un geste rageur.

— Cécile, fais pas l'andouille ! l'entendit-elle exhorter comme elle arrivait sur le palier.

Merlin, lui, n'avait plus pipé mot. Ça l'encouragea à accélérer. Elle dévala les escaliers en trombe, fila jusqu'à la station de métro. À la gare de Denfert-Rochereau, elle attrapa le RER B de justesse. Son wagon était quasi vide à cette heure de la journée. Hormis un gars rivé sur son Smartphone et un couple d'ados en train de se bécoter, personne ne la vit donc pleurer et maugréer des injures dans le creux de ses paumes.

Le seul à réagir fut Khader, le gérant de l'épicerie au coin de sa rue. Il haussa un sourcil en examinant le contenu de son panier. Vodka, tequila, whisky. Elle n'avait pas pu se décider. Au pire, elle écluserait les trois.

— Vous n'avez pas l'air en forme, mademoiselle Cécile.

— J'ai connu des jours meilleurs.

Le quinquagénaire à l'accent chantant accepta ses billets froissés. Avant de lui rendre sa monnaie, il tenta une plaisanterie.

— Si je le pouvais, je contacterais votre maman, pour qu'elle vienne vous surveiller avec ça.

Cécile laissa échapper un ricanement amer.

— Si elle s'intéressait un tant soit peu à moi et qu'elle

rappliquait, je devrais me dépêcher de boire. Pour en profiter un peu avant qu'elle ne siffle tout. Croyez-moi, Khader, je ne lui arrive pas à la cheville en termes de descente.

— Vous me promettez au moins de prendre soin de vous ?

— Je compte me mettre minable, mais bien au chaud chez moi, à proximité immédiate de la cuvette des toilettes.

Il la gratifia d'une moue, hocha la tête comme s'il trouvait ces conditions acceptables, puis libéra enfin les quelques pièces serrées dans le creux de sa main. Cécile parvint à tordre ses lèvres en un pauvre sourire.

— Ça ne vous arrive jamais, d'avoir envie de tout envoyer bouler ? En tant que bon musulman, peut-être pas avec ces méthodes-là, mais…

Les coins des yeux de l'épicier se plissèrent de malice.

— Bien sûr que si, mademoiselle Cécile. On n'est que des êtres humains. Vous qui êtes sans doute chrétienne, aimez-vous toujours votre prochain ?

— Pas aujourd'hui, en tout cas. Aujourd'hui, à part vous, je les déteste tous.

— Alors rentrez chez vous et buvez à ma santé. Mais pas trop quand même, d'accord ?

Elle leva l'une des bouteilles en guise de toast avant de l'emballer avec ses consœurs dans un sachet plastique. Pas de problème pour boire à la santé de l'épicier. Par contre, elle préférait oublier ses recommandations. Avec un peu de méthode, elle pourrait atteindre un état satisfaisant avant l'heure du dîner. Oublier l'affaire, oublier Merlin. Ne plus ressentir ce vide qui l'aspirait de l'intérieur.

29

Une volontaire

— Un rien impulsive, la petite ?

Assis à califourchon sur sa chaise de bureau, Boris époussetait son jean, l'air de rien.

— C'est le moins qu'on puisse dire, soupira Merlin.

Les deux hommes échangèrent un regard mi-las, mi-amusé. *Oui, quel euphémisme*, songea Merlin. Travailler avec Cécile Rivère revenait à grimper dans le wagonnet d'un grand huit avec une charge d'explosifs sensibles aux chocs ficelée au pantalon. Le tout sous la pluie, sans barrière de sécurité et avec un rottweiler en guise de passager. Le pire dans l'histoire, c'était qu'il adorait ça. Il avisa Sofia et poursuivit :

— Je compte sur vous pour que cette incartade ne parvienne pas à d'autres oreilles, surtout celles plus haut placées.

— Quelle incartade ? fit Sofia, jouant l'innocence. Cécile ne se sentait pas en forme. Elle est rentrée chez elle pour se… soigner.

— Exact, renchérit Boris. Tous les trois, on va oublier qu'elle nous a proposé d'aller nous faire mettre, et on va gentiment lui laisser quelques jours pour retrouver ses esprits.

— Merci.

Sur un salut tout militaire, Kretz fit pivoter sa chaise et se remit à pianoter sur son clavier. Sofia, quant à elle, vint s'appuyer au bord du bureau de Merlin.

— Tu penses qu'elle reviendra d'elle-même ?

— J'en doute fort. Je passerai chez elle pour la raisonner.

— Non. J'irai moi. Tu me sembles trop… impliqué pour que ça produise un résultat positif.

Merlin leva un sourcil surpris en direction du sourire de Joconde de la jeune beure. Elle avait de toute évidence compris ce qu'il dissimulait à grand-peine et amenait ça tout en délicatesse et discrétion. Normalement, c'était Victoire qui lisait en lui comme dans un livre ouvert. Il se félicita que leur *black mama* soit justement absente. Cette perspicacité propre au sexe opposé le frustrait au plus haut point, quand elle ne lui fichait pas la trouille. Il n'aurait pas supporté de la subir en stéréo.

— Tu as sans doute raison.

— Bien sûr que j'ai raison. En plus, je pourrai jouer sur une certaine cohésion féminine.

— Voilà un point sur lequel je ne peux pas rivaliser. Un conseil malgré tout : à ta place, j'attendrais un peu avant d'y aller.

Sofia se redressa, légère et pétillante.

— Oh, je compte lui laisser le temps de se torcher dans les règles de l'art. J'irai demain après le boulot.

— Vas-y mollo, hein ?

Sofia lui adressa un clin d'œil et retourna elle aussi à

ses affaires en cours. Merlin consulta l'horloge de son PC. Quinze heures cinquante. Un peu tôt pour rentrer à la maison, surtout un mercredi. Nager lui aurait fait du bien, mais il ne s'en sentait pas le courage. Il commuta la partie de son cerveau qui moulinait à toute vitesse sur *off*, ne gardant que le minimum de neurones requis pour terminer de taper son procès-verbal.

*

La sonnerie de la porte d'entrée lui vrilla les tempes. Elle se redressa sur son canapé et le vertige qui accompagna son mouvement trop brusque faillit la précipiter sur le sol, les quatre fers en l'air. Elle cligna des yeux. Il faisait jour. Encore ou à nouveau, elle l'ignorait et s'en fichait autant que de son premier tampon. Un rictus aux lèvres, elle se renfonça dans les coussins douillets.

Nouveau coup de sonnette. Nouveau coup de vilebrequin de part et d'autre de son crâne. Elle se retrouva en position assise sans trop savoir comment. Par contre, elle devinait très bien qui était là, à tambouriner contre sa porte.

— Va te faire foutre, Kermarec ! beugla-t-elle en direction de l'entrée.

Sa propre voix la fit rire, tant elle semblait provenir de la gorge d'un zombie planqué depuis des siècles au fond d'une catacombe. Celle qui lui répondit n'appartenait toutefois pas à son supérieur direct.

— Je lui transmettrai tes recommandations sitôt qu'on aura papoté un peu ensemble. Tu m'ouvres ?

Il lui fallut une bonne minute pour progresser jusqu'à

la porte, et une autre pour débloquer les deux verrous. Les mains dans les poches, Sofia patientait sur le palier. Elle se faufila dans l'appartement avant d'y être invitée.

— Alors, tu t'es calmée ?

Cécile referma derrière elle et écarta les bras dans un geste théâtral qui manqua de lui faire perdre l'équilibre.

— J'ai pas l'air zen ?

Le nez plissé, Sofia la dévisagea en silence, puis elle entreprit d'ouvrir les fenêtres.

— Si, bien sûr. D'ailleurs, tout dans cette piaule respire la paix et l'harmonie.

Une bourrasque de vent frais s'engouffra dans le salon, soulevant les rideaux fins.

— Fais gaffe à Paulette. Déjà qu'on est en froid... Elle me fait la gueule, comme tout le monde. Je l'ai un peu percutée hier. Ou ce matin, je sais plus trop.

Sofia considéra un instant le ficus replanté de travers dans son pot en céramique, la terre éparpillée alentour, puis retourna son regard sévère sur Cécile.

— Tu es encore bourrée ?

— Affirmatif, mon général ! Je maintiens le cap droit devant à minimum trois grammes d'alcoolémie.

— Bon. J'ai pas toute la soirée, alors on va commencer par te faire vomir.

Cécile explosa de rire.

— Quoi, tu veux me flanquer deux doigts au fond de la gorge ?

— Hors de question. Par contre, j'offre volontiers de te tenir les cheveux et te passer une serviette mouillée sur le front. Sympa, non ?

L'air décidé, elle farfouillait dans la cuisine. Elle dénicha du sel dans le placard au-dessus de la hotte de ventilation, en versa une bonne cuillère à soupe dans un verre d'eau gazeuse.

— Salle de bains ?

— Par là. Tu t'imagines vraiment que je vais accepter de boire ça ?

— Oui. Parce que tu n'es pas aussi débile et infantile que tu voudrais nous le faire croire. Et parce que si tu ne le fais pas de ton plein gré, je te colle le canon de mon flingue sur la tempe.

— T'as de sacrées méthodes de persuasion.

— D'une efficacité redoutable. Si tu dégueules comme une brave fille, je te filerai quelques tuyaux gratos.

Elle lui présenta le verre d'eau salée comme s'il s'agissait d'un grand cru. Les yeux rivés dans ceux de sa collègue inflexible, Cécile en vida la moitié d'un trait. Le résultat ne se fit pas attendre. Imperturbable, Sofia tint sa promesse. Assise sur le rebord de la baignoire, elle l'encouragea et lui caressa les cheveux jusqu'à ce qu'elle s'écroule sur le carrelage, épuisée, l'estomac étiré comme une chaussette et enroulé en triple nœud autour de ses poumons. Sofia lui épongea le front et lança d'un air presque réjoui :

— Parfait ! Maintenant, sous la douche !

Une heure plus tard, Cécile se retrouva en peignoir sur le canapé. Ses cheveux humides embaumaient la fleur d'abricotier et plus rien dans la pièce bien aérée ne sentait l'aigre ou le rance. L'estomac encore en vrac, bien que vide et ripoliné à l'eau saline, elle ne gardait les symptômes de la gueule de bois à distance que grâce à un cocktail aspirine-ibuprofène-vitamine C confectionné par Sofia. Une Sofia qui, telle une petite fée industrieuse, achevait de ranger sa cuisine. C'était comme s'il ne s'était rien produit de négatif. Cet aspect normal et sain de son environnement donnait l'impression à Cécile qu'on lui enfonçait la tête dans ses problèmes, de la même manière qu'on flanque le museau du chaton dans ses déjections pour lui démontrer qu'il a commis une grosse bourde et qu'il aurait intérêt à choisir sa litière plutôt que le tapis persan à la prochaine envie pressante. En s'affairant dans sa cuisine, en l'obligeant à se secouer, à se remettre en route, Sofia la poussait à réfléchir à sa situation. À se montrer rationnelle.

— Je te déteste, ronchonna Cécile.

— Mais non, tu m'adores. On s'adore tous, d'ailleurs. Une vraie équipe de Bisounours.

— Je doute que Kermarec me porte encore dans son cœur.

Exprimer cela à voix haute fit trembler son menton. Elle mordit sa lèvre inférieure pour ne pas se mettre à pleurer comme une Madeleine. Un geste qui n'échappa pas à Sofia.

— Ce que tu peux être bornée ! En plus, tu te plantes sur toute la ligne. Tiens, regarde plutôt ça.

Elle sortit son mobile de sa poche, fit défiler quelques messages, puis le présenta à Cécile en le tenant à la hauteur de ses yeux. L'écran affichait une photo, celle de son bureau dans l'open space. Les dossiers qu'elle avait pratiquement balancés au visage de Merlin avant sa fuite trônaient là, bien alignés à son clavier.

— Ils t'attendent sagement. Merlin a passé une heure à amadouer le patron : il te laisse une semaine supplémentaire pour enquêter sur ces quatorze décès.

Cette annonce, bien que prononcée avec beaucoup de douceur, fit éclater Cécile en sanglots.

— Par contre, personne ne compte te voir au bureau avant lundi matin. Après tout, la version officielle veut que tu subisses une gastro-entérite d'enfer.

— J'ai été une vraie imbécile, hein ? articula Cécile entre rires et larmes.

— Tu nous as présenté une variante assez pimentée de la crise de ras-le-bol, en effet.

Cécile s'essuya le dessous des yeux avec sa manche gauche, puis, tant qu'à faire, s'en servit aussi pour son nez dégoulinant.

— Je ne sais pas, Sofia. Je ne sais vraiment pas si je suis de taille pour ça. J'ai toujours été un peu borderline et dérangée, je l'admets, mais jamais encore à ce point.

Sofia fourra son téléphone dans son sac et s'assit juste à côté d'elle, silencieuse et attentive.

— Depuis que j'ai rencontré Merlin, depuis que… Bien sûr, il n'y peut rien, ce n'est qu'un concours de circonstances que ce soit arrivé avec lui… Mais depuis lors, tout part dans tous les sens dans mon existence. Et je ne sais vraiment pas si j'ai la force d'assumer ça. De continuer dans cette voie. De supporter toutes ces choses qui m'arrivent.

Sofia lui prit une main, qu'elle entoura des siennes. Un geste plein de chaleur qui lui rappela Agathe.

— Personnellement, je trouve que tu t'en tires très bien, compte tenu de la situation. Tu dois juste apprendre la patience, Cécile. Et à nous faire confiance. Crois-moi, Merlin en est digne.

Ces mots fixèrent le sort de l'état de propreté de sa manche droite. Sofia la laissa sangloter un moment sur son épaule, une main caressant son dos en larges cercles réconfortants. Puis elle prit congé.

— La décision t'appartient, mais réfléchis bien. Pour ma part, j'espère te revoir au bureau lundi matin, d'attaque.

Cécile se retrouva seule dans son appartement. Sur le plan de travail à la cuisine, les trois bouteilles achetées la veille étaient alignées, vidées et soigneusement rincées, à côté d'une théière fumante.

— OK, Paulette, prononça-t-elle tout haut. On change de régime de base. Dès ce soir, c'est thé à la menthe.

Et réflexions intenses, ajouta-t-elle en pensée.

30

Des souvenirs au goût de sel

Les filets de volaille qui marinaient depuis une bonne heure dans l'huile d'olive et le romarin ne demandaient plus qu'à être rôtis. Merlin laissa fondre une cuillère à soupe de beurre dans une poêle pour les gnocchis. Il suffirait de les faire dorer. Il augmenta l'aspiration de la hotte de ventilation à contrecœur. Le souffle du moteur supplantait la musique diffusée par le duo d'enceintes. Un sacrilège, puisque la voix unique et profonde du grand Leonard Cohen se retrouva bâillonnée.

Le raffut de la ventilation manqua également de lui faire rater les deux notes rapides de la sonnette. Il saisit un torchon, s'y essuya les mains sur le chemin de l'interphone. Sitôt qu'il pressa sur la touche de communication, la voix grésillante de Cécile lui parvint depuis la rue.

— Merci. Merci pour l'enquête, merci pour ton message de cet après-midi. Je ne sais pas quoi dire.

Il sourit bêtement au boîtier plastifié et à ses deux boutons usés par le temps. Elle avait donc reçu la photo qu'il lui avait envoyée. Celle de sa chaise de bureau à roulettes flambant neuve, livrée le matin même. Un argument de poids pour la convaincre de revenir à bon port.

— Tu viens pourtant de dire quelque chose.

Cécile eut un rire bref, puis redémarra aussi sec :

— Il n'y a pas que les petits vieux, Merlin. La possible nouvelle liaison d'Audrey. Les changements dans sa vie, décidés juste après sa thérapie. Son addiction au Stardust. Il faut encore qu'on creuse le sujet.

— Tu tiens vraiment à discuter de ça un vendredi soir à vingt heures trente, via interphone ?

— Non, je… Désolée, je ne venais pas pour ça. En fait, je n'aurais même pas dû venir. Je voulais…

— Monte, coupa-t-il en appuyant sur la commande d'ouverture. Troisième étage.

C'est reparti pour un tour de manège, songea Merlin, d'humeur mi-figue, mi-raisin. Leonard approuva d'un fervent *Hallelujah*.

Il ouvrit sa porte pour l'entendre gravir les escaliers deux à deux. Son élan se brisa sur le palier, où elle se dandina d'un pied sur l'autre.

— Sympa ton quartier. Le métro aérien, tout ça…

— Tu vas te contenter de me débiter des banalités, plantée sur mon paillasson ? J'ai un dîner sur le feu, alors entre. Allez hop !

D'un coup de torchon, il la chassa vers l'intérieur. Elle obéit, progressant sur la pointe des pieds dans le corridor. Elle largua sa besace contre un mur, scruta les alentours d'un œil curieux. Son expression de jeune fille timide se rembrunit tout à coup.

— Tu vois, je n'aurais pas dû débarquer comme ça. Pourquoi ne pas m'avoir dit que tu attendais de la visite ?

Merlin ne tilta pas tout de suite. Il suivit son regard fixé sur le bar. Quel imbécile. Il y avait déjà dressé le couvert pour deux.

— Non, je n'attends personne. C'est juste…

Juste une vieille habitude bien plus stupide que ton histoire de fermer les serrures à deux reprises.

— Enfin, c'est rien. Laisse tomber.

Ils se dévisagèrent, aussi gênés l'un que l'autre. Les mains enfoncées dans les poches de son jean, Cécile s'était recroquevillée sur elle-même. Fini sa belle assurance du début de semaine, gagnée grâce à sa sœur. Elle semblait plus fragile que jamais. Merlin se sentit une irrésistible envie de redresser la barre. De lui rendre cette attitude sereine et aérienne qu'elle affichait lundi matin.

— Salade verte, poulet et gnocchis. Ça te va ?

Elle accepta sans trop hésiter. Et malgré la petite voix qui lui serinait que ce n'était en rien une bonne idée, il se remit aux fourneaux. Elle se hissa sur un des tabourets de bar et le regarda travailler, le menton posé au creux de sa main.

— Merlin Kermarec, fin cordon-bleu, lança-t-elle au bout d'un moment, taquine. Heureusement que tu n'écoutes pas du jazz en cuisinant, ça ferait trop cliché.

— C'est sans doute le seul style musical auquel je n'adhère pas.

— Ça ne m'étonne pas. Tu n'es jamais vraiment dans l'improvisation, hein ? Tu évites ça avec autant de zèle que moi d'utiliser plus d'une casserole pour me préparer à manger…

Sa spatule à la main, il se tourna vers elle. L'encolure de son tee-shirt ample avait glissé sur le côté, révélant une épaule à la peau soyeuse. Il n'y avait aucune velléité de séduction dans ce geste, et ça rendait la chose plus sensuelle encore. Ou alors, il était vraiment en manque. Il s'ébroua, rattrapa le fil de la discussion.

— J'ai dû mal remplir mon agenda. J'avais zappé qu'on avait prévu un atelier psychanalyse, ce soir.

Elle rit à son bon mot et tira machinalement sur son col. Fin du spectacle.

— Tiens, c'est marrant que tu dises ça. En prenant l'air ce matin, j'ai vu Véra de Gassin dans mon quartier.

— À Massy ?

— Ouaip. Comme quoi, même les nobles seigneurs dotés d'un nom à particule s'aventurent parfois dans la banlieue sauvage.

— Tu lui as parlé ?

— Non, elle sortait d'une boulangerie, une boîte en carton sous le bras. J'étais trop loin, elle ne m'a pas remarquée. Peut-être qu'elle nous a menti. Que ses super cookies fondants, elle les achète au lieu de les confectionner dans sa cuisine grand luxe, dans des volutes de farine blanche, un tablier à fleurs noué autour de la taille…

— Et alors ? Tu veux la mettre en garde à vue pour fraude pâtissière ? Pas très commun, comme délit.

— C'était plus un moyen peu élégant pour ramener la discussion sur l'affaire Lernesse.

— D'accord. Je te laisse le temps du dîner pour me parler de tes doutes. Après ça, je ne veux plus rien entendre. Le chrono démarre maintenant, indiqua-t-il en déposant les assiettes garnies sur les sets de table.

Cécile se plia aux règles du jeu. Une demi-heure durant, entre deux bouchées de volaille ou de salade, elle lui exposa point par point ses soupçons. Dans le rôle de l'avocat du diable, Merlin tentait de contrer chacune de ses réflexions, d'y trouver des explications rationnelles. Une position difficile, puisqu'il croyait aux phénomènes surnaturels qui avaient touché Cécile. Et qu'il la rejoignait même sur les faits plus basiques de l'enquête. Cette subite décision d'Audrey de prendre un job supplémentaire. Les résidus de Stardust dans ses cheveux. Le rapport formel de l'institut médico-légal, qui concluait à une consommation régulière sur les six derniers mois. Quelque chose s'était produit dans la vie d'Audrey Lernesse, entre juillet et octobre. Restait à trouver quoi. Dans l'immédiat, le repas était terminé et Cécile avait sagement reposé ses couverts dans son assiette.

— Je ne vais pas te faire de publicité mensongère, Cécile. Le patron nous permettra de creuser un peu plus loin, mais tu ne pourras pas sauver Damien Vladek de ses propres fausses accusations.

— Ce n'est pas pour lui que je veux continuer. Enfin, pas seulement. C'est pour Audrey. Pour moi aussi, d'une certaine manière. J'ai besoin d'un but pour persévérer. Si tout s'arrête de manière aussi minable, alors… Il n'y aurait aucune raison pour que je ne le sois pas en permanence. Tu comprends ?

Merlin opina sans un mot. Même si leurs façons de fonctionner étaient parfois diamétralement opposées, il comprenait très bien. De plus, ses tentatives de tirer Cécile vers le haut lui offraient de revigorants épisodes de lumière. Le grand huit n'était pas constitué que de bas. Les loopings et les crêtes l'enivraient plus qu'il ne saurait l'exprimer.

Il lui tendit une tasse de café par-dessus le bar et but le sien debout, la détaillant du regard. Sous le filigrane de sa fragilité transparaissait une sorte de volonté désespérée, un besoin de lutter. Ça l'émouvait sans qu'il puisse se l'expliquer. Cette fille lui faisait décidément un drôle d'effet. Et ce soir, il ne se sentait pas le cœur de résister à ses envies.

Elle le regarda approcher avec une expression incertaine, se déroba lorsqu'il effleura sa joue.

— Coucher ensemble n'était pas une bonne idée la première fois, Merlin. Je doute que ça soit différent aujourd'hui.

Il y avait tant d'amertume et de mélancolie dans sa voix. Il plongea ses yeux dans les siens, affirma sa prise sur son cou délicat.

— Ça le sera. Je n'ai pas envie de baiser Alice, cette fois. Par contre, je ferais bien l'amour à Cécile.

Elle eut un sursaut à ces mots, mais ne répondit rien. Il glissa ses doigts vers l'arrière de sa tête, défit l'élastique qui retenait sa queue-de-cheval. Ses cheveux dorés retombèrent en mèches souples sur ses épaules, libres. Merlin en laissa couler une entre son index et son majeur, le cœur tambourinant d'anticipation. Cécile s'était immobilisée, telle une statue de marbre. Il se pencha sur elle, embrassa ses lèvres l'une après l'autre, l'encourageant à les desceller. Il la pressa contre lui, l'une de ses mains perdue dans ses cheveux, l'autre en chemin vers le creux de ses reins. Impatient, il la souleva littéralement de son tabouret avant de reprendre son souffle. Elle ne s'écarta pas de son étreinte. Pendant un temps infini, elle le fixa, puis elle sembla reprendre vie. Ses mains se posèrent sur son torse, malhabiles. Elle chercha sa bouche, soupira lorsqu'il bifurqua dans son cou. Passive, elle se laissa diriger jusqu'à la chambre, déshabiller. Certains de ses gestes, pourtant emplis de douceur et de prudence, la faisaient frémir. Qu'est-ce qui avait bien pu lui arriver dans sa jeunesse pour qu'elle se bloque ainsi, tant qu'elle ne se dissimulait pas sous une identité fictive ? Qui avait blessé Cécile au point qu'elle refuse tout plaisir en son nom ? Ce premier petit copain violent ? D'autres hommes ? Grisé par le contact avec sa peau nue, par ses caresses timides, Merlin relégua ces considérations dans un coin de son esprit. Il voulait se concentrer sur elle. Lui prouver qu'elle méritait d'être choyée. Il la prit avec toute la délicatesse dont il était capable, compte tenu de son excitation. Elle suivit ses mouvements, presque docile, gémissant tout bas à intervalles irréguliers. Après quelques minutes de pure extase pour lui, il s'écroula à ses côtés, incertain des sensations qu'il avait su lui fournir. Il s'attendait à la voir se relever comme un automate et prendre la poudre d'escampette mais, à sa grande surprise, elle se blottit tout contre lui, une main posée sur son torse. Ses cheveux chatouillaient son menton. Il les lissa en arrière, enroula son bras autour d'elle.

— C'était une camarade de lycée, dit-elle soudain.

Il haussa la tête pour la regarder, mais il ne discernait que la courbe de son front.

— Qui ?

— Alice. On était dans le même lycée. Pas dans la même classe, mais on se connaissait malgré tout.

Il resta silencieux, espérant que la suite vienne. Quelque chose mouilla sa poitrine. Elle pleurait.

— Dans chaque établissement, on retrouve toujours

un système de castes. Les mêmes catégories immuables. Le beau gars sportif. Le *nerd*. La fille populaire. Le cancre accroché au radiateur. Alice, c'était la salope du lycée. Mèches rouge vif dans les cheveux, minijupe et maquillage outrancier. Elle avait couché avec la moitié des mecs, l'autre moitié rêvaient que leur tour arrive enfin, mais tous la dénigraient sitôt que l'occasion se présentait.

Ses doigts fins se refermèrent en poing crispé sur son torse.

— Elle n'avait que dix-sept ans. Tout le monde savait que son père se montrait souvent violent avec elle. Depuis des années. Personne n'a jamais rien entrepris. Personne n'a réagi quand il l'a envoyée bouler dans les escaliers, après une série de gifles plus fortes que les précédentes. On nous a annoncé ça comme un tragique accident. J'en ai parlé au recteur, mais il s'en fichait. Après tout, pourquoi se casser le cul pour une petite pute sans avenir ?

Des larmes continuaient à s'écouler sur son épaule. Merlin resserra son étreinte avec la sensation qu'elle devait encore exorciser quelque chose.

— J'ai laissé tomber. Comme les autres. Même si je pensais régulièrement à elle. Mais après ce qui m'est arrivé avec Giano… C'est là que j'ai commencé. Une sorte d'hommage. Une manière de prouver autant à Alice qu'à moi-même que même les salopes ont le droit d'exister. Que même les salopes peuvent garder le contrôle. Ne pas être blessées. Du moins, pas par quelqu'un d'autre.

— Tu n'es pas une salope, Cécile.

Avec un hoquet, elle se redressa sur un coude, son visage luisant de larmes dans la demi-obscurité.

— Et toi, tu n'es pas un solitaire, peut-être ?

Cette question lui provoqua un effet identique à un coup de poing en plein plexus. Le choc passé, il leva une main, caressa sa joue humide.

— Tu n'es pas non plus responsable, pour Alice. Tu as déjà essayé d'en parler. Je doute qu'à cet âge et dans ta position tu aurais pu faire quoi que ce soit d'autre.

— Bien sûr que si. J'aurais dû retourner ciel et terre. Faire payer le vrai responsable. En la bouclant, je suis devenue sa complice. Je m'en veux chaque jour. Je m'en voudrai toujours.

Son désir de justice lui apparaissait désormais sous un autre jour. S'il l'obligeait à lâcher l'affaire Lernesse, elle dépérirait sous ses yeux. Ou se foutrait en l'air définitivement. Les paupières closes, elle appuya un moment son visage au creux de sa paume, puis elle y déposa un baiser.

— Je vais rentrer, dit-elle en se relevant d'un geste souple.

Merlin attrapa son poignet, le serrant juste assez pour la retenir, tout en lui laissait la possibilité de s'échapper.

— Tu peux rester, si tu veux.

Elle eut un sourire triste.

— À ton avis, que se passera-t-il demain matin, si je choisis de rester ?

— On commencera par boire un café, en essayant de ne pas être trop mal à l'aise. Ensuite, tu rentreras chez toi. Il n'arrivera rien d'autre, Cécile. Comme tu l'as si bien constaté, je suis un solitaire. Mais même les solitaires ont parfois besoin de compagnie. De chaleur humaine.

— Et les salopes de tendresse, murmura-t-elle en retour.

Elle posa juste un genou sur le matelas, comme si elle s'octroyait encore un temps de réflexion. Puis elle se lova à nouveau dans ses bras. Le souffle coupé par cette sensation, Merlin s'efforça de rester le plus immobile possible. Il ne s'autorisa qu'à caresser ses cheveux soyeux. Il continua bien après qu'elle se fut endormie.

31

Un café en vitesse

Le réveil se déroula selon les prévisions de Merlin. Ils renfilèrent leurs vêtements de la veille en se tournant le dos, dans une atmosphère chargée de gêne. Cécile fit un crochet par la salle de bains et, à sa sortie, Merlin avait préparé du café. Ils en burent une tasse en silence, prenant soin de maintenir une distance physique aussi embarrassée que polie entre eux. Une fois sa tasse terminée, Cécile récupéra sa veste et son sac, qu'elle passa en bandoulière sur son épaule.

— À lundi ? risqua Merlin en guise d'au revoir.

— Sans faute.

Elle hésita un instant sur la conduite à tenir. L'embrasser, même une simple bise sur la joue, lui paraissait à la fois dangereux et déplacé. Elle était également incapable de déterminer si elle en éprouvait l'envie. Dans le doute, elle se contenta d'un ridicule petit geste de la main, accompagné d'un sourire bancal. Merlin lui en rendit une version guère plus assurée. Il ne l'escorta pas à la porte. C'était mieux comme ça.

Un soleil radieux l'accueillit à l'extérieur. Elle

consulta son mobile, qui lui apprit qu'il était plus de dix heures. Une sacrée grasse matinée. Elle ne se souvenait même pas de la dernière fois où elle avait dormi aussi longtemps et de manière aussi satisfaisante. L'effet de la présence rassurante de Merlin. Se réveiller ainsi, encore emmêlée à ses bras, lui avait procuré une série d'émotions inconnues qu'il lui faudrait analyser dès que possible.

Elle se dirigea tout d'abord machinalement vers l'entrée de métro de La Motte-Picquet. Une rame passa juste au-dessus de sa tête, faisant vibrer la structure d'acier. Elle se rendit compte qu'elle n'avait envie ni d'entendre ce genre de grincements, ni d'être chahutée dans un wagon, ni de rentrer chez elle. Elle tourna donc les talons, s'acheta un pain au chocolat à la boulangerie au coin de la rue. Elle le dégusta tout en remontant l'avenue jusqu'à la place Joffre. La verdure dans les jardins du Champ-de-Mars lui fit de l'œil. Elle se laissa tenter, se baladant le long de l'allée parmi des grappes de touristes bardés d'appareils photo et de perches à selfie. C'était parfait. Ce petit bain de foule anonyme lui permettrait de se vider la tête.

Cécile ne l'aurait pas remarquée si elle ne lui était pas rentrée dedans, toute à sa contemplation de la tour Eiffel. Elle ne la reconnut qu'après s'être excusée de manière automatique. Cette fois, Véra de Gassin ne transportait pas de carton à pâtisserie. Comme elle, elle flânait le nez en l'air, la main sur la courroie de son sac de luxe, la veste ouverte sur un superbe foulard griffé.

— Ça alors, quelle surprise ! Mademoi… Enfin, lieutenant… Je suis confuse, j'ai oublié votre nom.

— Rivère. Mais oubliez le lieutenant. Jusqu'à lundi matin, je ne suis que Cécile. Vous profitez du soleil, vous aussi ?

— Oui, une si belle journée… Oh, et si nous allions boire un café ? Je vous promets de mettre ma curiosité en sourdine et de ne vous poser aucune question à propos de votre enquête.

Cécile fit une moue hésitante. Croiser le chemin d'un témoin deux fois en à peine deux jours représentait déjà une sacrée coïncidence. De plus, où placer la limite déontologique dans un cas pareil ?

— S'il vous plaît, dites oui, implora Véra. J'ai peut-être l'air en pleine balade méditative, mais en fait je m'ennuie à mourir. Raphaël assure une garde à l'hôpital et j'ai besoin d'un peu de compagnie.

Son plaidoyer était si convaincant que Cécile ne put s'empêcher d'acquiescer. Face au charisme de Véra, elle se retrouvait un peu désarmée, comme une gamine incapable de résister à une friandise. De toute manière, le dossier Lernesse était pour ainsi dire clos, et elle ne risquait pas grand-chose à accompagner cette femme si solaire. À part peut-être un vif sentiment de jalousie. Quoiqu'elle se sentît trop… heureuse et détendue, après cette nuit passée avec Merlin, pour être atteinte par ce genre d'idées négatives.

— D'accord. Mais juste un café en vitesse.

Véra de Gassin glissa son bras sous le sien. Son sourire lumineux fit fondre les dernières réticences de Cécile, aussi sûrement qu'un glaçon en plein soleil de mois d'août. Elles quittèrent la place comme deux amies de longue date, ravies de se retrouver pour une parenthèse constituée de bavardages. Cécile se laissa guider jusqu'à la promenade du quai Branly, où Véra lui indiqua un banc, pile en face du carrousel.

— Asseyez-vous, je reviens avec de quoi faire grimper notre taux de caféine. Sucre, crème ?

— Tout noir, merci.

Elle s'installa sur le banc, tandis que Véra disparaissait au coin de la cahute proposant boissons, hot-dogs et crêpes en lettres clignotantes. Une poignée de gamins s'agglutinaient déjà autour du manège, trépignant au rythme de la musique. Un couple d'adolescents, en amazone sur des chevaux de bois voisins, virevoltait sans se lâcher la main. Les yeux de la fille étincelaient. Cécile se surprit à songer à ses premiers émois, à cet âge. Ils n'avaient pas eu cette teinte romantique. Jamais un garçon ne lui avait payé de tour de manège. La voix de Véra la sortit de ses pensées.

— Ils sont mignons, vous ne trouvez pas ? dit-elle en lui tendant un gobelet fumant. Tous naïfs et innocents…

— Puissent-ils le demeurer aussi longtemps que possible, répondit Cécile en aspirant une gorgée.

— Je lève mon verre à ces belles paroles pleines de philosophie !

Elles rirent de concert, et la conversation resta légère. Au grand soulagement de Cécile, Véra tint sa parole de ne pas mentionner Audrey, ou l'enquête à son propos. Après avoir épuisé le sujet de l'arrivée du printemps, elle lui parla de sa maison de campagne dans les Ardennes, où elle avait justement prévu de se rendre avec son mari pour un week-end prolongé. Elle lui décrivit la région environnante, le calme qui détonnait avec le rythme effréné de la capitale. Pourtant bien installée sur sa portion de banc, Cécile se sentait devenir pâteuse. La faute aux émotions en dents de scie des derniers jours, de sa consommation d'alcool et de son alimentation désastreuse, sans aucun doute. Son dîner chez Merlin avait constitué son seul vrai repas en quatre jours. Quant à la viennoiserie du matin, elle tanguait dangereusement dans son estomac. Elle déglutit à plusieurs reprises, chassa une remontée aigre à l'aide des ultimes gorgées de son café. En reposant son gobelet vide à côté d'elle, son regard survola le carrousel. Une brève seconde, les lumières l'aveuglèrent mais, surtout, elle eut l'impression que les chevaux avançaient par saccades, que la montgolfière se dégonflait comme un vieux ballon en baudruche percé. Elle cligna des paupières pour faire revenir les choses à la normale, en vain. Même les ados amoureux ressemblaient à un duo de robots mal programmés, se déplaçant secousse après secousse. Pour ajouter à son malaise, elle s'aperçut qu'elle avait perdu le fil de la conversation. Pire : que Véra s'était tue et qu'elle la dévisageait.

— Tu as de très jolis yeux, Cécile. Un peu plus tristes que ceux d'Audrey, mais très jolis quand même.

Cécile fronça les sourcils. Qu'est-ce que ça voulait dire ? Pourquoi cette référence à Audrey, tout à coup ?

— J'ai vécu de nombreux moments délicieux avec elle, tu sais. Sa beauté, sa candeur, son enthousiasme... Elle était unique. D'un certain côté, je regrette d'avoir dû en finir.

Le cœur de Cécile battait à tout rompre. Elle ouvrit la bouche pour répondre, mais fut incapable de prononcer la moindre syllabe. Les mots se formaient sans problème dans son esprit, mais la communication avec le reste de son corps semblait disloquée. Cela fit rire Véra.

— Tu as déjà de la peine à parler, n'est-ce pas ? C'est de ma faute, j'ai un peu forcé la dose. Surtout que la caféine booste les effets de mon petit cocktail maison.

Le café... Elle l'avait drogué ? Cécile voulut se lever, mais ne parvint qu'à faire dégringoler sa besace du banc.

— Non, mon ange, ne gaspille pas tes forces. Il t'en faudra pour marcher jusqu'à la voiture. On va y aller sans tarder, d'ailleurs. Attends, je prends ton sac...

Elle fouilla dans ses affaires, y dénicha son mobile.

— On va laisser cet engin... là, juste derrière le banc. On pensera que tu l'as perdu.

Elle se leva, lui présenta sa main. Cécile tendit la sienne, tremblante, et s'y appuya pour se redresser. Ceci alors que tout son être lui hurlait de s'enfuir. Dans sa tête, elle criait, appelait au secours, mais son corps s'ébranla pour marcher docilement à côté de Véra, qui la soutenait d'un bras. Elle ne cessait de sourire, de lui dire avec douceur que tout irait très bien, que sa voiture n'était pas garée loin. À deux reprises, Cécile parvint à stopper le mouvement de ses jambes. À chaque fois, Véra la gourmanda, amusée, et l'incita à poursuivre son chemin d'une simple pression sur le bras. Arrivée au parking, elle déverrouilla les portières d'une berline noire et fit monter Cécile du côté passager. Après s'être assise elle-même, elle boucla leurs ceintures de sécurité. Cécile sentit une intense vague de froid la traverser, vite remplacée par un afflux de sueur pompée par son cœur en déroute.

— Ça va ? Pas trop de palpitations ? On va en rester là pour la première heure de route. Après, si tu reviens à toi, je te ferai une petite piqûre. Rien de méchant, tu verras.

Elle se pencha sur elle, réarrangea ses cheveux, en passa quelques mèches derrière ses oreilles. Puis, comme sur une impulsion, elle l'embrassa sur la bouche, tandis qu'une de ses mains descendait le long de sa gorge, palpait ses seins, sa taille. Cécile sentit à peine la caresse, mais ses lèvres brûlèrent comme si on les avait baignées dans de l'acide. Le baiser terminé, Véra se renfonça dans son siège avec un petit sourire déçu.

— Quel dommage. Je crois qu'on aurait pu bien s'amuser ensemble. Ça m'aurait pris plus de temps avec toi qu'avec Audrey, mais je pense que j'aurais pu atteindre un résultat tout à fait satisfaisant. Je me demande à quoi j'aurais pu te contraindre. À te faire éliminer tes gentils collègues, comme Audrey supprimait ses petits vieux souffreteux ? À enfoncer une lame dans la poitrine du charmant commandant Kermarec, avec qui tu as passé la nuit ?

Elle enroula une mèche de ses cheveux noirs entre deux de ses doigts, songeuse. Cécile se sentait de plus en plus mal, écrasée par le martèlement de son cœur. Son champ de vision diminuait au fil des secondes, comme si une machinerie implacable la poussait vers une voie sombre et sans issue. Entendre le nom de Merlin la fit gémir d'angoisse. Un gémissement qui demeura intérieur, comme ses appels au secours.

— Hmm, non, je ne crois pas. Audrey a également refusé de mettre un terme à la misérable existence de son peintre maudit. Alors même qu'il l'avait abusée de mille manières différentes. J'ai dû me charger de lui faire payer ses crimes… Qu'importe, de toute manière. J'aurais adoré te garder pour moi, mais tu es un cadeau, Cécile. Une surprise. Raphaël t'a bien mérité. Je regrette juste que ses fantasmes soient à ce point plus… salissants.

Sur ces mots, elle démarra le moteur et manœuvra en marche arrière pour quitter sa place. Elle ne se départit pas de son sourire.

Cécile perdit connaissance avant qu'elle ne s'engage sur le périphérique.

32

Maison de vacances cinq pièces avec cave à vin, vue splendide

Le cœur proche de l'implosion, Cécile courait. La végétation de plus en plus inextricable gênait son avancée, rendait chaque foulée hasardeuse. Malgré les ronces, malgré les trous spongieux dissimulés par des plaques de mousse noirâtre, elle courait. Parce qu'il se rapprochait. Au travers de sa respiration chaotique, elle entendait le son de sa progression, juste derrière elle. Trop près.

Le serpent finit par la rattraper, s'enrouler autour d'une de ses chevilles. Cécile chuta lourdement dans un fourré gorgé d'humidité. Elle chercha à s'en débarrasser, mais ses ongles ne faisaient que déraper sur la peau lisse et résistante de l'animal, ses poings ne ralentissaient aucunement son indolente glissade. Il se vrilla le long de ses cuisses, de sa taille, chaque anneau plus serré que le précédent. Elle se retrouva prisonnière, ses bras coincés dans une gangue froide. Elle ne pouvait presque plus respirer. Ce n'est que lorsque le serpent atteignit le niveau de sa poitrine qu'elle remarqua avec horreur qu'il possédait deux têtes. Deux têtes identiques en tous points, quatre yeux reptiliens qui la fixaient avec un intérêt alléché. Les gueules s'ouvraient en alternance, puis se refermaient avec un *boum* étouffé. *Boum, boum, boum…*

Cécile écarta les paupières avec peine. Elles étaient si lourdes… *Boum, boum.* Aucun serpent géant ne pesait sur son corps. Elle était allongée sur un lit étroit, dans une pièce obscure. On lui avait ôté sa veste et ses chaussures. Elle cligna des yeux pour s'obliger à se réveiller. Il ne fallait pas qu'elle replonge.

Lentement, ses pupilles s'adaptèrent à la faible luminosité. Elle détailla les environs. Une ampoule nue pendait du plafond bas juste au-dessus d'elle. Deux parois en béton brut dans le coin sur sa gauche. Une ouverture, comme une porte dépourvue de battant, et, au-delà, des murs en pierres apparentes. Une portion d'étagère remplie de bouteilles de vin. Les dernières marches d'une volée d'escaliers. Une maigre lueur émanait d'un saut-de-loup. Une cave. Une cave dotée d'un élégant cellier tempéré. La maison de vacances des Gassin, dans les Ardennes.

Cette révélation finit de lui remettre les idées en place. Il fallait qu'elle se lève. Qu'elle trouve un moyen de s'enfuir. Elle remua sur la surface rigide et encaissa un premier coup dur. Elle était attachée. Le lit était en fait une couchette médicale et des entraves y étaient fixées. Des contentions souples, comme celles utilisées dans certains hôpitaux psychiatriques, emprisonnaient ses poignets et ses chevilles.

Certaines paroles de Véra resurgirent dans son esprit. « Raphaël assure une garde à l'hôpital. » Voilà donc l'endroit où il se fournissait en matériel. « Un week-end prolongé, jusqu'à mardi ou mercredi, une petite parenthèse enchantée. » Son cœur s'emballa sous l'afflux de terreur. « Tu es un cadeau, Cécile. Raphaël t'a bien mérité. » Qu'allaient-ils lui faire ? Et pourquoi ne parvenait-elle toujours pas à crier au secours ?

Boum, boum, boum. Des bruits de pas. Certains claquaient plus que d'autres. Les bottines à talons de Véra. Entre les déplacements, Cécile perçut des voix, sans toutefois saisir le contenu de la discussion. L'échange semblait vif. Puis, soudain, l'ampoule au-dessus d'elle s'illumina. La vision de Cécile se constella de taches colorées. Elle tourna la tête sur le côté droit. Quelqu'un descendait les escaliers.

— Tu perds complètement la notion de risque, Véra. L'amener ici est déjà une folie. Je préfère ne pas parler de cette idée abracadabrante de l'enlever sur un des sites les plus visités et photographiés de la planète…

Raphaël apparut en bas des escaliers. Véra le suivait d'un pas plus prudent.

— Arrête donc de t'inquiéter pour tout et pour rien, argumentait-elle dans son dos. Si j'étais mauvaise joueuse, je te signalerais que tu as commis bien pire.

La dernière marche franchie, elle entoura le bras de son mari de ses deux mains, dans une posture tendre. Un sourire enjoué aux lèvres, elle se colla à lui et susurra :

— Voilà mon cadeau, chéri. Mais si tu ne la veux pas…

Impeccable dans sa chemise bleue rayée et son pantalon à pinces, Raphaël détaillait le corps entravé de Cécile avec une évidente gourmandise.

— Bien sûr que je la veux ! s'écria-t-il.

Le ton la fit plus frémir que le contenu de la phrase. On aurait cru un enfant gâté, pressé de détruire une énième voiture télécommandée. Le sourire de Véra s'accentua et elle l'embrassa sur la joue.

— J'étais sûre qu'elle te plairait.

« Laissez-moi partir », chercha à dire Cécile. Mais aucun son ne sortit de sa gorge. Elle avait beau articuler et hurler chaque syllabe, elle était toujours incapable de parler. Véra eut un léger rire moqueur.

— Quel vilain petit poisson tiré de l'eau ! Ne perds pas de temps avec ça, mon ange. Tu vas vite acquérir d'autres sujets de préoccupation, crois-moi.

D'un mouvement sec qui traduisait une forme d'agacement, le psychiatre se dégagea de l'étreinte de sa femme.

— Quelle dose lui as-tu administrée ?

— Cinquante au début, et un peu plus de trente deux heures plus tard.

— C'est trop. Beaucoup trop. La fonction…

— Je n'ai pas ta force, chéri, répliqua Véra, vexée. Je m'imaginais mal lui courir après dans les champs à notre arrivée ici et la balancer en travers de mon épaule. Je lui ai donné juste de quoi la rendre docile, qu'elle descende au sous-sol sur ses jambes, et en silence.

Cécile gémit intérieurement. Donc, elle était venue ici d'elle-même ? Elle avait obéi lorsqu'on lui avait demandé de s'allonger, de tendre un bras après l'autre pour se laisser ligoter ? Elle n'en gardait aucun souvenir, et ça rendait l'évocation plus terrifiante encore.

— Tu sais que j'aime quand elles crient, murmura Raphaël en s'approchant de la table d'auscultation.

Il posa une main légère sur la hanche droite de Cécile,

qui chercha en vain à échapper à ce contact. Puis il reprit, tout en effectuant le tour de la couchette :

— Mais tu as raison. Son regard de biche apeurée… C'est parfait. Merci, chérie.

Au gré de ses pas lents, ses doigts parcouraient le corps offert en pâture devant lui. Une proie, Cécile était devenue une simple proie. Pour elle, persuadée de contrôler en permanence la situation, et surtout chacun de ses moments intimes avec des hommes, même inconnus, le contexte renvoyait une note ironique des plus amères.

— Je t'en prie, mon amour, répondit Véra. Je te devais bien ça. Bon, eh bien… je vous laisse vous amuser. Le dîner sera prêt dans une petite heure.

Raphaël lui dit à toute à l'heure, puis il reprit sa progression autour de Cécile, caressant ses jambes, ses flancs, ses cheveux défaits.

— Tu as peur ? demanda-t-il d'une voix suave.

De sa main libre, il déboutonna les deux premiers boutons de sa chemise. Le geste désinvolte, sa posture, son sourire charmeur… Il aurait pu être si séduisant, en d'autres circonstances. Dans un élan bravache, Cécile serra les mâchoires et le fixa dans les yeux. Elle n'acquiescerait pas. Elle ne lui offrirait pas cette satisfaction.

Mais son corps répondit pour elle en se mettant à trembler de la tête aux pieds lorsqu'il ajouta :

— Bien sûr que tu as peur. Et tu as raison.

Il se stoppa en bas de la table. Cécile comprit qu'il défaisait l'attache d'une de ses chevilles.

— Ne t'avise pas de me frapper. Enfin, d'essayer. Tu le regretterais.

Elle resta sage. Jusqu'à ce qu'il libère sa deuxième

jambe. Là, elle rua comme un animal enragé, tentant de l'atteindre d'un pied. Un coup de poing dans l'estomac lui coupa le souffle. Un autre fit jaillir des étincelles dans son champ de vision. Avant qu'elle ne puisse se recroqueviller, il la tira sur le côté. Elle dégringola de la couchette, ses bras toujours ficelés au haut de la surface plastifiée.

— Qu'est-ce que je viens de dire, Cécile ? Je t'ai avertie, pourtant.

Accroupie au bas de la table, un bras écartelé sous son propre poids, le poignet douloureusement serré par la contention, elle perçut à peine le son. Celui d'une boucle de ceinture qu'on décroche, suivi du sifflement du cuir contre du tissu.

— C'est de ta faute si je me vois dans l'obligation de te punir, Cécile.

Debout à côté d'elle, il enroulait sa ceinture autour de son poing. Une lueur démente s'était invitée dans son regard si affable. Il fit claquer la lanière à plusieurs reprises, riant du fait qu'elle cille à chaque fois. Elle ne la vit pas s'abaisser sur son dos, mais une douleur cuisante irradia jusqu'à sa nuque. Les coups se mirent à pleuvoir, déchaînés. Cécile hurlait dans le creux de son coude, sans un son. Et puis, soudain, ce fut fini. La ceinture rebondit sur le sol comme un serpent à l'agonie. Avant qu'elle ne puisse reprendre ses esprits, elle vit Raphaël contourner une nouvelle fois la table, détacher la base d'un des liens. Il tira sans ménagement sur son bras gauche, celui qui menaçait de se déboîter de son épaule, et le fixa ailleurs. Cécile se retrouva à plat ventre en travers de la couchette.

— Ne te réjouis pas trop. Je n'ai pas encore terminé.

Il retourna se placer derrière elle. Elle comprit ce qui l'attendait bien avant qu'il ne descende son pantalon le long de ses hanches. Bien avant qu'il n'ouvre la braguette du sien.

— Non ! Non, nononon, pas ça, non !

Ses cordes vocales avaient enfin produit un infime chuchotement. Il se pencha sur elle, son large corps dominant le sien.

— Ça fonctionne à nouveau ? Essaye encore…

— Je vous en supplie, ne faites pas ça. Laissez-moi partir.

Sa voix se résumait à un souffle, celui d'un animal aux abois. À la merci du prédateur.

— Super, murmura-t-il, le visage pressé contre sa joue. Je préfère quand c'est comme ça.

Il ponctua sa phrase d'un coup de langue sur le lobe de son oreille. Sa caresse dans ses cheveux se mua en une prise ferme. Il tira sa tête vers l'arrière, puis la projeta contre la couchette, une fois, deux fois, trois fois. En même temps, il farfouillait entre ses cuisses, enfonçant ses doigts dans les chairs sensibles pour qu'elle écarte les jambes. Comme elle se débattait, il lui lâcha la tête après une claque haineuse. Elle parvint à crier un peu plus fort.

— Ta gueule, salope !

Une nouvelle gifle à la base de son crâne, une brûlure sur ses cuisses. Il avait ramassé la ceinture. Malgré ses ruades, malgré ses tentatives de morsure, ses torsions pour lui échapper, il finit par l'amener dans la position voulue. Cécile sentit son sexe érigé se presser contre ses fesses. Elle l'entendit grogner en donnant un coup de reins. Une douleur intolérable se répercuta dans chaque fibre de son corps. Ses hurlements ressemblaient toujours à ceux d'un chaton malingre, mais ils excitaient Raphaël, qui l'abreuvait d'injures, la déchirait un peu plus à chaque va-et-vient. Il éjacula dans un cri rauque, s'affaissa contre son tee-shirt lacéré et resta là, le temps que son souffle s'égalise. Cécile sanglotait, le visage maculé de larmes et de morve. Il ramena ses cheveux en arrière avec douceur, embrassa son front.

— On va passer un excellent week-end, toi et moi. Mais pour l'heure, un bon dîner m'attend.

Il caressa encore ses hanches, ses fesses. L'une de ses mains se perdit dans son exploration, déboucha sur son ventre, plongea dans sa toison pubienne.

— Le dîner, le dîner ! se rabroua-t-il d'un air jovial. Ce n'est pas fair-play de me tenter de la sorte, Cécile…

Sur une petite claque à l'arrière-train, il reboutonna son pantalon et remonta les escaliers en hâte. Cécile l'entendit ouvrir la porte et appeler :

— Chérie ? Le vin, blanc ou rouge ?

— Rouge ! répondit la voix de Véra, plus loin. Un de ces italiens…

— *Con molto piacere !*

Il redescendit, se dirigea d'un pas vif vers les casiers à bouteilles. Après avoir fureté un instant, il en choisit une. Il l'exhiba à Cécile en repassant vers elle.

— Barolo. Un très bon cru. Je t'en apporterai un verre, s'il en reste.

Il repartit en sifflotant. Une seconde plus tard, Cécile se retrouva dans le noir. Pourtant, l'ampoule continuait de briller.

Elle émergea bien plus tard, au son d'un froissement de papier. Bien qu'elle n'ait aucun souvenir de s'être déplacée, elle se trouvait à présent allongée en position fœtale sur un matelas posé à même le sol. On lui avait ôté son jean ; un plaid marron la recouvrait jusqu'à la taille. Son dos pulsait sourdement contre les lambeaux de son tee-shirt. Quant aux autres messages de douleur, il valait mieux ne pas y penser. Elle remua un peu et remarqua soudain que ses mains n'étaient plus attachées. Elle était libre de ses mouvements.

Un nouveau bruissement. Elle se redressa sur un coude et découvrit Véra de Gassin, assise sur une chaise dans un coin de la pièce. Elle ne portait qu'un long déshabillé gris perle coupé dans un tissu soyeux et orné de dentelle. Une boîte de pralinés était posée en équilibre sur ses genoux.

— Tu en veux un ? proposa-t-elle en choisissant un losange surmonté d'une amande. Non ? Dommage.

Cécile retenait sa nausée à grand-peine. Au moins pouvait-elle à nouveau parler.

— Pourquoi faites-vous ça ? Vous et Raphaël ?

Véra croqua dans son chocolat, plaça une main élégante devant sa bouche tandis qu'elle mâchait. Elle jeta l'autre moitié dans le couvercle posé sur le sol.

— Parce qu'il ne faut jamais aller à l'encontre de ses pulsions, mon ange. C'est comme avec les sucreries. Si on s'en prive, cela finit par nous obséder. Alors on craque et on termine le paquet. Si l'envie est bien gérée, on ne devient pas obèse. Boulimique, peut-être…

Sur un éclat de rire, elle opta pour une truffe blanche, qu'elle enfourna d'un coup. Après s'être débarrassée de la boîte, elle se mit à arpenter la pièce, à bonne distance de Cécile. Elle marchait comme une danseuse étoile, ses pieds nus en pointe. Une bretelle de son déshabillé glissa le long de son épaule. Elle n'entreprit aucun geste pour la remettre en place.

— Si tu veux que je me montre franche, la psychiatrie moderne nous classifierait comme étant des psychopathes, Raphaël et moi. J'ai été sa patiente, tu le savais ? Non, bien sûr, mais qu'importe. En quelques séances, il a compris mon potentiel. Il s'est ouvert à moi, et, depuis, nous formons une véritable équipe. Chacun aidant l'autre à satisfaire ses besoins et désirs. N'est-ce pas merveilleux ?

— Vous êtes complètement timbrés, grinça Cécile entre ses dents.

Elle se mit en position assise, se hissa sur un genou. Si elle se montrait assez rapide, elle pourrait sauter sur cette dingue, la cogner assez fort pour qu'elle perde connaissance avant d'appeler à l'aide. Ce n'était pas gagné d'avance, surtout avec cette impression d'avoir été réduite en miettes. Chaque parcelle de son corps crissait de douleur.

— Tout à fait ! répondit Véra d'un air joyeux. Comme dit le dicton : qui se ressemble s'assemble.

Cécile s'élança tête baissée. Ses doigts frôlèrent une mèche de cheveux bouclés, un peu de satin. Juste avant qu'elle ne se retrouve stoppée net, à moitié étranglée. Elle retomba en arrière sur le sol en béton brut, aspirant précipitamment des goulées d'air saccadées. Ses mains se portèrent à sa gorge et ce qu'elle y découvrit l'horrifia.

Ils lui avaient passé un collier, fermé sur sa nuque à l'aide d'un cadenas. Une corde fine, mais résistante, y formait une boucle, son autre extrémité fixée à un crochet au plafond.

Ils l'avaient mise en laisse. Une laisse assez courte pour s'assurer de sa docilité.

Véra resta silencieuse le temps qu'elle puisse intégrer cette nouvelle donnée, puis continua son exposé, comme s'il ne s'était rien passé.

— Nos méthodes diffèrent, malgré tout. J'aime manipuler. Des femmes, de préférence. De jolies jeunes femmes. Je ne les mène pas toutes jusqu'au suicide. Raphaël, par contre… Il finit toujours par les tuer. Après un laps de temps plus ou moins long, il se lasse et…

Elle termina sa phrase d'un claquement de doigts sonore qui fit sursauter Cécile.

— Tout dépend de toi, mon ange. Si tu te montres assez sage, peut-être pourras-tu faire en sorte de prolonger notre séjour ici. Et, par là même, ton existence.

33

Tentatives

Merlin émergea avec l'impression d'avoir pris une cuite d'enfer, la veille. Il n'avait pourtant bu qu'une inoffensive petite bière blanche avec son dîner du samedi soir. Un repas pris à la table à manger, sans assiette vide à ses côtés. Il s'était couché satisfait, positif sur l'avenir, persuadé de dormir d'une traite. C'était sans compter sur la succession de rêves sans queue ni tête qui l'avaient harcelé tout au long de la nuit. Dans l'un d'entre eux, Juliane lui hurlait dessus, l'accusant de mauvais traitements et de tortures psychologiques devant un tribunal peuplé de moutons laineux. Dans un autre, ses collègues du commissariat le tenaient en joue dans une parodie d'exécution. Vêtue en tout et pour tout d'un string en dentelle noire et d'un képi de colonel, Cécile dictait le compte à rebours, un sourire aux lèvres. Derrière elle, Damien Vladek peignait la scène à grands coups de pinceau frénétiques.

Bien décidé à se débarrasser de ces images nocives, Merlin commença par un double espresso, avant de s'offrir une longue douche brûlante. La salle de bains s'était transformée en hammam lorsqu'il sortit de la cabine pour se frictionner avec une serviette.

Les lettres étaient tracées dans la buée qui tapissait le miroir. Son cœur marqua un raté à leur découverte. Il s'en approcha, les cheveux encore dégoulinants. L'humidité était telle que des gouttes brouillaient déjà le message. Un *V*, un *R* ou un *B*, impossible de le déterminer, un *O* puis enfin un *G* ou un *C*. *VROG. VROC. VBOG. VBOC*. Aucun de ces acronymes n'avait le moindre sens.

Avait-il produit cet étrange code lui-même, sans s'en rendre compte ? Il se voyait mal en somnambule, même au cours d'une nuit aussi agitée que la dernière. Alors qui ? Cécile, durant son bref passage, la veille ?

Soudain, il éclata de rire et toute tension quitta son corps. Juste à côté de ce paquet de lettres confuses, les gouttes de condensation dessinaient quelque chose qui ressemblait à un smiley orné d'oreilles de lapin. Et là, sur la gauche, on pouvait se représenter un parasol. Décidément, sa relation avec Cécile avait pour étrange effet secondaire de booster son imagination.

Soulagé, il passa un coup de serviette sur le miroir, pour tout effacer.

*

À son réveil, Cécile trouva un plateau posé sur le sol non loin de la descente d'escalier. Un gobelet de jus d'orange et deux croissants sur une assiette en carton y étaient joliment disposés, serviette en prime. Elle s'approcha avec méfiance. Elle s'était promis de ne plus jamais rien ingérer qui vienne de Véra de Gassin, mais elle crevait de soif. De faim, aussi, à sa grande surprise. Alors tant pis si ce petit déjeuner était truffé de substances hallucinogènes, de somnifères ou d'autres psychotropes.

Elle dut ramper et s'étirer de tout son long pour attraper le rebord du plateau, placé à la limite de son champ d'action. Elle le tira vers elle et engloutit son contenu à genoux. Puis elle s'empara de la serviette et retourna sur le matelas pour une évaluation sommaire des dégâts. Son slip était raide de sang séché. Rien à faire de ce côté-là, du moins pas sans eau chaude ni crème antiseptique. Grimaçant, elle tâta son dos. Malgré la violence des coups reçus, peu de coupures étaient à signaler. Son tee-shirt avait absorbé une partie des chocs. Il ne supporterait sans doute pas une séance supplémentaire. Elle retint un rire nerveux. Elle ne voulait pas non plus endurer ça une nouvelle fois. Il fallait que ça cesse. Des larmes perlèrent à ses paupières. Rage et désespoir mêlés. Ce n'était pas juste. Elle en avait déjà assez bavé au cours de sa putain de vie. Pourquoi est-ce que tout partait en vrille maintenant, alors qu'elle pensait s'être enfin stabilisée, alors qu'elle commençait à entrevoir la possibilité d'une existence équilibrée, voire heureuse ? Elle ferma les yeux, fort, et les larmes dévalèrent le long de ses joues. *Merlin*, songea-t-elle en guise de prière. *Viens me chercher. Sors-moi de là.*

Sa part fataliste lui rétorqua qu'il ne viendrait pas. Qu'après ses réactions excessives de la semaine passée, ses répliques assassines, personne au bureau ne s'inquiéterait pour elle. Après avoir constaté son absence, ses collègues concluraient à une démission.

Le temps qu'ils se rendent compte de la réalité, elle serait déjà morte depuis des jours. Comment s'y prendrait le bon docteur Gassin ? Pour l'exécuter et faire disparaître son corps ?

Non. Elle ne voulait pas écouter cette voix-là. Merlin comprendrait que quelque chose clochait. Il la chercherait.

Mais comment pourrait-il la trouver ? Aucun indice ne menait aux Gassin. Encore moins à leur charmante maison de campagne. En son absence, l'enquête sur Audrey Lernesse serait bouclée. Personne ne se douterait que les preuves accablantes récoltées chez Damien y avaient été dissimulées par Véra. Personne ne soupçonnerait jamais le brillant psychiatre, bien sous tous rapports. Encore moins sa délicieuse épouse.

Du temps. Cécile avait besoin de temps, pour entretenir cette minuscule étincelle d'espoir. Si elle pouvait rester en vie assez de jours, peut-être que Merlin la retrouverait. Elle ferait tout son possible pour y parvenir. Quitte à négocier avec le diable.

Un diable qui choisit le moment exact où elle prenait cette résolution pour ouvrir la porte de la cave et s'engager pieds nus dans les escaliers.

— Bonjour ! Comment était le petit déjeuner ? lança-t-il en découvrant le plateau vide.

— Parfait, merci, se força-t-elle à dire d'une voix exempte de sarcasme.

Il haussa un sourcil surpris.

— Que me vaut ce brusque accès de politesse ?

— Eh bien, j'ai eu du temps pour réfléchir… Et j'ai décidé de vous obéir, monsieur.

— Tu comptes m'obéir en tous points ? répéta-t-il,

apparemment stupéfait. En m'appelant monsieur, par-dessus le marché ?

— Oui. Je vous donnerai ce que vous souhaitez. J'y tâcherai de mon mieux.

— Testons cela, alors. Approche, mains tendues devant toi.

Il se débarrassa de sa robe de chambre anthracite, en retira la ceinture en étoffe. Il ne portait qu'un pantalon de pyjama en dessous. Cécile pouvait déjà voir une bosse en déformer le tissu. Elle se leva malgré tout et avança. Elle se retrouva tout contre lui, proche au point de sentir son haleine chargée d'un arôme de café, le reste de sueur nocturne sur sa peau. Assez proche pour tenter de le frapper. Un coup de genou dans les couilles, suivi d'un coude dans la mâchoire. Elle aurait pu essayer. Mais, même si elle parvenait à l'étourdir, comment se débarrasser de sa laisse ? Il était trop tôt pour une telle tentative. Par contre, si elle réussissait à l'amadouer… Elle lui tendit ses poignets joints. Il les lia avec délicatesse, prenant son temps pour serrer le nœud.

— Maintenant, touche-moi comme si tu avais envie de moi.

Dissimulant au mieux sa répulsion, elle posa ses paumes sur son torse, les fit courir en caresse le long de ses pectoraux bien définis. Il se mit à glousser lorsqu'elle atteignit son abdomen.

— Toi, tu as discuté avec ma femme, hier soir, hein ?

Cécile releva le regard vers lui, incertaine. Ses ricanements se muaient en fou rire irrépressible.

— Quelle jolie petite soumise tu fais. C'est Véra qui t'a soufflé ça pour s'amuser, bien sûr. Et toi, tu l'as crue.

Tu l'as crue ! Dis-moi, au cours de votre tête-à-tête, a-t-elle mentionné être une experte en manipulation ?

Un filet de sueur glacée s'écoula le long de son épine dorsale, réveillant certaines plaies à vif. Oui. Oui, Véra l'avait avertie. Elle s'était laissé berner comme une pauvre idiote.

— Oh, Cécile ! De toute évidence, ce ne sont pas tes capacités de déduction qui t'ont permis d'entrer dans la police.

Elle chercha à s'écarter de lui, mais il tenait encore les extrémités de ses liens. Son hilarité cessa brusquement et il lui administra une gifle qui l'envoya valser contre le mur le plus proche. Elle s'y raccrocha de son mieux, un goût métallique envahissant sa bouche.

— Tu vas faire tout ce que je voudrai, ça, c'est clair. Mais pas parce que tu seras d'accord. Tu obéiras parce qu'il n'y aura pas d'autre solution.

Hormis sa joue qui brûlait sous l'impact et la honte, tout son corps lui semblait engourdi. Glacé. Elle reconnut cette sensation de froid hors du commun. Pour la première fois, elle l'accueillit sans crainte. Peut-être parce qu'une menace bien plus tangible se dressait face à elle. Peut-être aussi grâce aux paroles qu'elle croyait percevoir, des encouragements venus de nulle part, plus proches d'une émotion brute que d'une véritable suite de mots.

Tiens bon, répétait le brouillard glacial qui l'envahissait. *Tiens bon, Cécile.*

Son arcade sourcilière explosa sous un coup de poing. Elle valdingua en arrière, suffoquant à cause du collier. Raphaël la frappa du pied dans les côtes et la corde se détendit d'un coup sec. Elle était retombée dans le périmètre où il lui était possible de respirer. Un autre heurt en plein ventre l'en empêcha toutefois. Sa vision commençait à danser, girouette en équilibre précaire dans une barque au beau milieu d'une tempête. Du sang ruisselait devant son œil gauche, tiède, rouge. Du même rouge vif que les mèches de la silhouette éthérée qu'elle crut voir passer au fond de la pièce, juste avant de s'évanouir.

34

Poltergeist

— Salut Kretz !

— Salut à toi, ô grand druide. Passé un bon week-end ?

Merlin se retint de justesse de répliquer « excellent ». Il nuança sa réponse et s'installa à son bureau avant que son collègue ne lui expose un épisode de plus des chroniques de ses folles aventures du samedi soir. Cécile n'était pas encore arrivée, mais la pile de dossiers sur son bureau et sa chaise à roulettes l'attendaient de pied ferme. Il démarra son ordinateur, profitant des sempiternelles mises à jour du lundi matin pour se chercher un café. En chemin vers le coin de pause, il croisa Nasser, le visage cerné et chiffonné.

— T'es tombé du lit ? s'étonna Merlin, peu habitué à le voir débarquer si tôt.

— Si seulement j'avais pu y grimper… Notre numéro trois a chopé une double otite. J'ai passé la moitié de la nuit aux urgences pédiatriques, pendant qu'Amina gérait le reste des troupes à la maison.

— Pauvre petit bonhomme.

— Pas un mot de soutien pour ses parents ? Nous sommes bien plus à plaindre. Enfin bon, vu la dose d'antibiotiques qui lui a été prescrite, on devrait tous pouvoir se rattraper ce soir.

Merlin le laissa avec une tape compatissante sur le bras. À son retour dans l'open space chargé d'une tasse remplie à ras bord, il trouva la pile de dossiers sur son bureau.

— Boris, c'est toi qui as déplacé ces documents ?

Le jeune homme se retourna pour hausser les épaules et lancer :

— Hein ? Non, pourquoi j'aurais fait ça ?

Les sourcils froncés, Merlin tâcha de se souvenir de ses propres gestes. Il avait beau creuser sa mémoire, il n'y trouvait aucune trace d'un tel acte. Un automatisme, sans doute. Il secoua la tête, provoquant une vague de café dans sa tasse ; il se hâta de la poser pour réduire les risques de tsunami. En ramenant sa main vide vers lui, il heurta la pile en équilibre précaire et l'un des dossiers tomba sur le sol. Le rabat cartonné s'ouvrit sur la première page, qui indiquait le nom de la victime : Antoine Jouvet. Le seul des quatorze cas recensés par Cécile ayant moins de soixante-dix ans. Merlin s'accroupit pour ramasser les feuillets, songeant qu'il lui faudrait examiner ce décès en particulier sitôt que Cécile arriverait. Il reposa le dossier en lieu sûr, s'assit. Sa main droite chercha sa souris. Elle se figea en plein vol.

L'écran de son ordinateur affichait une page de traitement de texte qu'il était persuadé de ne pas avoir ouverte, même par mégarde. Le curseur dévala la page blanche par à-coups, puis retourna se poster en haut à gauche avant une nouvelle dégringolade saccadée.

— Tu te trouves drôle, Kretz ?

Sa voix ne contenait ni l'assurance ni la pointe d'agacement voulue. C'était pourtant la seule explication logique. En cas de problème informatique, tout le monde se tournait vers Boris. Il avait déjà pris possession de son PC à distance des dizaines de fois pour le dépanner.

— Oh, de quoi tu parles ?

— De tes conneries, sur mon poste. Il t'arrive d'être d'un puéril…

Quelque chose chuta à ses pieds. Le dossier d'Antoine Jouvet. Ce même putain de dossier qu'il venait de reposer à plus de dix centimètres du bord du bureau de Cécile.

— Nom de…

Une enclume s'était précipitée au fond de ses poumons. Son regard passait de la chemise cartonnée à son ordinateur. Il n'osait toucher ni l'un ni l'autre.

— Tu me promets que tu n'as rien à voir avec ça ? dit-il en désignant l'écran à Boris, qui s'était levé.

— Non, rien du tout, enfin ! Je ne sais même pas ce que ça signifie, ton truc…

Il s'éloigna lentement de sa chaise, sans s'en rendre compte. Son cœur mettait au défi les consignes élémentaires de sécurité cardio-thoracique. Il tâtonna dans ses poches, trouva son mobile. La messagerie de Cécile s'enclencha dès la première sonnerie. Il raccrocha.

— Tu veux bien m'expliquer ton délire, là ? s'impatienta Kretz.

Nasser les avait rejoints en silence, une expression soucieuse sur le visage. Merlin considéra ses collègues l'un après l'autre. Leurs attitudes dubitatives. Voilà donc les réactions auxquelles Cécile devait faire face, à cause de ses visions. L'expérimenter soi-même était particulièrement désagréable.

— Un poltergeist. On est en plein poltergeist.

*

Le soleil pointait à nouveau par l'ouverture grillagée du cellier. Lundi matin, donc. Elle avait tenu un jour de plus.

La veille n'était plus qu'une succession de flashs dans sa mémoire, tous teintés de froid et de violence. Hormis une exception, qu'elle crut devoir mettre dans la catégorie des rêves, jusqu'à ce qu'elle prenne conscience qu'elle était habillée d'un ensemble de jogging trop grand pour elle, mais propre, et qu'elle embaumait la lavande jusqu'à la pointe des cheveux. Elle se revit plongée dans une baignoire deux places, découvrant avec terreur Véra assise sur le rebord. L'addition entre cette femme et les salles de bains ne donnait aucun résultat positif. Mais Véra ne lui tendait aucune lame de rasoir. Au contraire, elle lui frictionnait les épaules et les bras dans l'eau brûlante pour activer sa circulation. Elle enchaînait les paroles douces, les encouragements, comme face à un enfant malade. Trop faible pour réagir, Cécile s'était laissée aller dans la chaleur bienfaisante, les paupières lourdes. Véra lui avait alors montré un tout autre visage.

— Ne t'avise pas d'y rester aussi vite, sale petite pute ! Je refuse de rentrer à Paris avant mercredi. Secoue-toi !

Pour être sûre de se faire comprendre, elle avait

volontairement pressé l'un des gigantesques hématomes qui fleurissaient sur ses côtes. Le pic de douleur avait fait crier Cécile.

— Voilà qui me plaît mieux. Allez, fini de te prélasser. Tu n'es pas au spa.

Elle avait juste eu le temps de prendre une gorgée d'air avant de se retrouver la tête immergée, maintenue par une poigne sadique. De la suite, elle ne gardait aucun souvenir. Elle ignorait comment elle était ressortie de cette baignoire, ou qui l'avait ramenée au sous-sol, pour l'enchaîner comme un animal.

Elle n'avait plus aperçu la silhouette aux mèches rouges. Une coiffure qui la reconduisait loin en arrière, à une époque hélas déjà dénuée d'insouciance. Cette vision d'Alice, bien que teintée de tristesse et de mélancolie, lui avait insufflé un peu de force.

Mais elle était seule, à présent. Et, à l'étage, la porte venait de s'ouvrir à nouveau.

*

Le curseur s'était stabilisé au beau milieu de la page du traitement de texte et clignotait sagement. La sonnerie du téléphone fit sursauter de concert les trois hommes agglutinés devant l'écran.

— Autant pour notre fierté masculine, plaisanta Nasser. Bon, tu le prends ?

Kermarec vérifia le numéro – un appel transféré depuis la centrale –, puis se saisit du combiné avec prudence, comme s'il risquait de le mordre. Il s'annonça et se décomposa aussitôt. La voix à l'autre bout du fil appartenait à Agathe, la sœur de Cécile. Elle prenait un soin évident à se contrôler, mais l'inquiétude transparaissait malgré tout dans son ton.

— J'essaye de la joindre depuis samedi, expliqua-t-elle. Je tombe sans cesse sur sa messagerie. J'ai conscience que Cécile traverse une période difficile, mais ça ne lui ressemble pas de s'isoler à ce point. De couper volontairement tous les ponts.

Il ne savait pas quoi répondre. Le silence s'étira, de plus en plus lourd, avant qu'elle ne chuchote d'une voix tremblante :

— Qu'est-ce qui se passe avec ma sœur, monsieur Kermarec ?

Merlin serra ses tempes de sa main libre. Agathe ne comprendrait jamais l'engagement de Cécile dans les forces de l'ordre. Et elle ne pardonnerait pas à Merlin de l'avoir embauchée en tant que stagiaire alors qu'elle voulait sortir du système. Si en plus il lui arrivait malheur…

— N'allez pas vous imaginer quoi que ce soit de négatif, Agathe. La semaine dernière a été éprouvante, peut-être a-t-elle simplement oublié de recharger son mobile…

— Elle a l'habitude de le brancher chaque soir.

— Un problème technique, alors ? Elle a pu ne s'en rendre compte qu'hier. Peut-être est-elle justement en train de faire réparer son antiquité, ou d'en acheter un autre.

Il l'imagina faire la moue, assise à la table à manger de sa maison provençale. Il la prit de vitesse, enfonçant le clou avec une assurance qu'il était loin d'éprouver :

— Je lui dirai de vous rappeler sitôt qu'elle arrivera, d'accord ? Ne vous faites pas de souci.

Son stress avait encore grimpé d'un échelon lorsqu'il raccrocha après les politesses d'usage. Ses deux collègues étaient restés debout vers son poste, bras croisés. Il avisa Boris.

— Tu peux me localiser le mobile de Cécile ?

— Bien sûr que je peux. Mais pourquoi le ferais-je ?

— Tu plaisantes, j'espère ?

Il avait lâché ça avec plus d'emportement que prévu. Nasser s'interposa d'une voix calme et réfléchie.

— On est en droit de se poser la question, Merlin. Après tout, avec le numéro qu'elle nous a servi mercredi après-midi… Elle voulait partir. Sa lettre de démission nous parviendra peut-être avec le courrier du matin.

— Non. Elle a changé d'avis. Je le sais. Et, bordel, vous faites quoi de ça ? demanda-t-il en pointant son écran puis le dossier du doigt. Ce genre de phénomène ne se produit qu'en la présence de Cécile. Le fait que ça survienne sans qu'elle soit là… Ça ne peut signifier qu'une seule chose. Il lui est arrivé un truc.

— C'est peut-être un simple bug…

— Admettons. Mais comment expliques-tu que le dossier que Cécile voulait creuser joue au parachutiste sans que personne ne le touche ?

L'argument moucha Boris, qui chercha un renfort visuel auprès de Nasser. Celui-ci resta immobile un long moment, le visage impassible. Merlin sentit une vague de soulagement l'envahir lorsqu'il acquiesça.

— OK. Localisons son mobile, qu'on soit fixés.

*

Raphaël s'était montré moins brutal qu'à l'accoutumée. Peut-être n'avait-il pas non plus envie d'écourter ses vacances. Ni que son jouet lui claque entre les doigts trop tôt.

L'esprit de Cécile était passé en mode survie. Elle s'essuya les cuisses à l'aide d'un Kleenex, puis renfila son bas de pantalon en jersey, le serrant au maximum à la taille pour ne pas qu'il dégringole sans cesse. Elle exécuta une rapide tournée de ses blessures. Ses côtes remportaient sans conteste le palmarès de la plus forte douleur. Un joli neuf sur dix. Il lui faudrait en faire abstraction.

À genoux sur le matelas, elle explora à tâtons la fermeture du collier fermé autour de son cou. Elle secoua le cadenas à s'en démettre une vertèbre. Sans le moindre résultat. Elle ne pourrait rien de ce côté-là. Mais à l'autre extrémité de la corde…

Se remettre debout lui prit un temps fou. D'abord, examiner et réfléchir. Le crochet n'était pas fixé au centre de la pièce, mais plus près du mur en béton. Le matelas était posé à sa verticale. C'était le seul endroit où elle pouvait s'allonger sans crainte de s'étrangler durant son sommeil ou les assauts de Raphaël. La longueur de la corde lui permettait de parcourir un arc de cercle d'environ trois mètres de diamètre depuis ce point. Rien de plus. Rien qui lui laisse la chance d'atteindre le cellier et ses bouteilles, par exemple. Dommage. Un petit coup de rouge lui aurait fait bien plaisir. Un tesson enfoncé dans la gorge de son geôlier encore plus.

Elle retourna sur le matelas, y campa ses pieds et enroula la corde trois fois autour de sa main. Les dents serrées, elle se mit à tirer. Ses côtes protestèrent contre cet effort. Elle les envoya paître et tira de plus belle, jusqu'à se pendre de tout son poids à cette maudite laisse. Le crochet ne vacilla même pas. Durant plusieurs interminables minutes, elle testa plusieurs variantes. De longues tractions. Des coups brefs, mais répétés, en diagonale ou à la verticale. Épuisée, elle retomba à genoux.

La solution ne se trouvait pas là non plus. Mais il y en avait une, quelque part. Il *devait* y en avoir une. À elle de la dénicher.

*

— Je l'ai ! proclama soudain Boris. Je l'ai trouvé !

Merlin, qui compulsait nerveusement le dossier Jouvet, se précipita vers son poste. Entre deux tables, il télescopa Sofia, qui venait d'arriver.

— Oh, les mecs ? Vous avez trouvé quoi ? Le lieu du prochain *shooting* de Miss Univers pour une marque de lingerie ?

— Il est éteint, mais je peux vous dire qu'il se situe entre Suffren et Branly, indiqua Kretz sans se soucier de donner des éclaircissements à la nouvelle arrivée. Au niveau de la tour Eiffel.

— Qu'est-ce qu'il fiche là ?

— Elle se l'est peut-être fait voler.

— Vous voulez bien m'expliquer de quoi vous parlez, messieurs ? glissa Sofia.

Les trois hommes se lancèrent un regard, et Nasser finit par résumer :

— On s'inquiète pour Cécile. Elle n'est pas venue ce matin, n'a pas donné signe de vie à sa sœur depuis samedi et il… se passe des choses étranges dans ce bureau.

— Étranges comment ?

— À classer dans la catégorie « paranormal ».

La jeune femme ouvrit de grands yeux, puis croisa les bras avec un sourire.

— Vous vous payez ma poire, c'est ça ? C'est pas très gentil, les garçons…

— J'ai l'air de plaisanter ? coupa Merlin.

Elle le considéra un moment, et son sourire s'effaça.

— Non, en effet. Mais tu t'inquiètes peut-être pour rien. Je suis passée chez Cécile jeudi. On a bien discuté, mais j'ignore si ce que je lui ai dit l'a fait changer d'avis.

— Oh, bon sang, tu ne vas pas t'y mettre, toi aussi ! Elle avait décidé de revenir, je le sais !

— Comment peux-tu en être si sûr ?

Les poings sur les hanches, Merlin faisait face à ses trois collègues au regard inquisiteur. Il fourragea d'une main dans ses cheveux, puis soupira.

— On s'est revus entre-temps. Et merde, de toute manière, vous finirez bien par l'apprendre. On a passé la nuit de vendredi à samedi ensemble. Chez moi.

Boris siffla entre ses dents, mais se retint de proférer une obscénité. Sofia et Nasser, eux, réagirent avec la discrétion teintée de délicatesse qui leur était propre.

— Quand est-elle repartie ?

— Vers dix heures. Un peu après, peut-être.

— Elle avait son mobile avec elle ?

— Oui. Je l'ai vue le remettre dans son sac après l'avoir consulté en vitesse.

— Et ensuite…

— Je ne l'ai plus ni rappelée, ni quoi que ce soit. On s'était dit à lundi. Elle voulait continuer l'enquête.

Il retourna derrière son bureau, désigna du doigt le dossier Jouvet.

— Elle voulait y voir plus clair à propos de ce cas en particulier. Un homme mort suite à des complications post-op. Et voilà que ce dossier, justement, se balance de lui-même à deux reprises dans le vide. À mes pieds. Pour parfaire le tout, il y a mon poste qui…

Son index se figea, pointé sur son écran. Sa voix se désintégra en même temps.

— Quoi ? fit Sofia. Qu'est-ce qui se passe avec ton poste ? Réponds, Kermarec, on dirait que tu vas tourner de l'œil.

Boris la bouscula pour le rejoindre. Merlin se réjouit presque de le voir pâlir. C'était la preuve qu'il ne délirait pas. Que quelqu'un d'autre que lui pouvait lire les quatre lettres écrites en majuscules au centre de son écran.

VRDG.

VRDG. La veille, dans sa salle de bains, il avait cru reconnaître un *O* au lieu du *D*.

— Ça a un sens quelconque, pour toi ? murmura Kretz, impressionné.

— Oui et non.

— Tu peux te montrer plus clair ?

— J'ignore ce que ça signifie. Mais ce message est apparu hier matin sur le miroir de ma salle de bains.

— Les mêmes lettres ?

— Juste un peu moins lisibles.

À présent, Boris le regardait comme s'il lui avait poussé un troisième œil au milieu de front. Il s'écarta à reculons, comme pour se mettre à l'abri de ces inexplicables phénomènes et de leur source involontaire. Oh, bon sang, un truc pareil avait de quoi rendre fou. Pas étonnant que Cécile le vive aussi mal.

— OK. Je regarde ce que je trouve en tapant ce code sur le Net.

Merlin tira sa chaise et s'assit le plus loin possible de son clavier. Il ne voulait pas risquer de troubler l'arrivée de la suite du message.

— Merci. Quant à moi, je vais joindre le fils de ce pauvre M. Jouvet.

*

Cécile en était encore à cogiter lorsque son bourreau reparut, chargé d'une bouteille d'eau et d'une assiette en plastique où se côtoyaient une tranche de pain et une pomme coupée en quartiers.

— Voilà de quoi te requinquer un peu. Reste sage durant les deux prochaines heures ; Véra et moi allons nous promener. Il y a un charmant marché au village d'à côté. Ah, et inutile de te rompre les cordes vocales en hurlant à l'aide : le voisin le plus proche est situé à plus d'un kilomètre.

Il déposa la bouteille sur le sol, la fit rouler du pied. Cécile la laissa se stopper au bord du matelas. Elle fixa le sourire narquois de Raphaël d'un œil acide. Au moment où celui-ci faisait mine de remonter au rez-de-chaussée, elle l'interpella :

— Que plaiderez-vous, à votre procès ?

Il se figea, puis revint en arrière, le front plissé par la surprise.

— Je te demande pardon ?

Le ton, la formulation, tout était d'une parfaite politesse. Pas étonnant que ce taré soit sans cesse parvenu à passer entre les gouttes d'un quelconque soupçon. On lui aurait donné le bon Dieu sans confession. Pourtant, combien d'autres jeunes femmes avait-il massacrées avant elle ? Cécile serra les dents pour contrer un frémissement.

— Quelle excuse donnerez-vous pour expliquer vos saloperies ? Maman était méchante avec vous ? Elle vous privait de chocolat, vous enfermait à double tour dans la penderie ? Ou elle vous laissait seule avec Joli-Papa, qui avait tendance à tripatouiller votre petit zizi quand il avait trop bu ?

Raphaël resta un moment interdit, puis il éclata de rire.

— Tu veux jouer à l'apprenti psychiatre, Cécile ? Vraiment ?

Il tira la chaise en face d'elle, s'y assit à califourchon, les bras croisés sur le dossier.

— C'est plutôt courageux de ta part. Allons-y, si ça te chante. Donc, selon toi, j'ai eu une enfance malheureuse. Brimades, sévices, la totale.

— La plupart des immondices dans votre genre se réfugient derrière de telles explications pour justifier leurs horreurs. Au besoin, ils les inventent.

— Intéressant. C'est ton avis de flic ? Je pourrais effectivement te servir quelques anecdotes amusantes à propos de ma jeunesse. Mais je m'abstiendrai. Je suis ce que je suis, et je l'assume pleinement.

Il plaça son menton au creux d'une de ses paumes et sourit de plus belle.

— Ce que je trouve révélateur dans ton attaque, ma chérie, c'est qu'elle démontre que je ne t'ai pas encore brisée. Pas entièrement. Tu continues à croire que tes petits collègues viendront te sauver, hein ? Qu'ils débarqueront ici, toutes sirènes hurlantes, pour t'extirper de mes griffes ? Comme c'est romanesque.

Avec lenteur, il se leva, repoussa la chaise dans un coin de la pièce. Puis, toujours avec un soin étudié, il déboucla sa ceinture et la fit glisser des passants de son pantalon. Les mâchoires contractées, Cécile n'entreprit pas un geste.

— Personne ne viendra pour toi, Cécile. Il n'y a rien qui te relie à moi. Rien hormis Audrey, d'accord. Mais son meurtrier a été arrêté, non ? Mon adorable épouse y a veillé.

Comme la première fois, il enroula sa ceinture autour de son poing. Cécile le regardait faire, l'esprit traversé par des pensées qu'elle ne pouvait pas formuler. *L'enquête n'est pas close. Et Merlin sait que j'ai aperçu Véra tout près de chez moi. Il se doutera de quelque chose. Il s'en doute peut-être déjà, à l'heure qu'il est.*

Mais combien de temps lui faudrait-il pour remonter la piste jusqu'à elle ?

Raphaël se rapprocha pas à pas, savourant la situation. Surtout lorsque la peur prit le dessus et qu'elle se recroquevilla dans un coin, les bras levés en croix devant sa tête en guise de misérable protection.

— Je te briserai, ma jolie. Je m'acharnerai jusqu'à ce que cette étincelle d'espoir s'éteigne dans tes grands yeux tristes. Qu'importe le temps que cela me prendra, crois-moi, j'y parviendrai.

35

Cavalerie

Le bruit d'un marteau-piqueur résonnait en arrière-fond. Merlin perdit deux bonnes minutes à expliquer à son interlocuteur, Sébastien Jouvet, qu'il était de la police et qu'il souhaitait parler des circonstances entourant le décès de son père. Le tintamarre des machines s'éloigna enfin, une porte claqua.

— Voilà, on s'entendra mieux comme ça, monsieur…

— Kermarec.

— Je ne saisis pas le motif de votre appel, monsieur Kermarec. J'ai retiré ma plainte. J'ai enterré mon père et tourné la page.

— J'aimerais comprendre les raisons qui vous avaient poussé à déposer plainte en premier lieu.

L'homme émit un profond soupir avant de se lancer dans le récit encore sensible des derniers jours de vie de son père. L'opération planifiée – la troisième à cœur ouvert – et exécutée dans les règles de l'art. Les deux jours de soins intensifs franchis sans encombre. Et puis la dégringolade : hémorragie interne, arrêts cardiaques, tentatives de réanimation… mort.

— Plusieurs des médecins n'en menaient pas large. Ils ne s'expliquaient pas eux-mêmes ce qui avait pu si mal se passer. Je ne pouvais pas en rester là, accepter ce destin de manière fataliste. J'admets aussi que, sur le moment, le chagrin, la colère, tout ça m'a poussé à chercher un responsable. Je voulais voir quelqu'un puni.

Merlin se força à répondre avec douceur, bien qu'il soit en train de faire les cent pas devant son bureau en se bouffant les ongles.

— Une réaction fort compréhensible. Alors pourquoi ce brusque changement de décision ?

— J'ai discuté avec de nombreux toubibs, en médiation surtout. L'un d'entre eux m'a même contacté chez moi. Il a pris le temps de m'expliquer beaucoup de choses.

— Il vous a fait changer d'avis sur un simple appel ?

La voix de Sébastien Jouvet se fit hésitante.

— Deux ou trois, en fait. Il a su se montrer convaincant. Il me parlait sans utiliser tout ce jargon médical auquel je ne pigeais rien. J'avais plus l'impression de recevoir les conseils d'un ami. Mais… a posteriori, je me demande parfois s'il ne m'a pas un peu entourloupé.

— Il couvrait un collègue ? Voire son propre service ?

— Ça, je ne pense pas. Il n'avait rien à voir avec la chirurgie, c'était un psy…

Le cœur de Merlin fit une embardée. Il chercha des yeux l'écran de son ordinateur. Aucune autre lettre ne s'était ajoutée au message initial.

— Vous vous souvenez du nom de ce médecin ?

— Attendez… Il avait un nom à particule…

Merlin coupa la communication sans autre forme de procès. Il resta un long moment immobile, la main crispée sur le combiné.

— Gassin, dit-il tout bas. Véra et Raphaël de Gassin. VRDG.

Ses collègues l'avaient déjà rejoint, anxieux.

— Le psy d'Audrey Lernesse. Kretz, vérifie s'il bosse bien à la Pitié-Salpêtrière.

Boris tapa à la vitesse de l'éclair.

— J'ai une entrée. Il effectue une garde mensuelle aux urgences psychiatriques.

— Il a dû pistonner Audrey pour son job supplémentaire. Pour lui permettre de commettre des crimes, ni vu ni connu.

— Peut-être faisait-il pression sur elle, glissa Sofia.

— Pour l'instant, je me fiche de savoir si Audrey était un monstre ou une victime. Ce qui importe, c'est qu'il a Cécile. Je fonce chez ce pervers tout de suite.

— Tu comptes lui pointer ton flingue sous le nez comme ça ? contra Nasser. Sur une vague intuition ?

Merlin avait déjà enfilé une manche de son blouson. L'autre pendait à son bras comme un poids mort.

— Tu appelles ça une intuition ? Il te faut quoi de plus, bordel ?

Le ton monta entre les deux hommes, mais la dispute fut coupée net par un timbre autoritaire.

— Qu'est-ce qui se passe dans ce bureau ? On vous entend brailler depuis le bout du couloir !

Bartoli se tenait à l'entrée de l'open space, dans une attitude désinvolte qui contrastait avec sa grosse voix de baryton grincheux. Merlin jeta un regard noir à Nasser et entreprit de retrouver son calme.

— J'ai de bonnes raisons de penser que Rivère a été kidnappée par un témoin entendu dans l'affaire Lernesse, patron.

— Quelles sont ces raisons ?

À la grande surprise de Merlin, ses trois collègues se relayèrent pour raconter la suite des événements du début de matinée. Le tout de manière si posée que le récit en perdait son côté abracadabrant. Bartoli écouta patiemment jusqu'à la fin de leur exposé, puis réfléchit en se frottant le menton.

— Bien. Qu'attendez-vous, alors ?

— Vous m'autorisez à me rendre chez les Gassin ? lâcha Merlin, incrédule.

— Vous me prenez vraiment tous pour un connard obtus, hein ? Un fonctionnaire fanatique des formulaires en trois couleurs qui se fiche de ses hommes, surtout quand ils ont le mauvais goût d'être des femmes. Bon sang, Kermarec, on parle d'un membre de l'équipe qui a pour spécialité de tailler des bavettes avec des macchabées et de leur soutirer des conseils pour éviter de se faire canarder. Alors oui, je vous autorise de manière tout à fait officielle à aller botter le cul de tout individu susceptible d'attenter à son intégrité physique. Tant que vous ne vous rendez pas sur place sans renforts.

Cette tirade laissa tout le monde muet. Merlin finit par s'ébrouer. Il enfila sa deuxième manche de blouson. Sur un signe de tête, Nasser et Sofia s'habillèrent eux aussi. Kretz était déjà en train de harceler son poste informatique.

— Merci patron, dit Merlin. Je suis à deux doigts de vous embrasser.

— À choisir, je préfère que ce soit Rivère qui s'en charge quand vous l'aurez récupérée.

*

Cécile n'osait plus bouger. Chaque mouvement lui faisait mal. Même respirer était une torture.

Mais le pire, c'était la phrase de Raphaël, qui ricochait sans fin dans son esprit : « Personne ne viendra pour toi, Cécile. »

Personne de vivant, en tout cas. Parce que Alice apparaissait de plus en plus souvent dans la cave. Parfois, Cécile parvenait à distinguer son visage rond, presque encore enfantin, recouvert d'un maquillage tapageur. Ses longs cheveux châtains bardés de mèches rouge vif. Les sourcils froncés, elle l'observait d'un air désolé. Un peu comme si elle ne croyait plus non plus à ses chances de survie. Puis elle s'évanouissait dans la pénombre, laissant Cécile seule.

Raphaël la briserait peut-être, finalement.

*

Il n'y avait pas âme qui vive au cabinet rue des Thermopyles, pas plus qu'à l'appartement attenant. Nasser et Sofia passaient le bureau du psychiatre au peigne fin. Merlin, lui, contrôla une nouvelle fois chaque recoin, chaque placard, dans l'espoir de découvrir une cache secrète. Mais les pièces ne recelaient rien de plus spécial qu'un mobilier et une décoration hors de prix. Les Gassin vivaient dans une bulle de calme et de volupté. Une bulle qu'il comptait bien voir éclater.

La sonnerie de son mobile l'empêcha de soulever une troisième fois le matelas de la chambre principale. Boris se mit à parler aussitôt qu'il décrocha.

— Ton gaillard a posé une semaine de congé auprès de l'Association de psychiatrie. Et je peux te dire qu'il a l'embarras du choix, point de vue destination.

— Précise.

— Le couple possède deux maisons de vacances : un pavillon à Saint-Martin-de-Ré et une vieille ferme avec cinq hectares de terrain dans les Ardennes.

Merlin réfléchit à toute vitesse, puis quitta la pièce. Oser traîner une policière kidnappée jusqu'à l'île de Ré lui semblait peu concevable. La version ardennaise, par contre, sonnait plus réaliste. Juste deux heures de route pour parvenir à un endroit protégé, en rase campagne…

— Demande aux gendarmes du coin d'aller jeter un œil, de loin. Si Gassin l'a emmenée là-bas, il ne faut pas qu'il remarque qu'on est sur sa piste.

— Je fais ça et je t'envoie l'adresse. Victoire vient d'arriver, elle m'aidera à assurer le suivi.

— Entendu.

Toute l'équipe faisait bloc pour Cécile. Le cœur serré par la gratitude, Merlin héla Sofia et Nasser, qui abandonnèrent leurs fouilles. Une minute plus tard, ils démarraient dans un crissement de pneus, le gyrophare hurlant sur le toit de la voiture.

*

Raphaël respirait lourdement. Il se déplaçait de long en large tel un boxeur sur un ring, les poings serrés, son torse nu maculé de projections rougeâtres. Cécile le suivait du regard, trop épuisée pour réagir ou même essuyer le filet de bave et de sang qui lui coulait de la bouche.

— Je crois qu'on va en rester là pour le moment, décida Raphaël. On poursuivra plus tard.

Il se pencha sur elle pour lui caresser les cheveux. Le seul geste qu'elle pût entreprendre fut de fermer les yeux. Prétendre de toutes ses forces qu'il n'était pas là, à la toucher de façon si douce, si intime.

— Tu vois ? On y arrive, gentiment. Ça ne prendra plus très longtemps, Cécile.

La porte s'ouvrit à l'étage, interrompant ses paroles hélas persuasives. La voix de Véra retentit du haut des escaliers.

— Raphaël ? Remonte, vite. On a de la visite.

Raphaël grogna une bordée de jurons. Il voulut passer sa chemise, remarqua les traînées sanglantes qu'y laissaient ses mains et gronda à nouveau. Le vêtement roulé en boule dans son poing, il gravit les escaliers quatre à quatre. Sans éteindre la lumière au sous-sol.

Sans bâillonner non plus Cécile d'une quelconque manière.

Un espoir fou jaillit du creux de son ventre, s'élança en vagues successives le long de ses veines, lui donnant la force de se redresser. Aux aguets, elle attendit le meilleur moment pour se signaler.

*

Merlin avait rarement eu autant envie d'étrangler quelqu'un.

Le responsable de la gendarmerie locale, un sombre connard qui se prenait pour un général en guerre, avait décidé d'investir les lieux sans attendre. D'« envoyer la cavalerie », selon ses propres termes. Depuis Paris, Boris avait tout essayé pour le faire changer d'avis. En désespoir de cause, il avait contacté Merlin et ses deux acolytes, qui avaient à peine dépassé Reims. Nasser avait eu beau se muer en pilote de formule 1 sur l'autoroute et concurrencer les meilleurs coureurs de rallye sur les plus petits chemins, la messe était dite à leur arrivée à Lonny.

Sa colère bouillonnante l'empêchait de traiter avec calme le bilan de la perquisition des gendarmes. Il ne savait pas s'il devait se réjouir ou non de ce fait tout simple : la maison des Gassin était vide. Plus précisément, cette ruine était inhabitable. Des charpentes pourries par des infiltrations d'eau, des murs prêts à s'effondrer, peu voire pas de carreaux entiers aux fenêtres. L'équipe en uniforme et leur imbécile de chef palabraient à bonne distance des trois officiers de la capitale. Ils semblaient impatients de retrouver la chaleur douillette de leur caserne.

De quelle manière agir, maintenant ? Rentrer bredouilles à Paris ? Demander à des collègues à l'île de Ré d'aller fouiller cette autre résidence secondaire, qui, avec de la chance, se révélerait plus viable ? Reprendre le tout au début, avec un peu moins de précipitation ? Merlin aurait aimé se calmer, s'accorder le luxe d'un peu de recul, mais il s'en sentait incapable. Cécile avait bel et bien disparu : la patrouille envoyée chez elle, à Massy, n'avait trouvé qu'un appartement vide, plutôt bien ordonné. Elle s'était donc volatilisée dans la matinée du samedi. Juste après l'avoir quitté en lui disant « à lundi », et juste avant de perdre son mobile dans les environs de la tour Eiffel.

Sofia interrompit ses ruminations en tendant devant son nez son téléphone enclenché sur haut-parleur.

— Boris a du neuf, lui souffla-t-elle, avant d'ajouter plus haut : Vas-y, mon grand, on t'écoute. Et on croise les doigts pour que tu nous apportes du concret.

— J'ai mieux que ça, cocotte, répondit la voix grésillante de Boris. Victoire vient de visionner des heures de vidéosurveillance en accéléré. Elle a repéré Cécile sur l'une des captures.

— Où ? ne put s'empêcher de s'écrier Merlin. Elle est avec quelqu'un ?

— Cool, Kermarec. Quai Branly, et on la voit bien avec une personne. C'est là que j'ai été bluffé, et que je serais sans doute passé à côté sans la clairvoyance de notre bien nommée Victoire. Les gars, Cécile n'a pas été enlevée par votre psy. Mais par sa femme.

Boris marqua une pause un rien théâtrale, mais qui permit aux trois enquêteurs d'échanger des regards stupéfaits.

— Sur la bande, on la voit clairement suivre une femme aux cheveux sombres. Elles marchent bras dessus, bras dessous, Cécile de manière un peu saccadée. Comme si elle tenait une méchante cuite, et que l'autre lui proposait de la raccompagner chez elle. On les retrouve sur un second enregistrement, qui les montre en train de grimper dans une Audi de couleur foncée. Une autre bagnole cache le numéro d'immatriculation, mais le couple Gassin possède effectivement une A4 noire.

— Continue, ordonna Merlin en suppliant intérieurement pour que tout cela débouche sur une piste encore chaude.

— Notre marabout aux yeux bioniques a alors enchaîné sur les vidéos des stations de péage. L'Audi en question a franchi celui de Thillois un peu moins de deux heures après avoir quitté Branly.

— Ça n'a pas de sens, glissa Sofia. Pourquoi seraitelle venue par ici ? Elle savait qu'elle ne trouverait aucun refuge dans cette bicoque pourrie.

— Voilà le moment où vous allez m'adorer autant que Victoire. Votre couple de bourges pétés de thunes possède un autre bien immobilier dans la région, à moins de cinquante bornes de votre localisation actuelle. Certains rupins fraudent le fisc en achetant leur maison de vacances sous le nom de jeune fille de madame. Eux ont été encore plus loin : selon le contrat de vente, la maison appartient à la mère de Véra de Gassin, qui n'a jamais porté le même nom de famille que sa fille. Malin, hein ?

— Tu as l'adresse, j'imagine ?

— J'ai même les photos du dossier de l'agence immobilière. Une magnifique maison de cinq pièces, avec cellier tempéré et vue imprenable. Le dégagement pose justement problème. D'où que vous débarquiez, vous serez repérés en moins de deux minutes.

Ce détail négatif ne ternit pas le bel optimisme qui avait envahi Merlin. Ils pouvaient s'appuyer sur des certitudes, désormais.

— On trouvera une solution. Merci Kretz. Merci à tous les deux.

Sofia coupa la communication et rangea son mobile

dans la poche de son manteau. Elle observait le ciel qui s'assombrissait déjà. Merlin pouvait deviner le cours de ses réflexions. Cécile était séquestrée depuis plus de quarante-huit heures. Une telle durée n'augurait jamais rien de bon.

*

— Tu peux arrêter de t'époumoner, chérie. Ce n'était que le paysan du coin. Chaque fois qu'il voit notre cheminée fumer, il passe avec son tracteur pour nous proposer des produits du terroir.

Les cris de Cécile s'éteignirent dans sa gorge à vif. Elle hurlait sans discontinuer depuis un bon quart d'heure. Raphaël s'approcha d'un pas conquérant, sûr de sa complète domination. Elle se laissa glisser le long du mur jusqu'à se retrouver accroupie.

— Il faut que je te fasse goûter ses saucissons secs. Rustiques, mais délicieux. Le type aurait fait un boucher hors pair… Dommage qu'il soit sourd comme un pot.

Ses lèvres se tordirent en une petite moue amusée, puis il entreprit de retrousser les manches de sa chemise propre.

— Bon, on reprend là où on en était restés ?

36

Emmène-moi

D'un simple regard, ils s'étaient mis d'accord : ils se passeraient de l'aide encombrante des gendarmes. Ils prirent congé sans les informer des dernières nouvelles reçues, pressés de se rendre à la nouvelle adresse dictée par Boris. Tant pis si le général en herbe se vexait.

Le jeune gars se planta de manière si inattendue au milieu de leur chemin que Nasser faillit le renverser. Il portait sa veste d'uniforme à bout de bras, l'indication *Gendarmerie* dissimulée dans les plis du tissu. Apparemment pas impressionné d'avoir frôlé la mort, il tapota à la vitre de Merlin. Avant de s'y pencher, il contrôla que ses collègues avaient pris le large.

— Je peux vous retenir une toute petite seconde ? Mon oreille a traîné pendant que vous discutiez au téléphone, tout à l'heure. J'ai entendu la mention d'une adresse que je connais bien. Si vous vous rendez là-bas, vous pourriez avoir besoin de moi.

Merlin lui lança un regard qui signifiait qu'il avait intérêt à se magner le train. Message reçu cinq sur cinq par le gaillard, qui exposa ses raisons de manière claire et concise.

— Mon beau-frère est couvreur. L'an dernier, il a refait une partie de la toiture de cette maison. Je suis passé le chercher ou le déposer plusieurs fois. Ce que je peux vous dire, c'est qu'il vous sera difficile d'arriver là ni vu ni connu.

— Que nous conseillez-vous ? demanda Sofia depuis le siège arrière.

Le jeune gendarme lui adressa un sourire charmeur.

— D'attendre la nuit, tout d'abord. Pour le reste, fiez-vous à moi. Je connais ce coin-là comme ma poche.

*

Plus aucune luminosité ne filtrait par le soupirail. Le soir était revenu, tout comme la sensation de froid lancinante. Cécile ne la trouvait plus désagréable. Elle engourdissait ses membres, étouffait ses douleurs dans un cocon.

Une voix chuchotait tout près d'elle, anxieuse. Elle ne la percevait que par moments, comme si elle traversait un mur invisible. Une barrière faite de vent immobile et de cristaux de néant.

— Il y a trop de sang, beaucoup trop… Je sais pas quoi faire…

Cécile chercha l'origine de ce monologue inquiet, en vain. Sa vision se brouillait, ses paupières se fermaient malgré elle. Elle enfonça son front dans le matelas souillé.

Plus rien ne comptait vraiment. L'unique chose qu'elle redoutait encore, c'était de se retrouver seule pour de bon.

*

Une branche de ronce s'agrippait à sa manche. Merlin s'en extirpa d'un geste sec et retourna à son observation. En contrebas, la maison de vacances des Gassin apparaissait comme une chaumière de conte de fées, avec ses fenêtres éclairées et le panache de fumée blanche que crachait sa cheminée.

— Cette porte-là ? À gauche de la baie vitrée ?

Le jeune gendarme envoyé par la Providence confirma d'un signe de tête.

— Exact. Par contre, comme toutes les autres, elle est reliée au système de sécurité. La franchir lancera une alarme digne d'un concert d'AC/DC, sauf bien sûr s'ils ont oublié de la brancher.

— On prendra donc le temps d'admirer la déco après les avoir neutralisés. À quatre contre deux, ça devrait aller.

Merlin s'élança en premier, tête baissée. Sans un mot, le reste de la troupe le suivit en file indienne.

*

— Non ! tonnait Raphaël, accroupi à côté d'elle. Ah non !

Il la gifla de toutes ses forces. Cécile sentit sa tête rebondir de gauche à droite, mais la douleur ne fut qu'une sensation diffuse. Raphaël la fit rouler sur le dos, écarta ses jambes. Un sang poisseux et glacé imbibait son pantalon, des cuisses jusqu'à ses reins.

— Ça ne doit pas se passer comme ça. C'est moi qui décide quand tu vas mourir. Tu entends, connasse ? C'est moi qui décide ! Moi !

Il se pencha sur elle, son visage défiguré par la rage à quelques centimètres à peine du sien. Une veine pulsait sur son front en sueur. Le regard de Cécile dériva sur le côté. Vers la silhouette qui venait de resurgir à l'entrée de cellier.

— Je n'ai… plus peur, murmura-t-elle.

— Quoi ? Qu'est-ce que tu racontes ?

Mais Cécile ne s'adressait pas à lui.

— Emmène-moi, Alice. S'il te plaît, emmène-moi.

Le visage d'Alice lui apparaissait clairement, à présent. Au travers des larmes qui barbouillaient son maquillage de gamine provocante, elle lui offrit un sourire timide, mais chaleureux. Cécile le lui rendit.

— Non, sale petite pute, *je* décide quand tu crèves, pas toi !

D'un coup de pied, Raphaël la fit dévaler du matelas. Cécile ne put rien entreprendre pour amortir sa chute. Depuis le sol, elle vit Véra, adossée confortablement contre le mur de la cave, un rictus satisfait sur les lèvres. Elle profitait du spectacle. Celui de son mari transformé en bête furieuse, prêt à massacrer une innocente à mains nues.

À quelques pas de distance, la silhouette d'Alice crépita de colère. Des étincelles illuminèrent le puits d'obscurité où plongeait Cécile.

Fou de rage, Raphaël s'agenouilla au-dessus de sa poitrine, saisit son crâne à deux mains.

— Moi ! hurla-t-il en le fracassant contre le sol en béton. Moi !

Des flammèches multicolores envahissaient le champ de vision de Cécile. Malgré le froid qui engourdissait son corps, la douleur grimpa pour atteindre un niveau intolérable. Entre deux éclairs violacés, elle crut distinguer Alice. Les poings serrés, la jeune fille aux cheveux rouges fixait ses bourreaux. Plus de trace de douceur sur son visage. À la fois grave et résolue, elle redressa le menton et écarta lentement les bras.

Le sol se mit à trembler.

Dans le cellier, les bouteilles s'agitèrent et tintèrent les unes contre les autres. Quelques-unes s'écrasèrent par terre, leur contenu ruisselant sur le béton.

Surpris par ce phénomène, Raphaël interrompit ses coups. La tête de Cécile retomba mollement sur le côté. Comme en prise à une hallucination, elle admira Alice. Elle n'avait plus rien d'une adolescente effrontée. Invisible aux yeux des Gassin, elle irradiait de beauté et de puissance. Sa silhouette grandissait dans une mouvance d'ombres et de lumières aveuglantes.

Majestueuse.

Redoutable.

Tout cela était-il seulement réel ?

Le grondement s'amplifiait au gré du geste d'Alice. Soudain, elle rejeta la tête en arrière dans une posture exaltée, les paumes ouvertes en direction du ciel.

D'autres formes éthérées se cristallisèrent autour d'elle.

Et l'enfer se déchaîna au sous-sol de la maison.

*

Plutôt que de perdre du temps à la crocheter, Merlin fit sauter la serrure d'une balle de pistolet. Il fit pivoter le battant de la porte, prêt à entendre retentir le hurlement de l'alarme. Il ne s'attendait par contre pas du tout à se retrouver repoussé comme un fétu de paille par ce qui s'apparentait à une onde de choc.

— Putain, c'était quoi, ce truc ?

Les fesses dans le gravier, le gendarme ouvrait de grands yeux paniqués.

— Vous la sentez ? demanda Sofia. Cette vibration… Un tremblement de terre ?

— Trop régulier, jugea Nasser. On entre.

Armes à la main, les trois enquêteurs se dispersèrent dans le rez-de-chaussée. Merlin se dirigea droit devant, observant de part et d'autre. La table avait été dressée pour le dîner. Sur la cuisinière, de l'eau chauffait dans une casserole à spaghettis. Une enceinte diffusait une musique douce en sourdine.

Le sol continuait de trembler. Et puis, soudain, un fracas accompagna le phénomène, suivi d'une série de cris à faire froid dans le dos.

Tout cela provenait du sous-sol.

*

Une tempête fantasmagorique rabattit des mèches poisseuses de sang sur le front de Cécile. Elle tenta de lever une main en direction d'Alice. Elle n'aspirait plus qu'à la rejoindre. À se fondre en elle et disparaître. Blottie contre Alice, il n'y aurait plus de souffrance. Juste un infini clair et serein.

Elle se sentait tellement fatiguée. Son cœur manqua un battement, puis un autre. Garder les paupières ouvertes lui demandait trop d'énergie. Elle ne perçut plus que des flashs chaotiques de la scène. Des sensations lointaines. Étrangères. Irréelles.

Véra, tétanisée contre son mur, les yeux agrandis par l'épouvante.

Le froid, plus mordant que jamais.

Raphaël, qui cherchait à atteindre les escaliers à quatre pattes.

Une déflagration secoua Cécile de part en part. Le tableau se fragmenta comme si elle l'observait au travers d'un kaléidoscope. Des fragments de verre provenant des bouteilles brisées tourbillonnèrent dans la pièce comme sous l'emprise d'une tornade, puis s'abattirent dans une impitoyable grêle scintillante.

Et soudain, tout s'arrêta. L'air se stabilisa autour de Cécile. L'engourdissement gagnait chaque fibre de son être, effaçant tout sur son passage.

Un nouveau raté dans sa poitrine. Plus assez de force pour respirer.

Alice laissa retomber ses bras le long de son corps. Elle était redevenue la jeune lycéenne que Cécile connaissait. Elle lui sourit avec douceur.

Cécile s'apaisa. C'était maintenant.

Elle était prête.

*

Raphaël de Gassin surgit de la porte menant à la cave comme un diable jaillissant d'une boîte de farces et attrapes. Ses yeux fous roulaient dans ses orbites.

— Faites-moi sortir de là ! supplia-t-il.

Il ne se débattit même pas. Au contraire, il leur tendit ses mains tremblantes et couvertes de sang. Nasser lui passa les menottes et l'emmena sous bonne garde dans un coin du salon.

Une odeur âcre remontait des escaliers, mélange piquant d'alcool et de sang. Merlin et Sofia s'y engagèrent l'un après l'autre, pistolet au poing. Ils tombèrent tout d'abord sur Véra de Gassin, affalée contre un mur, les yeux grands ouverts. Criblée de morceaux de verre de la tête aux pieds. Merlin enjamba son corps sans autre forme de procès. Il aurait été bien incapable d'expliquer ce qui avait pu se produire dans cette cave mais, pour l'heure, un seul regret l'habitait : que Gassin n'ait pas subi le même sort que sa femme. Un sentiment qui s'intensifia quand, au détour de la cloison, il découvrit Cécile. Le cours du temps se dérégla alors, allongeant chaque seconde de manière intolérable.

Cécile ne ressemblait plus qu'à une poupée brisée, étendue dans une flaque de sang. Lui enlever l'ignoble collier qui enserrait son cou leur prit déjà de longues minutes. Un temps précieux, au cours duquel Cécile cessa de respirer.

Merlin entama aussitôt un bouche-à-bouche, s'efforçant de ne pas penser à toutes les autres fois où ses lèvres s'étaient posées sur celles de Cécile. À leur douce chaleur. Agenouillée en face de lui, Sofia stimulait le cœur de la blessée d'un massage énergique. Le temps s'étira encore, infini, jusqu'à ce qu'une équipe d'ambulanciers arrive enfin.

Le rythme cardiaque de Cécile était réduit à néant. Les soignants extirpèrent un défibrillateur de leur sacoche. Merlin, qui s'était reculé dans un coin, regarda ce corps qu'il avait tant aimé serrer et caresser se tordre et convulser sous les décharges. Il sentit à peine la main de Sofia venir presser son épaule, compatissante.

Il baissa la tête, laissant le champ libre à un flot de larmes. Sofia appuya son front contre son bras avec un sanglot.

Ils se redressèrent dans le même mouvement incrédule lorsqu'un des ambulanciers s'écria d'une voix chargée d'espoir :

— On a quelque chose ! Faible, mais présent ! Allez, on fonce !

Les horloges cosmiques devinrent folles. Tout s'accéléra. Le brancard. Le sprint jusqu'à l'ambulance. Une nouvelle réanimation en cours de route. Le suivi par radio, les termes médicaux, bradycardie, arrêt, hémorragie, hypothermie. L'hôpital. L'échange rapide d'indications entre soignants, la prise en charge par une équipe de chirurgiens. Et puis, en bout de course, la salle d'attente. Les minutes redevinrent des minutes, les heures des heures. Le mauvais café à l'automate. Les informations glanées à la sauvette dans le couloir. Le mélange d'espoir et d'angoisse.

Enfin, la chambre éclairée par les premières lueurs de l'aube. Un mouvement faible au fond du lit. Un sanglot étouffé.

— Tu es venu me chercher.

À peine un chuchotement. La plus belle des musiques pour Merlin. Dans tout son être, la lumière venait de jaillir au travers de milliers de fissures.

Épilogue

— Voilà notre train. Viens, Olivia, on va laisser Tatie Cile dire au revoir.

Agathe pressa doucement le bras de Cécile avant de le lâcher, comme pour lui signifier qu'il n'y avait rien à craindre, qu'elle ne s'éloignait que de quelques mètres. Juste la distance nécessaire pour lui accorder un peu d'intimité, mais pas assez pour la perdre de vue. Sa sœur la remercia d'un sourire. Agathe avait pris la direction de sa convalescence dès le moment où elle avait débarqué à Paris, en mode mère poule intransigeante, ses deux enfants en guise d'atout charme. D'emblée, elle avait affiché sa ferme intention d'emmener dès que possible sa sœur en Provence. Loin de la capitale, de son job et de toutes les horreurs qu'elle avait pu traverser.

Une telle prévenance aurait exaspéré Cécile, avant. Les choses avaient changé. Ces douze jours d'hospitalisation avaient effacé la plus grande partie de ses séquelles visibles, mais pas les autres, plus profondes. Certains traumatismes s'étaient solidement ancrés dans sa chair et dans son âme. Elle ne gardait leurs effets à distance que grâce à un lourd cocktail de substances psychotropes. Et encore. L'angoisse irrationnelle, mais malgré tout omniprésente, de voir surgir Raphaël de Gassin dans son dos la taraudait jour et nuit. Il n'était pourtant pas près de ressortir de prison. Personne n'avait pu expliquer ce qui s'était réellement passé dans la cave de la charmante maison de campagne. Mais même le plus brillant des avocats ne pourrait effacer tous les témoignages, ni faire disparaître les preuves, comme ces deux cadavres enterrés au fond du jardin. Savoir tout cela n'atténuait toutefois pas les angoisses de Cécile. Une terreur quasi permanente qu'elle était incapable d'exposer à un psy. Celle qui était venue lui rendre visite au cours de son séjour à l'hôpital avait l'air très sympathique et compétente, mais Cécile avait hurlé, les mains plaquées sur ses oreilles, jusqu'à ce qu'elle quitte sa chambre. Personne n'avait osé l'en blâmer.

Agathe hissa Florent sur sa hanche et se posta avec Olivia près de l'entrée du wagon. Cécile se retourna vers Merlin, qui avait déposé sa valise à ses pieds. Bien qu'il ait insisté pour emmener la petite troupe jusqu'aux portes du train, il n'avait pas dit grand-chose le long du trajet entre Massy et la gare de Lyon, et sa mine sérieuse donnait à l'instant une note solennelle. Cécile sentit une boule se former dans sa gorge. Elle gagna en volume lorsque Merlin s'approcha avec prudence, ses beaux yeux bleu marine rivés aux siens, et enveloppa son visage de ses mains solides.

— Tu reviendras ?

— Je n'en sais rien, Merlin. Honnêtement, je ne sais pas si j'en aurai la force. Pour le moment, je ne veux pas me projeter aussi loin. Je préfère voir au jour le jour, profiter du soutien de ma sœur. J'en ai besoin.

— Je comprends.

Il caressa l'une de ses joues du pouce, puis se pencha sur elle pour l'embrasser avec une infinie douceur. Cécile se fondit dans ce baiser. Peut-être le dernier.

— Maman ! Le monsieur, il embrasse Tatie comme un amoureux ! chuchota Olivia à plein volume.

Son petit frère renchérit d'un babil enthousiaste qui noya les remontrances de leur mère. Le front collé à celui de Merlin qui souriait, Cécile retint un rire. Le petit duo saurait mieux que quiconque la ramener à la vie. Même si elle détestait l'idée de quitter les bras de Merlin. Trop d'émotions. La boule dans sa gorge se diluait peu à peu en larmes.

— Et si je revenais, que se passerait-il ?

Il l'entoura de ses bras, regarda un bref instant en l'air. Son menton tremblait. Sur une inspiration saccadée, il répondit d'une voix inégale :

— On commencera par boire un café, en essayant de ne pas être trop mal à l'aise. Et cette fois, j'espère que tu resteras.

Autant pour sa retenue. Quelques larmes de plus ou de moins…

— Tu crois vraiment qu'un solitaire et une poupée fracassée peuvent avoir un avenir commun ?

Il ferma les yeux et la serra plus fort. Elle se blottit dans le creux de son cou, respirant à grands coups son odeur rassurante.

— Tu es tellement plus que ça, Cécile, souffla-t-il à son oreille. Quant à moi, si tu m'aides, j'espère pouvoir devenir autre chose qu'un solitaire.

Un message invitant les passagers du train à destination d'Aix-en-Provence à monter en voiture grésilla dans les haut-parleurs. Merlin interrompit son doux bercement, embrassa Cécile sur le front, puis ramena une mèche de ses cheveux derrière son oreille. Ils échangèrent un sourire hésitant.

— Prends soin de toi.

Elle répondit d'un hochement de tête, se baissa pour saisir la poignée de sa valise. Merlin enfonça ses mains dans ses poches et ne les sortit que pour réagir aux grands signes d'adieu d'Olivia.

Il était toujours là, visible depuis la fenêtre de leur compartiment, lorsque le train s'ébranla. En retrait, mais présent. Lentement, le convoi prit de la distance. Cécile ne chercha plus à apercevoir Merlin.

Les trains effectuent tous un trajet retour. Elle n'aurait qu'à décider du bon moment pour réserver son billet.

REMERCIEMENTS

Parfois, certains rêves deviennent réalité. Et je ne pouvais rêver mieux pour ce roman…

Tout d'abord, une formidable éditrice. Un immense merci à Caroline Lépée pour son enthousiasme et ses conseils éclairés. Travailler avec toi est un pur bonheur.

Ensuite, une très belle maison. Merci à Philippe Robinet pour sa confiance et son accueil chaleureux chez Calmann-Lévy.

Et pour parfaire le tout, une équipe incroyable qui œuvre en coulisses. Merci à vous tous, et en particulier à Mélanie Trapateau et Françoise Calvez, pour votre attention et votre disponibilité. Être aussi bien entourée est un grand privilège.

Merci également à tous ceux qui m'ont accompagnée au travers des mues de ce récit. Votre soutien m'est précieux.

Et bien sûr, merci à mes trois hommes. Allez, encore juste dix minutes…

Table

DE LA MÊME AUTEURE :

Inconditionnelles, Calmann-Lévy, 2021

PAPIER À BASE DE FIBRES CERTIFIÉES

Le Livre de Poche s'engage pour l'environnement en réduisant l'empreinte carbone de ses livres. Celle de cet exemplaire est de :
250 g éq. CO_2
Rendez-vous sur www.livredepoche-durable.fr

Composition réalisée par Soft Office

Achevé d'imprimer en mars 2021 en Espagne par
LIBERDUPLEX
Dépôt légal 1re publication : mars 2021
LIBRAIRIE GÉNÉRALE FRANÇAISE
21, rue du Montparnasse – 75298 Paris Cedex 06

85/7820/6